旧面记

周二军 著

中国言实出版社

图书在版编目(CIP)数据

旧面记 / 周二军著 . -- 北京：中国言实出版社，
2022.6

ISBN 978-7-5171-4168-6

Ⅰ.①旧… Ⅱ.①周… Ⅲ.①长篇小说－中国－当代
Ⅳ.①I247.5

中国版本图书馆 CIP 数据核字 (2022) 第 086812 号

旧面记

责任编辑：张国旗
责任校对：张馨睿

出版发行：中国言实出版社
　　　　　地　　址：北京市朝阳区北苑路180号加利大厦5号楼105室
　　　　　邮　　编：100101
　　　　　编辑部：北京市海淀区花园路6号院B座6层
　　　　　邮　　编：100088
　　　　　电　　话：010-64924853（总编室）　010-64924716（发行部）
　　　　　网　　址：www.zgyscbs.cn　电子邮箱：zgyscbs@263.net

经　　销：新华书店
印　　刷：成都市兴雅致印务有限责任公司
版　　次：2023年1月第1版　2023年1月第1次印刷
规　　格：880毫米×1230毫米　1/32　9印张
字　　数：177千字

定　　价：68.00元
书　　号：ISBN 978-7-5171-4168-6

自序

作者写出了一部作品，出版时，要么找一位著名作家写一篇序言，要么自己写。开始我也想找一位，但著名的作家咱也不认识，只有自己来写了。

《旧面记》是写一个青年女干部驻村扶贫的故事。

四年前的夏天，我曾参加过市文联组织的"讲好扶贫故事"文学采风活动。我采访的对象是省水利厅派到我们当地一个贫困村任第一书记的驻村女书记。我去的时候，她已经完成了自己的扶贫帮扶任务，回原单位了，所以我并没有见到本人，但她帮助村里人脱贫致富的事迹、为村里办的实事、争取投资修建的项目却都留在那儿。采风结束后，我写了一篇四五千字的散文交了差。文章还被一本书收录了。

但是，事情还没有结束。

三年前的冬天，我又参加了一次区委宣传部、区文联和区作协组织的"记录扶贫故事，倾听扶贫声音"的主题文学采风活动。这次采访的对象还是一名驻村女干部，又聆听到许多关于扶贫的故事。区文联主席也鼓励我们用手中的笔好好写写扶贫故事，于是，我就有了写小说的想法，而且是想写一部关于扶贫的长篇小说。

但是，写小说，尤其是长篇，对我来说是一块难啃的硬骨头。我是一个只有高中文凭的文学发烧友，才疏学浅，虽然从小就喜欢看小说，常年订阅《长篇小说选刊》、《小说月报》、《当代》、《人民文学》等杂志。但自己写小说，尤其是长篇小说，还是感到心有余而力不足，老虎吃天，没处下爪；而我又是一个农民工，忙于生计，很少有整块的时间进行文学创作，只有在农闲和工地歇息的时候，忙里偷闲写一点。

有一段时间，我似乎是患了抑郁症，让我对人生失去信心，对未来感到焦虑，对生活感到失望，总是陷入对往事的怀念中，总是感觉找不到活着的意义。每天白天忙碌，疲惫不堪，到了晚上却总是睡不着觉。在暗夜里，别人都安然入睡的时候，一个强迫自己入眠却毫无睡意的人是多么煎熬和绝望，感觉自己活在剃刀边缘。

失眠的夜晚，当感到空虚和无助的时候，我就用看小说和写作来打发时间，好在世间还有小说和文字，好在现在的手机就可以随时浏览和写作，不用铺稿纸，也不用开电脑，当我陷入文字营造的氛围里，会暂时忘了心中的难过和忧伤。诗人刘年说："诗歌，是人间的药。"而我则要说："小说，是治疗失眠的药。"在阅读与写作中，不知不觉几个小时就过去了。《旧面记》里许多的文字都是在失眠的暗夜里，一点一滴写下的。可以说，这是一部"失眠之书"。

艺术源于生活而又高于生活。对我来说，写关于扶贫故事方面的小说，缺少足够的直接经验，更多的还是需要以所闻所见的间接经验弥补，甚至艺术化的想象也占了很大比重。在创作过程中，我采访了几名乡镇干部、参加过驻村帮扶工作的干部，也查阅了一些资料，许多故事就来自他们的讲述和资料的记录。

在小说《旧面记》里，我描绘了一个到乡村基层驻村扶贫的女干部，她由于从小父母离异，又受过一次意外的伤害，敏感而自卑，对人也处处设防，所以二十有八了，还是一个未婚甚至和别人还没有过肌肤之亲的"大龄剩女"。随着年龄增长，她开始变得多愁善感，甚至有了抑郁的倾向。而她要帮扶的村子恰巧就是自己出生并生活到八岁时离开了的村子，她的亲生父亲就是村里的支书。这个叫旧面村的村子，有她的许多秘密和疼痛，她自从八岁离开就再也没有回去过，但这次的扶贫帮扶让她绕不过去了。

开始，她也是抱着完成任务试一试的态度去驻村的，但在驻村过程中，遇到了镇上的包村干部，他是一个阳光热情，有干劲，但也是命运多舛的青年。在帮扶的过程中，她看到许多的贫困景象，她不再为自己的小忧伤而难过，开始实心实意为村里的脱贫工作想尽一切办法。最终，在大家的努力下，村子脱贫了，她也成长了起来，不再是那个自卑忧郁的小女子，而且她还找到了属于自己的爱情。

说一说《旧面记》这个书名。这部小说开始不叫这个名，后来一个偶然的机缘，我看到旧面村这样一个村名，"旧面"这个词一下子就打动了我。旧面，有陈粮才会有旧面，在以前，有陈粮的村子都是富裕的村子；旧面，也可以是旧面貌，扶贫帮扶，就是要改掉贫穷落后的旧面貌，换成全面小康的新容颜。的确，通过扶贫帮扶、乡村振兴，我们国家已经"旧面"换"新颜"了。

　　由于打工干活儿，我去过许多偏远乡村，有些村子条件确实艰苦，但在精准扶贫政策、乡村振兴战略下，村庄都改变了模样。许许多多偏远贫穷落后的村子修通了水泥硬化道路，拆除了危旧房屋，建起漂亮的砖混现浇房，用上了自来水。有的村子只有几十户人家，也照样通了乡村公路和自来水。想想如果没有精准扶贫政策和乡村振兴战略，这一切都是不可能的。

　　在写作过程中，有几次写着写着就写不下去了，我常在想的是，写这样一个故事有没有意义，会不会有人喜欢。但对文字的热爱又让我一次次欲罢不能。有朋友也鼓励我，不管是不是一个好故事，先写出来。余华曾说过："写作成功的秘诀只有一个字，那就是：写。"那就写吧，先写出来。

　　小说完成了初稿，有十四万多字。我却并没有多么高兴，在修改的过程中，由于经验不足和才疏学浅，越改越不自信。甚至有半年多时间，我碰都不想碰，甚至都不想把它再拿出来示人。后来，我们地方政府有一个文艺扶持的项目，我抱着忐忑不安的心情把这部小长篇报了上去，结果得到政府的项目扶持。

记得有个作家曾说过,写小说就像是生孩子,孩子生得再丑,总是要见人的吧。丑孩子,甚至是身有残疾的孩子,也有他活着的权利吧!丑孩子,说不定也有人喜欢哩!

缘于此,我决定让《旧面记》这个稚嫩的小长篇面世。但愿有人喜欢它!

是为序。

周二军

2022年3月

目录

一 …………………………………… 001

二 …………………………………… 027

三 …………………………………… 050

四 …………………………………… 085

五 …………………………………… 101

六 …………………………………… 126

七 …………………………………… 147

八 …………………………………… 167

九 …………………………………… 186

十 …………………………………… 215

十一 ………………………………… 235

十二 ………………………………… 253

一

陈曦去驻村扶贫的时候，正好是春末夏初，一年里最好的季节，百花齐放，草木欣荣。被誉为"陇上江南"的陇南山区，山大沟深，比起南方，春天似乎要来得晚一些，但比起北方，似乎又要早一些。迎春、樱桃、杏子、山桃、玉兰、梨、苹果、迎夏、洋槐，还有不知名的小野花，赶着趟儿，你方唱罢我登台，从农历腊月就陆陆续续、热热闹闹地开着，一直到现在。

那一天，天气晴朗。陈曦坐在开往扶贫村的客车上，看着外面随着中巴车的行走而倒退的树木和远山，车窗外青山如黛，树木葱茏，越往山的深处走，空气越清新，绿色越浓。阳光如酥，从车窗口照进来，照在身上有一种温热酥软甚至有一丝的香甜气息。面对这美景良辰，陈曦却高兴不起来，心里有种忐忑不安不可名状的忧虑。

单位领导安排她下到旧面村任第一书记，驻村搞精准扶贫。

说心里话，她开始是不想到旧面村去的。因为她就是从旧面村走出来的，她与旧面村有千丝万缕的关系，在旧面村有她不为人知的秘密。这秘密就像一道快要愈合的伤疤，如果要揭开伤疤，又会鲜血淋漓，疼痛难忍。

可是，不去又不行。市委组织部农办文件都发下来了，她只能硬着头皮去了。

在局里召开的精准扶贫动员会上，分管精准扶贫的李局长再三强调了精准扶贫的重要性，大家开始讨论谁更适合选派到帮扶村驻村开展扶贫工作。

李局长的意思是在中层领导干部中选择。可是，中层领导干部纷纷列举自己家庭面临的困难：比如自己身体不好，"三高"并发，一旦在村里发病很难到医院救治，不适合驻村开展工作；比如家中父母年迈多病，需要随时随地在身边照顾；还有的说家中有孩子正读初三或者高三，就要毕业了，需要自己呕心沥血地指导说教，没有自己的管教从此会毁了大好前程……有一部分年龄大的同志在前几轮扶贫中已经做过贡献了。面对扶贫工作，每个人都是心有余而力不足的惋惜态度。

当李局长把目光投到陈曦的脸上时，陈曦的脸有点红了，她微微低了头想躲过什么。但李局长还是发话了："小陈，你呢？"

"我，我……"突然的提问让她感到措手不及，无话可说，只好硬着头皮说，"我，我可以去试试。"她本来想说，我一个女的，也有许多的不方便，可前面的各位领导说出的困难和理由都比自己有说服力。如果陈曦说自己是个女的不方便做扶贫工作，有点说不过去；再说参加会议的，都比自己资历老，作为办公室副主任，陈曦是年龄最小、资历最浅的人，她如果不去，让谁去啊？

局长看到陈曦答应去驻村扶贫，脸上露出了轻松的笑意，其他的人也都松了口气。李局长知道，局里的这些人常年坐机关，谁愿意驻扎到偏远的农村去；可人到中年，他们都上有老下有小，都担负着家庭重担，说的也是实情。现在陈曦能去驻村扶贫，让他悬着的心落地了。扶贫工作，也是目前工作的重点，敷衍马虎不得。

散会后，人们陆续走出会议室。陈曦跟着大家木然地走出了会议室，李局长放慢脚步和陈曦并排走着，对她说："等会儿你到我的办公室来一下。"

陈曦到办公室自己的桌子前坐下，收拾了一下办公桌，就忐忑不安地去了局长办公室。

局长看到陈曦，让陈曦坐到他办公桌旁的沙发上，亲自到饮水机旁给陈曦倒了一杯茶，这是陈曦从来没有过的待遇。她都有点受宠若惊了。

局长把茶放到她面前，又坐回自己的位子才说："小陈啊，这次让你下村搞扶贫，有点委屈你了，你一个女同志，也有许多的不方便，你有什么困难尽管说。其实，关于扶贫，我们都有经验，不过是派你到村里转一转。以前我们派人去扶贫，就是每月去上一两天，年底给村里争取一两个项目，办一两件实事就可以了，你没有必要太担心。"

陈曦想想自己，心里说没有困难是假的，自己二十八岁了，还是个大龄剩女，虽然有个男朋友，但两人不在同一个城市，以后自己下乡驻村，相聚的机会就更少了；家里母亲年龄大了，身体也不好。还有一个更重要的原因，那就是，她自己也是一个病人，但这种病只有她自己知道，那是她的一个秘密，她感到说不出口。还有个问题是自己争取不下项目该怎么办？

"那争取不下项目该怎么办啊？"陈曦不由得嘀咕。

"争取项目也不是你一个人的事情，单位领导会一起想办法。你看还有什么困难？"

"没，没什么困难，我去就我去吧。不就是驻村扶贫吗！"陈曦听到领导如此表态，心里踏实了许多，故意显出一种轻松的神态。

"小陈，你有这个态度，我们就放心了，那我们就把你报上去了。好好干吧！"局长语重心长地说道。

"谢谢李局，也谢谢单位对我的信任。"陈曦真诚地说道。

走出局长办公室，屋外的阳光明亮而暴烈，晃得陈曦睁不开眼。

三天后，市委组织部农办的文件就下来了。局里帮扶的村子叫旧面村。听到村名，她的心就咯噔了一下。旧面村，她太熟悉了。

八岁那年，陈曦离开旧面村，到现在已整整二十年了。在陈曦模糊的记忆里，那一年夏天，麦子开始灌浆的时候，下了一场冰雹，毁了庄稼树木。冰雹过后，大地一片狼藉，麦子被砸到地里，白杨树和洋槐树上的叶子也被砸得稀稀拉拉地挂在树上。村里有余粮的人家还能凑合度日，没有余粮的已经揭不开锅了。有的人种了些荞麦，到了秋末还有丁点的收成。没种荞麦的，就什么吃的都没有了。

母亲不得已决定带着陈曦出去投亲靠友讨生活。开始，镇上的舅舅家还能接济母亲一点，可后来，连舅舅家也困难了。

而父亲出门打工去了，已经三年多没有音讯了。那时通信不发达，村里没有通电，也没有电话。外出打工的人都是往家中写信，一封信往往要辗转十几天或一个月才能收到。有急事的就要到镇里的邮电所发电报。

对于父亲，陈曦也没有什么印象。陈曦四岁多的时候，父亲就出门打工去了。家里只有父亲一张当兵时的相片，相片里，父亲年轻帅气，英气逼人。

常听母亲说，在那时的旧面村，父亲还算有文化的人，父亲在镇子里上过初中，又当过三年兵，复员后当过村里的文书，又在村小代过课。父亲当时喜欢看报纸，隔三岔五到镇里带回一些旧报纸，闲了就看。

看着看着，父亲在村里待不住了，说国家有好政策，可以出门打工挣钱，就出门去了。听说到了江浙一带，后来又听说去了山西煤窑。父亲刚出去的时候还好，还给母亲写信，说说他在外面的情况，偶尔也打点钱回来，可一年多以后就没了消息。母亲不识字，信都是找村里识字的人念的。父亲好久没有消息，母亲找村里识字的人给父亲写信，可信发出去却如泥牛入海，杳无消息。

村里人说什么的都有，有的人说父亲在外落户了，重新组建了家庭；有的人说父亲进了黑窑洞，被人困住了，不让回家；甚至有人说父亲已经去世了，死在了外面。说得有鼻子有眼，像真的一样。

父亲没了音讯，家里的农活儿都落到母亲一个人的身上，母亲又要在地里忙碌又要照顾家里。陈曦那时还小，没什么记忆，但总是听母亲念叨。母亲到地里干活儿，常把她一个人锁在家里，有时不放心也会把她带到地里。

邻居家有个比陈曦大四五岁的姐姐叫小菊，小菊姐姐是个没娘娃，五六岁时母亲就因病去世了，只有父亲和哥哥，父亲和哥哥也不咋管她，她经常带陈曦玩。母亲有时做饭就多做一个人的，小菊和陈曦玩耍，有时就一起吃饭，有时天晚了就和陈曦一起睡了。

陈曦八岁那年的夏天，地里的庄稼受了灾，家里的存粮仅仅维持到了冬天。到了冬天，家里没有一粒粮食了，地里的野菜也没有了。母亲带着陈曦离开了旧面村，从此，关于旧面村的记忆就远了。

陈曦依稀记得，母亲带着她离开旧面村那天，天下着大雪，母亲和她互相搀扶着，一跌两滑，趔趔趄趄地走出村子。走出村庄，陈曦回头最后看了一眼村子。大雪封了山，也封了路，雪落村庄，村庄宁静安谧，像一块璞玉，沉睡在山沟里。

没想到，这一离开就是二十年，如果不是精准扶贫，也许就是一辈子。

母亲带着陈曦到了县城郊区的一个亲戚家待了一段时间，亲戚在他们村子给母亲又介绍了一个对象，就是陈曦的继父。继父姓陈，陈曦上学的时候，继父给她改名为陈曦。陈曦原来不叫陈曦，她以前叫刘青芳。陈曦的继父陈永高读过高中，听说也当过兵，退役回来在县里的水泥厂上班，是个工人。听人说继父上高中时还写过诗，还在市里的报纸上发表过，是个眼光很高的人，家里给介绍了几个对象，都高不成低不就的，年龄就混大了。

继父见到陈曦母女，却一口答应了，也不嫌弃陈曦母亲是结过婚的女人，还带有一个孩子。

继父待人宽厚温和，把陈曦当亲生女儿看待，后来母亲又给陈曦生了个弟弟，继父取名陈曜。即使有了陈曜，继父依然对陈曦好，并一直供她上学，直至大学毕业参加工作。这在当时的农村也是一件很不容易的事情。在当时，有许多和自己同龄的女孩都由于家庭贫困，放弃了读书。那时在陈曦所在的村子，人们的思想观念还非常落后，许多人认为女孩子将来都会嫁人，嫁出去的女子就是泼出去的水。所以贫困一些的家庭都不愿供女孩子念书。虽然陈曦家里也不富裕，全家的花销全靠继父一个人的工资和地里庄稼的收益支撑，但家里还是很支持她读书的。陈曦读大学时，也是多亏国家的教育贷款才读完。在大二那年，陈曦加入了中国共产党。由于出身并不富裕，陈曦深知，幸福都来得不容易。

　　大学毕业后，陈曦被分到市里的环保局工作，勤勤恳恳工作了四五年，才还完了上大学贷的款，还当上了一名副科级干部、办公室副主任，不过在单位里是比芝麻还小的官。

　　如今陈曦要帮扶的是旧面村，而她离开旧面村已经二十年了。她一直在记忆里搜索关于旧面村的样子：土墙，木房，青瓦，或者低矮的茅草屋，没有通电，晚上照明用的是煤油灯，有的人用"松明子"——就是松树枝劈的木条。村子依山而建，有一条无名小河从村子下边的山脚流过。还有一条小溪从村子中间流过，一道深沟把村子一分为二，分为东坪和西坡，房子主要集中在西坡。到了冬天，小溪结了冰，一群小孩在冰上溜冰车，滑冰。还记得村子后的坡上有棵菩提树，菩提树非常古老了，树上绑满了红布，由于时间长了，有的红布都没了颜色，但不断会有新的红布挂上去。菩提树旁有一座庙，庙里有观音菩萨的塑像，到了冬天，庙会上会演戏，非常热闹。她记得自己的亲生父亲叫刘明礼。

　　陈曦在下村之前，在县里参加了一次培训。县里的培训干部在会上讲当第一书记要注意的事，培训干部在上面讲，下面许多人听得一愣一愣的，估计参加培训的机关干部都不知道到村里当第一书记是怎么一回事。培训干部在培训会上说，这次下村扶贫第一书记要求驻村，每周五天四夜，而且无论干什么都要拍照片，做记录，叫工作留痕。县里或市里说不定要安排人下村检查。陈曦翻着手头的文件，感到有些迷茫。她没有当过第一书记，虽然从小在农村长大，可如今的农村已经不是以往的农村了，也不知道怎样才能当好这个第一书记。李局长说每月到村里去一两次就行，看来不是这么回事。

　　在县里开完培训会，陈曦先回了一次家。到家里，正好赶上母亲做的午饭。和父母匆匆吃了午饭。继父从水泥厂退休了，闲来无事，又开始迷上了写诗。继父高兴地让陈曦到书房里看他新写的诗。继父写的诗是古体诗，陈曦读了几首感觉还挺好的，陈曦虽然不懂古体诗，但觉得读来朗朗上口，也有点诗意在里面。

　　陈曦一边读继父写的诗，一边和继父聊了一会儿天，继父看来精神状态非常好，他信心满满，说他现在退休了，没事干，他要坚持创作，写过一段时间，要出版自己的诗集。她本想和继父聊聊自己要驻村扶贫的事，但要驻的村子是旧面村，想了想还是忍住了。

　　和继父聊了一会儿，母亲也忙完了厨房的活儿，陈曦就到母亲的卧室里和母亲聊天。母亲问她这次回家住几天，什么时候回单位。平常陈曦都是周末回家，在家待一两天，周一回单位上班。

　　她问母亲她亲生父亲叫什么名字，是不是刘明礼？她母亲问她，怎么忽然问这个？她就向母亲说了自己要扶贫驻村的事。

　　母亲告诉她，她亲生父亲叫刘明礼，她以前的名字叫刘青芳。这些年，这些一直是她们避而不谈的话题。

　　母亲还告诉陈曦，镇子上还有她一个舅舅，让她去的时候别忘了去看一看舅舅。

　　陈曦很久没去看舅舅了，听母亲说，她们母女离开旧面村的第二年，她父亲刘明礼就回来了，父亲回到家，知道妻子带着女儿走了，却不知道她们去了哪里，曾多次到舅舅家要人，父亲和舅舅为此打过架，舅舅就托人捎话，让母亲少回娘家。母亲就很少到舅舅家去了。有时去也是偷偷去的。陈曦记得上次跟着母亲去舅舅家是离开旧面村不久的时候。二十多年过去了，她都记不清舅舅长什么样子了。

　　现在要回到旧面村，她就有种忐忑不安和慌乱，她都不知道自己该怎样去面对这一切。

　　陈曦告诉母亲她不回单位了，明天就要到自己所帮扶的村子旧面村去报到。

母亲嘴里念叨着旧面村，似乎陷入了久远的回忆之中。

母亲看了陈曦一眼，再次叮嘱她，让她别忘了去看望舅舅。

"也不知他最近过得怎么样了，时间真快啊，一晃已经二十多年，也没有消息了。"母亲喃喃自语。陈曦知道母亲说的他，就是自己的亲生父亲。对于亲生父亲，陈曦总有一种亏欠之情，这么多年她常想起相框里的那张黑白照片上穿一身军装的人。但是她却没有勇气去看他。有几次她都想鼓起勇气去寻亲，看看他。可当想到二十年都没有见过，听说父亲又组成了家庭，有了孩子，她就矛盾了，她既想寻亲认父又有些害怕相认。这次驻村帮扶，却让她绕不过去了。

她的心里也挺矛盾的，有点想看看他却又怕见他，见了他不知该怎样面对，怎样称呼，该不该相认。

"妈，我都不知道该怎样面对他，我能认他吗？"陈曦问母亲。

"孩子，我也说不上啊，认也好，不认也好。你去了先了解一下，他最近怎么样，听你舅说他重新成了家，说来，还是我对不起他啊！如果时机成熟，能认，就认吧。"母亲说着竟抹起了眼泪。

看到母亲哭了，陈曦的眼里也有了泪花。

第二天，陈曦从县城坐上了开往旧面村所在的镇子洛河镇的中巴。虽然山大沟深，道路崎岖，但路面铺了黑油油的柏油石子，平整宽展，好走多了。陈曦记起八岁那年，她和母亲离开旧面村时，路是土路，崎岖狭窄，高低不平，一路颠簸，几乎能把人颠到车顶上去，头撞得生疼。陈曦还晕车，坐车不久就头晕眼花，吐出肚子里所有的食物，直吐得胆汁都出来了。一趟车乘下来，大病一场。从此陈曦就害怕坐车。母亲几次到镇里舅舅家去，陈曦想跟着去，但想起晕车就不敢去了，这也是陈曦多少年一直没有去洛河的又一个原因。

现在，陈曦依然晕车，她的包里常准备有晕车药，陈曦每次乘车前半小时就要吃晕车药，还要在耳朵下贴上两贴晕车贴。

坐了三个多小时才到镇上，下了车，虽然吃了晕车药，贴了晕车贴，陈曦还是感到有些不舒服。如今武灌高速通车了，如果车上高速，最多两个小时就到了，可中巴为了沿途村庄的人上下车方便，也多拉一些乘客，走的还是以前的乡村公路。从县城到洛河镇，在公路两边，有许多村庄，在这大山里，公路就是一条纽带，连接着城市和村镇。公路边上的村庄，就像带子上的纽扣，散布在公路两侧。如果把城市比作一颗心脏，这乡村公路就是通往各处的毛细血管。

陈曦提着行李箱到了镇政府，向镇政府报到。镇上已经提前接到了市委和农办的发文，知道陈曦要驻村帮扶旧面村。镇长罗建军亲自接待了她，并打电话找来镇子里包旧面村的驻村干部张海涛。他又给旧面村的书记刘明礼打了电话，让做好接应的事。

陈曦听到罗镇长电话里说起旧面村的支书叫刘明礼时，心里还是波动了一下。

眼看到了午饭时间，陈曦在镇上的大灶上吃了午饭。想想马上就要到自己曾生活过的旧面村，突然有一种近乡心怯的感情，陈曦不想早早就去旧面村，罗镇长就让包村干部张海涛陪她在镇子里转悠转悠。

海涛带着陈曦在镇上转悠，镇上的主街道旁有一个广场，广场旁边有一个巨大的悬壶，悬壶下还有一个茶盅。在悬壶的基座上，刻有一篇《洛河赋》的碑文。那天镇上正好逢集。镇子是三六九的集，就是农历每月逢三六九日的天，各个村子的人都来到镇上买卖东西，以物换物。

陈曦跟着张海涛在镇上的市场里转悠。市场上人来人往。有往出卖山货的，有卖本地产的茶叶的，有卖锄头、镰刀的，有卖水果蔬菜的，有卖衣服百货的，也有很多来买东西的。市场不大，却也热热闹闹的。

转了一圈，陈曦忽然想起舅舅，就向海涛打听了一下。海涛说知道，因为他就是洛河镇人。于是，陈曦就买了两瓶酒和一箱牛奶，在海涛的带领下去看望舅舅。

海涛带着陈曦去舅舅家。舅舅家坐落在镇子后面一条僻静的小巷里。大门是新型的铁艺大门，院子不大，但干净整洁，有一栋二层砖混小洋楼，一层有三四间房子。

进了院子，有一个六十多岁的老人正在院子的葡萄树下纳凉。舅舅已经六十多岁了，花白的头发，古铜色的脸庞。舅舅虽然是镇上的人，其实也是一个农民，在镇子后面的山上有地有庄稼。

陈曦见了舅舅也不认识，但海涛带她去了，她想应该不会错，就喊了声"舅舅"。

舅舅看着眼前的外甥女，也不认识，被这一声舅舅叫愣怔了："你是？"

"舅舅，我是陈曦。我到咱们镇里来驻村扶贫，我来看看你。"

"哦，你是陈曦啊，都这么大了，好多年没见了，我都认不出来了。你妈身体还好吗？快快进屋坐。"舅舅把陈曦和海涛让进了屋里。

舅舅认识海涛，还叫出了海涛父亲的名字道："你是奎山家的小子吧？"

海涛点头说："叔叔，就是的。"

他们进了屋里，陈曦的舅舅就问她们母女最近的生活，陈曦就向舅舅说了这几年的近况，也问了舅舅家里的情况。

舅舅家这几年变化也挺大的，在陈曦久远的记忆里，舅舅家也非常困难，那时是低矮的土墙瓦屋，院子里也是破破烂烂的，与眼前是天壤之别。

陈曦问舅舅这新房是什么时候修的。舅舅感慨地说，是地震以后，也就是2008年汶川地震。洛河镇作为毗邻汶川的镇子，受灾也非常严重。

地震后，老院子的瓦片滑落，墙体裂缝，烟囱倒塌，房子成了危房。地震以后国家给了两万元灾后重建款，家里又东挪西借凑了点钱，才修了这两层砖混水泥房子。

谈起那年的地震，大家都心有余悸，但也有了共同的话题。那一年，陈曦正在兰州上大学，地震在5月12日下午2点28分发生，一分钟后，消息已经铺天盖地了，陈曦马上往家里打电话，已经打不通了，她在兰州急死了。一天后电话才打通，知道家里一切都还好，一颗悬着的心才落地。

张海涛说他也在兰州念书，也和陈曦有一样的体会。陈曦才问了海涛念书的学校，原来海涛所上的学校与陈曦的学校相距不远，海涛在甘农大，陈曦在西师大，都在兰州安宁区。只是陈曦比海涛大两岁，那年陈曦大三，海涛才大一。

他们由地震说起，说了灾后重建，又说到如今的精准扶贫和新农村建设。不知不觉间，几个小时过去了。

这时舅妈和表哥海云从地里回来了，舅妈听说外甥女来了非常高兴，放下锄头说了几句话就忙着到厨房做饭去了。表哥海云看到陈曦也感到惊讶，说十几年不见，曾经的黄毛丫头成了一个美丽的大姑娘了。

陈曦记起小时候跟着表哥在镇上玩耍的事。那时的海云，比较调皮，带着她下河捉鱼，上山掏鸟，到树上摘柿子。

陈曦记得还有一个哥哥叫海飞，海飞比海云大两岁，不好动，喜欢安静，学习好。陈曦问了舅舅，才知海飞哥哥上了大学，现在在省城工作。

几个人说着话，舅妈已经做好了饭菜。

海涛看到饭好了，说要回单位上去吃饭，单位上有大灶。

舅舅说都是本家孩子，别客气，就是添副碗筷的事，海云和陈曦也劝海涛一起吃。海涛文绉绉地说了句："那就恭敬不如从命了。"众人都开心地笑了，欢聚一堂吃了起来。

饭菜虽然都是家常菜，却让陈曦吃得非常开胃开心。许多山野菜，陈曦还是第一次吃。凉拌核桃花、凉拌木龙头、凉拌香椿、凉拌椒芽等几个凉菜都香辣可口，在这春末夏初的天气里吃着正合时宜。

陈曦就问舅妈，哪里来的这些好吃的山野菜。舅妈说，都是春天采摘下的，吃不完的就焯水阴干了，什么时候想吃了就回锅煮一下，淋上醋蒜辣子就可以了。

吃完饭，已经傍晚了，舅舅和舅妈挽留陈曦住他们家。可陈曦说自己还要到帮扶的村里去报到，今天必须去，镇里已经给村里打过电话了，不去会让别人等着急的。报到完有空了再到舅舅家玩。

舅舅就问要去的是哪个村，当陈曦说是旧面村时，她看到舅舅眼里掠过了一丝不可名状的眼神，嘴唇动了动，却没说什么。愣了一会儿，才说："路上不好走，注意安全。"

海涛在旁边说："没事，有我呢，我会把陈姐安全送到的。"

他们走出陈曦舅舅家，到镇上取了行李，海涛骑了摩托车送陈曦到旧面村去。

海涛在前面骑着摩托车，陈曦坐在摩托车后面，春末夏初傍晚的风吹着陈曦的头发，她的头发飘飞了起来，微风如小孩子的手轻轻拂着她的面颊，给她一种酥痒的感觉，她感到有一种放松与惬意掠过心头。

从镇里到旧面村，有十多里路，是一条黄土路，沿着一条小河一直进沟，开始路还平坦，可是越走路越不平，三高两低，两边是大车轮子压的深槽，中间隆起，极不好走。尽管海涛骑得很慢很稳，但陈曦还是觉得颠得厉害，只有紧紧抓住海涛的衣服和摩托车座，才不至于掉下去。有的地方还很窄，对面遇到一辆车，摩托车都避让不开，只能撑在路边草地上等对面的车过了才能通行。他们遇到好几辆载重大的大车，车上用篷布遮着，也不知道拉的是什么。陈曦问，这么晚了这沟里怎么这么多车，他们是拉什么的？海涛告诉陈曦，这些车拉的是砂子和石头。陈曦不禁又问，这么晚了怎么还往外拉石头？海涛告诉陈曦，沟里头有一个采石场，他们拉石头给县里的水泥厂，必须绕过县城，有一段路白天禁止通行，所以就只有在晚上拉石头。

有的地方要过河，摩托车在过河的时候，溅起的水花打湿了陈曦的裤脚。陈曦在心里想，多亏穿的是一条牛仔裤，不是裙子。

有个地方水很深，海涛怕车不稳两个人都掉进水里，就让陈曦下来踩着人们过河时放的石头先过去，谁知陈曦穿着高跟鞋，在石头上站立不稳，鞋子拐了一下，把脚崴了，人也掉到水里。海涛骑着车，去扶她，结果也摔倒了，溅了一身水。陈曦脚崴了，走不了路，海涛把车骑过河，把她扶到车上，直抱怨这该死的路，要是把这通村的路修成水泥路硬化了就好了。

村子在沟的深处的一面斜坡上，过了沟，还有一里多路，从坡脚到村里，是村里人修的步行路，车无法行走，骑摩托车都很难走。海涛骑得非常慢，小心翼翼。这段路，陈曦还有印象，和二十年前没有什么变化。村口还有一块卧牛石，也依然在那儿，只是天已经快黑了。在摩托车车灯照耀下，沿路的景物熟悉又陌生。

十多里路，海涛骑行了一个多小时才走完。

到了村里，已经晚上八点多了，天已经黑了下来，多亏是农历四月多，天气最长的时候。海涛直接把陈曦送到村委会。村委会还亮着灯，村支书刘明礼还在等他们，说你们怎么才来，他都给镇上打过几次电话了。

海涛大致说了一下路上的情况，说陈曦的脚崴了。陈曦下了摩托车，崴了的脚疼得走不了路，被海涛扶着坐到凳子上，海涛和支书都上前要看陈曦的脚。陈曦还有点害羞，不让他们看，说没事，歇一会儿就好了。

"陈姐，你就不要见外了，让我看看吧。"说着蹲下去，轻轻捧起她受伤的脚。陈曦只好自己脱下鞋子和袜子。

陈曦的脚脖子已经红肿了起来。支书刘明礼看着陈曦的脚，心疼地说："已经肿了啊，我去找点紫药水来。"说着就起身匆匆走了。不一会儿，又急急地来了，手里拿着一瓶紫药水和一包棉签。

刘支书打开药水瓶，用棉签蘸着药水要给陈曦往红肿处涂，陈曦感到不好意思，说："叔叔，我自己来吧。"

海涛在一旁也说："刘支书，还是我来吧。"

刘明礼支书把他们都挡了说："都别客气了，没事，还是我来，姑娘，你到我们村来驻村帮扶，是我们村的贵人，你看你刚来就受了伤，让你受委屈了，唉，都怪没有一条好路啊！"一边说着一边用紫药水在陈曦红肿的脚腕处涂了起来。

陈曦看着刘明礼支书低头为自己涂药水，他头发花白了，满脸褶子，有一种莫名的沧桑和疲惫的神态。陈曦知道，他就是自己的亲生父亲，可是却不能相认，她的心里掠过一丝暖意和一丝愧疚，她甚至在心中默默喊了声爸爸。

涂完药水，海涛扶陈曦进了村里为陈曦准备的屋子。村委有三间房子，有两间是通厅，有桌椅，是村里的会议室，有一间单间堆放杂物。他们拾掇了一下，在里面铺了一张床，当成了陈曦的住房。

他们安顿陈曦住下才走。海涛说他还得返回镇上去。村支书留他住到他家去，他说明天镇上还有事，要早点回去，说着到院子里发动摩托车。陈曦本想出去看看海涛，可脚疼，下不了床。她的心中掠过一丝的愧疚和不安。

　　海涛和村支书走了，一切都安静了下来。陈曦一个人在一个陌生的地方，陌生的屋子里，脚疼，心里又有点委屈。

　　她拿出手机想打发一下无聊的时间，可手机却没信号，上不了网，想给母亲打个电话都打不通，信号太弱了。她在手里把玩着手机，手机在这山沟里纯粹就是一个没用的东西，和一块砖头没什么区别。

　　她记得自己还拿了几本书，在行李箱里，于是，她颠着一只脚，到床头行李箱里翻出了那几本书刊。她坐起来，打开了其中的一本。这是一本美国自然文学作家亨利·贝斯顿的书，书名叫《遥远的房屋》，是作者1920年在人迹罕至的科德角海滩居住一年后写的一本散文集。作者和壮丽广阔的大海、各种各样的海鸟、无处不在的海滩、海滩上变幻莫测的风雨雪霜亲密相处，写下他和自然相处时的感悟和体验。通过文字，可以感受到作者内心的丰富和对自然深深的爱意。还有一本屠格涅夫的《猎人笔记》，一本刘亮程的《一个人的村庄》，还有两本是当年前两期的《当代》和《人民文学》杂志。这些都是陈曦喜欢的书刊。

　　也许是受继父的影响，陈曦也爱好文学，有一种文艺女青年的气质。她喜欢自然，渴望走进自然。她也曾写过几篇感悟人生和自然的随笔，发表在市里日报的副刊上。她还加入了县作协和市作协。她渴望浪漫甜美的爱情，所以直到二十八岁了，还依然没有成家，成了一个人们眼中的大龄剩女。

她曾经也谈过几个男朋友，但都以失败告终。也许是那件事在她的心里留下了深深的阴影，也许是她小说看得多，她害怕和男人相处，她觉得现实生活中的男人都太现实了，不懂浪漫，谈恋爱，见面不到三两天就要求上床，而且都极其自私自利，不顾她的感受，所以总是不欢而散。记得她第一次和男生接吻，当两个人的嘴唇刚碰到一起，也许是男生没有刷牙漱口的缘故，她就闻到了一股臭韭菜的味道，就感到非常恶心，几乎吐了。她没想到在小说里描写得非常浪漫美妙的接吻，却让她如此难受。从此她就害怕与人接吻，对别人的气息也非常敏感。

还有一个重要的原因，她对男人有一种恐惧。那是她的一个秘密——

十六岁那年的夏天，她读高一，那时她住校，周末回家。有个周末的晚上，她班里的一个女生过生日，邀请同学们一起玩，她也去了。吃过晚饭，过完生日，已经到晚上十点多了。夏天的十点多也不是很晚，所以她一个人回家了。

她所在的村子在城郊。当她一个人走过那片城乡接合部的时候，一个人忽然从路旁的玉米地里蹿出来，从背后抱住了她，当她意识到不好想要喊的时候，一只大手捂住了她的嘴。

那人把她往路边的玉米地里拖。她拼命挣扎，但无济于事。

到了玉米地深处，那人把她仰面扑倒在地，压在她身上，一只手从她的裙子底下伸进去褪她的内裤。她极度恐惧和害怕，双手在地下胡抓胡挖，摸到一块不大的石头，她抓住石头，在黑暗中朝那人的头上砸去。那人"啊"地叫了一声，就翻身倒在一旁，她爬起来就疯了一样地跑出玉米地。

回到家，她惊魂未定，把自己关在房间里。她拥着被子，躲在床的一角，虽然是夏天，却感到寒冷。那一天，她不知道继父、母亲和弟弟都去了哪儿。她跑回家，却没见到一个人。

后来她知道，那一天，六岁多的弟弟生病了发高烧，继父和母亲送弟弟到医院去了。那时也没有电话，有个什么事不方便互相联系。继父和母亲以为她大了，也不会有什么事。

那一夜，她把自己反锁在屋子里，恐惧和害怕填满她的内心。她不知道自己那一石头，砸在了那个人的什么地方，那个人会不会死。她听人说过，人的太阳穴是最脆弱的地方，一颗羊粪蛋砸到那儿都可能会砸死人。她抱着自己的头，她的心从没那样恐惧和害怕。

她就那样在黑暗中坐着，独自流泪，又冷又怕，却又感觉不到冷和怕，非常疲惫，却无法睡去，内心有着无以言状的煎熬和恐惧。她希望时间停住，不再有明天，一切都没有发生；她又希望时间过得快一些，明天早些到来。时间一分一秒过去，她的内心没有一刻不在挣扎和煎熬。

后来，她在不知不觉间睡过去了，在噩梦中醒来时，已经第二天了。继父回来了，母亲和弟弟还在医院里。

当继父看到她，吓了一跳，问她怎么了，是不是生病了。

她撒谎说自己中暑了，吃点药就好了。除了自己，谁也不知道发生了什么。继父让她好好休息，取了些东西又去医院了。

一天过去了，没有死人的消息传来，两天过去了，也没有死人的消息传来。她内心的恐惧才减轻了一些。

到了星期一，她默默去上学。从此，她再也没穿过裙子，也变得沉默寡言起来。她就像变了一个人。

陈曦一边看着书，一边回忆往事。她又想起她现在的男朋友。这个男友还是母亲托人介绍的。年龄大了，她自己倒没什么，可母亲、邻居和亲戚却比她还急，尤其是母亲，似乎感觉她就是一个嫁不出去的人了，总是托人给她介绍对象。

这个叫李峰的对象在交通局上班，开始还挺热情，但谈了快一年了，没有实质性的进展。陈曦在市里的环保局上班，李峰在县里的交通局上班，一星期半个月见一面，有时都忙的时候，一两个月都见不上一面。

见了面也就是吃个饭，而且每次吃饭付钱都是陈曦抢着付。两个人就像许久不见的老朋友一样，客气而内敛。有几次他们和朋友一起聚会，到KTV喝酒唱歌，回家后，李峰借着酒意想和陈曦发生点什么，可是陈曦一点没有热情，当男人靠近，她就有一种莫名的恐惧，她会喊叫甚至不惜翻脸来拒绝。所以两个人的关系就淡了下来。虽然两个人还保持着恋爱关系，但非常淡。

想起男友，她才记起，他们已经有两个月没见过了，本想这次回县城打电话见一面吃一顿饭的，说说自己这次下乡驻村扶贫的事。可电话拿出来，犹豫了好久，还是算了。想了想，陈曦觉得自己挺对不住李峰的。李峰其实是一个很好的人，人长得也不错，一米七八的大个子，一张国字脸，只是人有点木讷，不太喜欢说话，是交通局一个科室的科员。他也是婚姻不顺，有人介绍过几个对象，也没一个成的。现在的女孩子多精，李峰母亲知道自己的孩子木讷内敛，知道陈曦是个实在的人，她非常喜欢陈曦，经常给陈曦做好吃的。

陈曦读着书，书没读进去，却乱七八糟想了许多心事。想了一会儿，她又回过头看书，被书中的一段话打动了："无论你本人对人类生存持何种态度，都要懂得唯有持亲近的态度才是立身之本。常常被比作舞台之壮观场景的人类生活不仅仅只是一种仪式。支持人类生活的那些诸如尊严、美丽及诗意的古老价值观就是出自大自然的灵感。它产生于自然世界的神秘与美丽。羞辱大地就是羞辱人类的精神。以崇敬的姿态将你的双手像举过火焰一样举过大地。对于所有热爱大自然的人，那些对她敞开心扉的人，大地都会付出她的力量，用她自身生活中的勃勃生机支撑他们。抚摩大地，热爱大地，敬重大地，敬仰她的平原、山谷、丘陵和海洋。将你的心灵寄托于她那些宁静的港湾。因为生活的天赋取之于大地，是属于全人类的。这些天赋是拂晓鸟儿的歌声，是从海滩上观望到的大海的黄昏，以及海上群星璀璨的夜空。"陈曦被作者的抒情吸引，用笔在那段话的下面画上波浪线。

也许自己这次鼓足勇气驻村扶贫，与冥冥之中对自然的亲近有关。其实，一个人，在钢筋水泥的丛林里，在城市的喧嚣里生活久了，就会感到压抑和苦闷，就想着要出去走一走，亲近一下自然。人，毕竟也是一种动物，身上有社会属性，还有自然属性。一个人，只有在和大自然融为一体时，生命的意义、人类生存的形象才能体现出来。一个人，在自然面前，是渺小的也是伟大的，渺小和伟大是融为一体的，因为人是自然的一部分。自然的伟大在于自然能生万物，人的伟大是在于：在自然中，只有人能凭自己的意志改造自然。

想想自然宇宙是多么浩瀚，陈曦记得曾在微信上看到一个关于宇宙的视频。在目前人类的认知范围里，美丽的地球不过是太阳系中一颗不算太大的行星，在太阳系里比地球大的就有好几个，八大行星围绕太阳不停运转。而太阳也不过是银河系里一颗不大的恒星，在银河系外还有河外星系。整个宇宙浩瀚无边。

有的科学家预测太阳将有100亿年的寿命，目前地球已存在40多亿年。而人类有文字记载的历史也不过才五六千年。

一个人在这美丽的星球上是多么渺小啊，但人类却发明了光电，修起了高楼大厦，创造了世界奇迹。

陈曦从小就喜欢不着边际地乱想，她不像其他女孩子，喜欢穿衣打扮，描眉画脸，到如今她已经快三十岁了，依然是素颜，没描过眉画过脸，甚至连口红都没用过。她喜欢自然，喜欢看文学、宇宙奥秘之类的书。总想着将来有钱了把祖国的山山水水都看看。她常想人就在这世间短短的几十年，在地球这颗美丽的星球上渺小如一颗尘埃，与其钩心斗角，你争我夺，不如寄情山水，热爱自然。

她也没有什么朋友。从小，她就有一种自卑心理，也许是由于家庭的变故，也许是性格所致。在村小念书的时候，班上有个女学生，嫉妒心非常强，和她学习旗鼓相当，每次她考了第一，那个学生就和别的学生一起孤立她。她个性倔强又懦弱，不喜欢和人来往。

陈曦感到自己最近似乎是有病了，她常莫名其妙就会感到难过，觉得活着是一件非常无聊和无意义的事情，有时整夜整夜失眠。有时觉得自己在这世间是一种多余、可有可无的人。有时，她常在自家屋顶，望着浩渺的星空发呆，莫名其妙就会感到苦闷，找不到活着的意义，甚至开始怀疑人生。她常常莫名其妙就会热泪盈眶。她患有偏头痛，每当遇到伤心难过的事，头就会莫名其妙地疼。

她曾经到市医院的精神科咨询过，医生说她可能患有忧郁症之类的心理疾病。医生给她开过一些药，但都无济于事。

但这都是她自己的秘密。

陈曦回忆着往事，直到夜很深了，听到鸡打鸣了，模模糊糊中才有了一丝睡意。

二

第二天，陈曦是被一串鸟鸣声叫醒的，昨晚睡得晚，一宿醒来，恍如隔世。她伸个懒腰，动了一下脚，才感觉到麻木、疼痛。她看了一下脚，脚腕肿得都看不到脚踝骨了。她试了一下，想下床走两步，却疼得受不了。

她有点伤心，真是出师不利啊，扶贫第一天就伤了脚，就像一个士兵上了前线还没打仗自己先负了伤。真是倒霉透顶了。这行动不便，出行怎么办啊？！

她躺在床上，想去一趟厕所，只有起来，扶着墙，一只脚跳着去了厕所，她想要是有一副拐杖就好了。厕所在村委会院子外面的一角，是露天的，一人高的围墙围着，也没有门，用半截塑料布遮着，里面用几根椽子搭了个人能蹲的地方，给人感觉稍微站立不稳就会掉下去。底下就是人拉的大小便、扔的手纸，又脏又臭，虽然是清晨，苍蝇就已经到处都是。在那样的地方上厕所，陈曦的脚又疼，非常不方便，又有点难为情，但人有三急，只有将就着上了。陈曦蹲在那样的厕所里，觉得非常委屈，又难免感叹。陈曦记得，家里以前的厕所虽然也简陋，但至少有屋顶有门，粪池和人蹲的地方是隔离的。后来地震后，家里重建房子，房子修成砖混水泥房，厕所修成水冲式的，干净卫生，一只苍蝇都见不到。单位上的厕所更是高档，男女卫生间各是各的，还专门有保洁打扫卫生。

从厕所回来，她一只脚跳着从包里取出洗漱用品准备洗漱，在院子里找了一圈，没找到自来水，幸好屋里有昨晚刘明礼支书提来的一壶热水。她只好用热水随便洗漱了一下。

洗漱完毕，她动不了，就搬了一只凳子坐在村委院子里路口的塄坎边看，仔细打量这个村委会和村子，村委会修在村子边上，有个小小的院落，几间青瓦土墙的房子。房子有些年月了，墙上的泥皮斑驳，房子的屋脊也东倒西歪，有几处地方屋瓦没了，露出了椽子。院子也没有硬化，凹凸不平，有几个地方有积水，积水处都有了绿色的青苔。屋子前面有个花台，但花台里没有花，却是杂草丛生。

然后，她又把目光投到村里。一道沟把村子一分为二，村子里到处是树，季节进入初夏，正是草木葳蕤的季节，看不到鸟，却不时有鸟鸣声从林子里传来。太阳从东面的山头升起来，光芒像一束束的利箭射向大地，阳光透过树叶照在地上，斑驳陆离。空气非常清新，缓缓地呼吸，有一种淡淡的草木的香味。陈曦看着村子，在沟的一边，就是村委会所在的地方，这儿应该是东坪。村子与记忆中的相比已经有了很大的变化。记得曾经村子里多数是都是低矮的土墙，屋顶多数是用青石板盖的，当时由于瓦要掏钱买，村里人就想出一种办法，用石板盖屋顶，在旧面村里有一种页岩石，石头自然能分层，分成一厘米到两厘米的石板。于是人们就用石板代替瓦片盖房子，只有极少数的一些人家是用青瓦盖的房顶。如今土墙依然还是土墙，但感觉高大了许多，屋顶也多数换成青瓦的了。在东坪还有几家是青瓦白墙，门脸上贴着瓷砖，显得漂亮干净。甚至有几家修的是砖混水泥的小楼房，门面白色瓷砖到底，在这些土屋中间显得漂亮干净整洁，鹤立鸡群。

在沟对面的西坡上，一块块石板砌成的山路在村子里曲折蜿蜒。木架结构的老屋，块石堆砌的房基，黏土碎石构筑的墙体，青石板或者青瓦铺盖的屋顶。院子依山而建，错落有致，花草树木茂盛，果树遍布全村。好多房顶上都有烟囱，正是做早饭的时候，许多的烟囱上炊烟袅袅。村子里偶尔有鸡打鸣，也有一两声狗吠、牛哞，甚至还能听到谁家的驴"嗯昂嗯昂"叫。

陈曦正出神地看着这一切，这时有一位妇女向村委会走来。妇女有五十多岁，一张银盘大脸，见人还没说话就先笑："起来了，咋不再睡会儿，昨晚睡得好吗？脚好些了吗？"她关切地问，手里还提着一个饭盒和一个红色塑料袋子。

"阿姨，你这是？"陈曦不知她是谁，来干什么。

"闺女，我是支书家的，支书说你脚崴了，让我给你送点吃的过来，走，进屋吃吧！"说着向陈曦住的屋子走去，陈曦只好起来。

　　妇女进屋把饭盒与袋子放到桌子上，又返回来扶陈曦。陈曦在她的搀扶下进了屋子，在桌前坐了下来。

　　妇女从袋子里取出碗筷，打开了饭盒。一股很香的味道就散发了出来。妇女盛了一碗热气腾腾的饭端到陈曦面前说道："闺女，快趁热吃吧。"

　　"阿姨，你看，这，不合适吧？我们有纪律的，是不能吃群众的饭的。"陈曦有点不好意思吃，有点难为情。

　　"你看你这闺女，说得见外了，你到我们村来驻村帮扶，吃顿饭怎么了，有什么不合适的？快趁热吃吧，凉了就不好吃了。"

　　"阿姨，我真的不能吃你们的饭，你看，我说是来扶贫，什么事都没干呢，只是给你们添麻烦。"陈曦真的感到不好意思吃，"阿姨，那么，这样行吗？这是我的伙食费，这几天我脚伤了，不能行动，这两百元钱你拿上，全当我这几天的伙食费。"陈曦说着从兜里掏出两百元钱向她递过去。

　　支书老婆忙用双手推挡："这可使不得，那还不让你叔把我骂死。闺女，钱你好好拿着。"

　　"阿姨，你看，如果你不拿钱，这饭我就不吃，这不是一顿半顿的。快拿着吧。"两个人你推我挡的，就像在吵架。

　　支书老婆不拿钱，陈曦就不吃饭，僵了起来。

　　"那我先拿着，闺女你快吃饭吧。"说着把钱拿在了手里，并把筷子塞到陈曦手里说，"快吃吧！"

　　"这我就好意思吃了。"陈曦看着支书老婆默默一笑，吃了起来。饭是熬的油茶，里面放了鸡蛋、核桃仁和葱花，非常香。

"闺女，吃口馍馍，光吃油茶不耐饿。"说着又从红袋子里取出一块荞麦面馍馍，"这是我们自己种的荞麦磨的面蒸的馍，看着不好看，吃起来还行，你尝尝。"

陈曦接过馍馍，荞麦面馍馍是黑灰色的，确实不好看，陈曦掰了一块，吃了一口，又酥软又香，确实好吃。

"阿姨，你做的饭真好吃，这荞麦面馍馍，我还是小的时候吃过，挺香的。"

"闺女，你真会说话，你看你把我夸的，你姨我没有好茶饭，你觉得香就多吃点。"支书老婆听了非常高兴，笑逐颜开。

一会儿吃完了，陈曦起身取暖瓶，想用暖瓶里的水洗一下碗。

"你看，你别动，你脚不方便，我拿回去洗，反正屋里的碗筷还得洗，我一起洗。"说着从陈曦的手里抢过了碗筷。

"闺女，你好好休息吧，我回去洗碗了，你脚好了一定要到我家去玩儿，啊。"说着支书老婆把钱放到桌子上出去了。

"阿姨，你，这……"陈曦不知说什么好。而支书老婆已经出了门，陈曦起身想追，可脚疼。

陈曦看着支书老婆的背影，心中五味杂陈。

吃过早饭，没事可干，陈曦想到村里到处转转，可脚疼，转不了，于是继续看书。

到了十点多，海涛骑着摩托车来了，听到摩托车声，陈曦就有种惊喜的心情。她忙放下书，扶着门，用一只脚跳着出去了。

海涛在院子里支稳了车，从车上下来，他提着一只袋子，也不知里面装的什么。他的车后座上竟然捎着一副拐杖！海涛一边从后座上解绑拐杖的绳子一边对着陈曦说："陈姐，你看我给你带什么来了！"

"你哪儿弄的这玩意儿？我现在最需要的就是它了！"

"我在镇上给你借的，好不容易才打听到，本来想给你买副新的，可镇上没有，那要到县城里去买。你就将就着用吧。"

陈曦接过拐杖夹在腋下，试着走了几步，还挺好用，比单脚跳好，她心中掠过一丝感动，海涛真是一个有心的人。

"很好用，海涛，真谢谢你！"陈曦盯着海涛的眼睛由衷地说。

"谢什么，陈姐你太客气了。"海涛脸有点红了，低了头，还羞涩呢。

"姐，给你。"海涛说着把手里提的袋子递给陈曦。

"什么？"陈曦有点迷惑。

"给你买了双鞋，你穿的鞋不适合村里走路，我顺便就给你在镇上买了一双。"

陈曦打开袋子，把鞋从鞋盒里取出来，是一双白色的运动鞋。36码，是自己脚的码数。还有一双粉色的凉拖鞋。

"你怎么知道我穿36码的鞋？"陈曦有点纳闷。

"姐，你忘了，昨天是我给你脱的鞋。"

"哦，记得，你看我这死脑筋，简直笨死了。"陈曦用手掌敲了敲自己的头。

"真的太谢谢你了，鞋多少钱，我给你拿钱。"陈曦说着从兜里掏出两百元钱往海涛手里塞。

"姐，你问这干吗，不就一双鞋吗！"海涛答非所问。

"你给我买来就不错了，还要让你掏钱，我怎么忍心！"

"姐，你先试一下合适不，不合适我去换。"海涛搬来一把凳子，让陈曦坐下来试鞋。

"不试，你如果不说多少钱，不把钱收了，我就不试，也不穿。"陈曦这次犟了起来。

"也就几十块钱的鞋，我收钱还不行吗。姐，你试吧。"

"不行，给，你先把钱收了。"陈曦说着把两百元钱递给海涛。

海涛取了一张，说："好，我就收一张吧。"

"这就对了。"陈曦坐下来，开始试鞋。鞋子穿到脚上，大小正合适，时尚精干，还挺好看。

试完鞋，海涛似乎想起了什么，忽然拍了一下头："陈姐，你早点吃了吗？你看我怎么给忘了！"

"谢谢，吃过了。是支书家的姨提来的。"

"哦，是不是油茶、馍馍？"

"你怎么知道的？"

"我就知道，一是我也经常吃支书家的早饭，二是油茶、馍馍是我们洛河镇待客最好的早点。"

"哦。"

两个人聊了一会儿。陈曦对海涛说："你把旧面村里的基本情况向我说说吧，要么你带我到村里到处转转，这么闲着，我闷得慌啊！"

"陈姐，才来就想开始工作啊，你看你的脚崴了，俗话说，伤筋动骨一百天，你就好好歇几天吧！"

"啊，要一百天啊，那还不急死个人！"

"陈姐，我和你开玩笑的，但我看你的脚伤得不轻，我还是带你到镇里卫生院拍个片子看一下吧。"

"拍片子？没有必要吧。"

"还是到卫生院拍个片子看一下，如果骨折的话，弄不好会留下后遗症，说不定还会留下残疾。我们村的一个女孩小时候玩的时候把脚崴了，大人怕花钱，小孩自己也没当回事，结果就留下了残疾，现在走路一瘸一拐的。"

"有那么严重吗？"陈曦似乎被吓到了。

"说不定哩，还是看看吧，走吧，我带你去。"

"那好吧。"陈曦被说动了。

于是，海涛让陈曦在院子里等着，他去和支书打个招呼，打完招呼，就带着陈曦到卫生院去了。

到了卫生院，拍了个片子一看，脚踝处有一处小小的骨折，即有小小的裂缝，医生说需要用石膏外固定一下，有助于恢复。

"医生，需要住院吗？"陈曦最怕住院了。

"可以住，也可以不住，我们给你处理好，你近期别让伤脚活动碰撞就行。"

于是，医生给陈曦的脚上了药，用石膏绷带固定了脚踝，并告诉他们回家后要静养，有条件的话还要冰敷，抬高腿脚，这样会有助于恢复。三到四周内要拄拐下地，伤脚不可负重。如果严重的踝关节扭伤，早期静养不到位，会造成严重的后遗症，如习惯性崴脚，乃至残疾。陈曦听了直伸舌头，向海涛投去感激的一眼。

看完脚回到村子已经快下午了，海涛直接把陈曦带到了支书家。

陈曦从摩托车上下来，拄着拐杖，在海涛的搀扶下进了支书家院子。陈曦打量眼前的景物，二十多年了，一切都是陌生的，记忆中以前家里是石板屋，屋里由于烟熏火燎，是漆黑的椽子和屋顶。而现在是一院子新房，中间三间两层正房，两侧是一层的厨房和厢房。房子干净整洁。唯一让陈曦感到熟悉的是院子里的那棵洋槐树，那棵洋槐树比以前粗了许多，也越发枝繁叶茂。季节到了初夏，洋槐树花开得正艳，树上挂满一串串白色的洋槐花，老远就闻到一股黏稠的浓浓花香。

"好香的槐花！"陈曦看着槐树，心中泛起曾经的辛酸。母亲带她离开旧面村那年，她还和伙伴在槐树下跳皮筋，槐花开的时候还摘槐花吃，母亲还给她们做过槐花饭，已经记不得槐花饭是什么味道了，但她记得母亲做的槐花饭很好吃。

陈曦盯着洋槐树，不由感到有点心酸，有眼泪湿润了双眼。

"陈姐，你怎么了。是脚疼吗？"海涛看到陈曦眼中有了泪水，关心地问。

"没事，眼里刚才进了一只小虫子。"陈曦抹了一下眼睛，掩饰道。

这时村支书和他老婆从门里走出来。"回来了，检查得怎么样？"支书问道。

"刘书记，没事，有点小骨折，已经打了石膏固定了，过些日子就没事了。"海涛抢着回答。

"哦，没事就好，快到屋里休息休息，喝口水吧。你们还没吃饭吧？让你姨给你们下碗酸菜面吃。"边说边对自己老婆说，"去给娃下点酸菜面。"

"没事，我看这院子里槐树下凉快。还是坐院子里吧。"陈曦说。洋槐树高大茂盛，在院子里荫了一大片地。树荫里有一张石桌，石桌旁有几个木凳子。

"那也好。"支书说道。

于是几个人走到院子里的槐树下坐了下来，书记老婆还专门给陈曦找来一只高一些的靠背椅。

"你快去做饭。"支书又对老婆说。

"好，我去，你给他们倒杯开水吧。"

"好。"支书说着就给他们一人倒了一杯开水。

"谢谢，给你们添麻烦了，你看我说是来扶贫的，却成了伤员病号，让你们扶我，唉！"陈曦真诚地说。

"没事，扶贫不是一天半天的事，都是我们这儿的条件不好，让你的脚受了伤，你就安心养脚，等脚好了我们再说扶贫的事。"

"刘支书，陈曦姐的脚崴了，医生说要静养，注意休息，三五周内要拄拐下地。陈曦姐一个人住村委会没人照顾，不方便，我就自作主张带你家了。"海涛歉意地说。

"你带来就对了，就让陈书记先到我家住一段时间，等脚好了再说。"

"我还是住到村委会吧，这已经够麻烦你们的了。"陈曦说。

"没事，陈书记，你就放心住我家吧，以前村里来人，吃住还不是都在我家，不就是添双筷子的事嘛。"

"刘支书，别叫我陈书记，叫我陈曦或小陈，或者闺女就好。"

"哈哈，好，那我以后就叫你闺女吧。"

"这敢情好，听着亲切！"

"哈哈！"几个人都笑了。

谈笑间，支书老婆把酸菜面已经端上了桌子。

吃完饭，歇了一会儿，海涛说自己还有事情，就骑摩托车回镇上了。

陈曦就和支书聊起家常。

"刘支书，我以后叫你刘叔吧。"

"那敢情好！"

"刘叔，我看咱们这地方，土地也不多，家里收入怎么样，主要靠什么？"

"还过得去，主要靠地里出产一些东西，还有国家给点儿，家里再喂一两头猪卖点钱。最主要的收入来自出门务工。"

"哦，这房子看着还挺新，是什么时候修的？"陈曦抬眼看看房子。这院子里是三间两层正房，青瓦白墙，两间厢房，是一层，也是青瓦白墙，还有两间厨房，都是瓷砖贴面，成"U"形布局，院子虽然不够大，但干净整洁。

"房子是2009年那一年修的，2008年地震，地震之前的房子都是土木结构的，地震时屋瓦掉光，墙体裂缝倾斜，成了危房。2009年灾后重建，国家补助两万元灾后重建款，自己又筹集了些，就修了这几间房。还得感谢党和国家啊，要不然日子都没法过了。记得地震后，国家又是给米面，又是给生活用品。地震刚发生的时候，许多人家房倒屋塌，满眼的残垣断壁，真的让人又绝望又恐慌啊。"

"海涛带我来，有一段路大车进不来，这砖和水泥沙子是怎么运上来的？"

"唉，都是车拉到下面的大路边，人背驴驮转移上来的，就这几间房子，修了近一年时间。真是辛苦啊，脊背都磨出血泡了，许多人家没有劳力，即使国家给钱也没有能力翻修房子，就只好像以前一样打土墙修土木结构的房子。有的家庭条件差一点，到现在都没有修新房子，还是以前的土屋子。"

"这样的人家多吗？"

"也不多，就三四十户，要么就是孤寡老人，要么就是子女都在外面，缺少劳力。"

"那为什么不从大路上修一条宽一点的路上来啊？"

"唉，不好修啊，不是没考虑过，主要是没有钱啊。"

"不是国家有村村通工程，可以立项申请扶贫资金啊。"

"早就向上打过报告了，可镇里说要修路的村庄太多，国家一年拨的钱就那么多，国家要先顾那些条件更差的村庄，国家也顾不过来啊，报告打上去了，总是立不了项，批不下来钱啊。"

"我们自己修不行吗？"

"那难啊，虽然只有几里路，要加宽就要占地，占地就要赔偿，村子里本来地就不多，谁也不愿意地被白白占用；再说还有几处是石崖，没有炸药机械不好修。"

"哦，确实难啊！"陈曦不由得跟着感叹。

"唉，再说，现在村里的事务主要由主任操持，我年龄大了，都不管事了。"

"村主任是谁啊，怎么没见人？"

"哦，主任叫刘明德，他在城里买了房子，平时不在村里住，有事才会到村里来。"

"哦，听名字和你相近，是亲戚吗？"

"这个不是，我们村多数姓刘，我们这一辈是明字辈，多数人名字里都有明字，也就是名字只有一字之差。"

"哦，是这样啊。那刘叔，你今年多少岁了？"

"我嘛，已经小六十了。"

"哦，快六十了，想必孩子都大了吧？"

"唉，大儿子今年十八，在上高三；小儿子十六，在读高一。"

"刘叔，你都快六十了，怎么孩子才这么小啊？"陈曦想把话题朝往事上引。

"这个说来话长了，本来我有个女儿，也有你这么大了，可孩子八岁那年跟着她妈妈走了，就再也没回来。"

"怎么这样啊？"陈曦确定，支书就是自己的亲生父亲，可她却不能相认。她多么想喊他一声"爸爸"，可是，却怎么也喊不出口。

"都怪我啊，孩子三四岁那年，我想着出门挣些钱改变家里贫穷的面貌。谁知，出门几年，颠沛流离，后来又误入一家黑煤窑，被人控制了，不让给家里写信，也不给钱，就像看管劳改犯一样。一开始人生地不熟，我不敢反抗，后来时间长了，掌握了看守人员吃饭睡觉的规律，就和干活儿的联合起来，制伏了看守的人，从他们身上搜了些钱，逃出来。我好不容易逃回家，她们母女已经走了好长时间了。我曾到处打听她们的下落，还到镇子上她舅舅家去问过，她舅舅不说，我就说是他们把她们母女藏起来卖到外省去了，因此我还和她舅舅打过两次架。因为当时我们地方穷，各村都有将女儿远嫁到山东、河南、江苏、浙江等地方的事情。其实跟卖差不多，男方给女方家一笔钱就把人领走了。她们被男方领走以后，除少数的还带着孩子回一两次娘家，多数的就没了消息。"

"还有这样的事啊。那后来呢？你就没打算寻她们吗？"陈曦显出一副非常感兴趣的样子。

"后来？后来我听人说有人在县城里见过她的母亲，本来我是打算要寻她们的，可听说她母亲已经重新嫁人了，我就死心了。"

"再后来呢？"陈曦一副打破砂锅问到底的架势。

"再后来，我也重新成了家，娶了现在的你姨，就是她。"支书说着向厨房里指了指。

"又在编派什么啊？"在厨房忙碌的支书老婆看到他们在说话，还指着她，就笑着说。

"编派什么了，就你耳朵长。"支书也笑着对老婆说。

"叔，后来就再没想过找她们母女吗？再没见过吗？"

"没有，只是听说她们过得很好，就没想过再找。"

"哦，叔，听说你当过兵，能讲讲你当兵的故事吗？"陈曦想知道父亲许多事情。

"嗯，当过，当了整三年啊，只是时运不济啊。我在部队年年争优当先，每年都是先进，可复员回来什么都没得到，我们邻村的张文华，在部队上身体差，是个稀屎痨，拉练、干活儿拖后腿，装病，是部队里最差的兵，当了两年就提前复员回来了。谁知人家运气好，那年农村兵复员还分配，亲戚又帮忙，他被分到县林业局的下属单位苇子沟林场工作。而我多当了一年，复员回来国家政策变了，农村兵不管安置，要自谋出路，我只有回家劳动了。"

"在瞎叨叨什么呢？我去挑桶水，厨房锅里在烧开水，快要开了，记得看看，水开了往暖壶里灌一下。"支书老婆笑着说完，挑着两只空桶出去了。

"好的。"支书答应着，坐了一会儿，到厨房看锅烧水去了。

过了一会儿，支书灌好水，提了一暖壶水到了院子里给陈曦的杯子里续了开水，又给自己的杯子里添了些水。

过了半个多小时，支书老婆挑着一担水回来了。

"唉，今天他们又在拉石头，你看这水浑的。先放到院子里澄清一会儿。"

陈曦看了一眼，桶里的水是土黄色的，浑浊不清。

"叔，这是怎么回事啊？村子里就有沟，难道沟里没有水吗？"陈曦记得村子里的沟里就有一道小溪，以前村里人吃的水就是溪水。挑回水也用不了这么长时间啊。

"哦，村子的沟里原来有一条小溪，可地震那年以后，村里的泉不再出水，溪水就干了，于是我们吃水就要到村子山脚下的沟里去挑，但沟里面开了个采石场，他们往外拉石头的时候，水就会变浑浊。"

"采石场？这里面还有采石场？"其实陈曦已经听海涛说过了，但还想再听听。

"嗯，已经十多年了，他们采石头，再粉碎成砂子。从镇子进村的路都轧烂了，也给村民造成了不便。"

陈曦想起了进村的路上很深很深的车辙。

"怎么没人管呢？"陈曦问。

"管啥，谁能管！那是村里开的，现在让村主任的弟弟承包经营，谁敢管？你叔也曾向镇上反映过，可又见谁管了？"支书老婆似乎对这事义愤填膺。

"以前，我向镇里反映了，镇里说了，我们镇没有几家像样的企业，这采石场还算一家好的，每年要向上缴几万的税，所以镇里明知采石场对环境不好，也是睁一只眼闭一只眼。"

"哪能这样干啊！"陈曦听了都觉得这事不合适。

"就是啊。"支书老婆又插嘴道。

"你一个妇道人家知道什么，去，准备晚饭去。"支书似乎生气了。

"好好，我不懂，你懂。"支书老婆白了一眼支书，进厨房去了。

吃完晚饭，陈曦又从兜里拿出五百元钱，放到桌子上："叔，这算我这几天的生活费吧，不够了我再补，我身上就这几百元现钱。"

"你看你这孩子，怎么这么倔啊，你姨早上给我说了，说你给她钱她没要，没要就对了。我给你说，村里来人，哪个不是我家接待的，我们又要过谁的钱了？再说我们村干部还有一份工资，镇上一年也给村里一份接待费用。我们怎么能要你的钱呢！"支书似乎有点生气了，脸也黑下来了。

"叔，我的单位有下村补贴，文件上也说了，驻村干部不能常在农户家里吃饭。"

"文件是文件，没必要太较真。"

"叔，钱收下吧，你不收我心里不安啊。"

"不安就好好休息，好好吃饭，脚好了带领我们村脱贫致富！"支书脸上又有了笑意。

"那我先拿着。"陈曦只好把钱揣进了兜里。

"这就对喽！"支书似乎很开心。

"叔，那你就给我大概介绍一下村里的情况吧。"

"怎么，现在就想开始扶贫啊？你先好好养脚，等你脚好了，我再给你详细介绍村里的情况。"

"叔，你现在就随便聊聊吧，让我先对村里有个大概的了解。

你看这天气长，睡觉还早，就当是聊聊天吧。"

"咳。"支书喝了口水，故意清了一下嗓子，陈曦觉得自己的父亲也挺有意思。

"我们旧面村，有四个社，现有182户人家，786人，有68户贫困户，258人。"

"叔，你别这么正式好不好？随便聊聊。"

"唉，每次村里来人，作村情报告，习惯了啊。那你问，我给你说，这样我也有个头绪。"

"那好吧。你就先说说咱们村现在的耕地情况和一个家庭主要的收入情况。"

"唉，我们旧面村山大沟深，耕地不多，人均耕地一亩多，只有近处的耕地还种些庄稼，稍远一些的地，大多数撂荒了，野猪糟蹋，收入不行。主要作物是洋芋、苞谷和洋麦，也有人种豌豆。一个家庭的主要收入还是靠外出务工。你看，这村子里现在基本就是老人、妇女和儿童的世界。"

"那你知道村里务工人员的情况吗？"

"这个，了解一些。村子七百多人，在外务工的就有三百多。村里务工人员有几种，一些是到浙江等沿海地区打工，这样的人有几十个，听说在外有做广告的、蹬三轮的，也有一个在浙江某县开公交。还有的在兰州，也不知道在干什么工作，也许在建筑工地打工，有的说在兰州东部市场做搬运工。还有一些在我们本县城里的建筑工地上干活儿的，也有盘旋路口等活儿干临时工的，也有以前拉架子车现在换了三轮给人拉货的，杂七杂八，干什么的有。"

"那村里的庄稼怎么办啊？"

"村里的庄稼，家里有大人的就是大人侍弄着哩。夏收或秋收忙了，有的会回来帮几天，有的是男人在外务工，老婆就在家看孩子，种庄稼。有的家里没有大人，两口子都在外面打工，孩子也就跟着在外面，家里常年铁将军把门，地也就让亲戚邻居代种。也有的地没人种，就都撂荒了。"

"村里撂荒的地多不多？"

"多啊，大概有五分之三的地荒着。"

"村子里除了种庄稼，还有什么经济作物没有？"

"洛河是茶乡，村里有许多茶园，好多人家里有茶园。可是茶园要勤快人管，管好的话也不错，可许多年轻人都出门务工了，茶园疏于打理，收入也不行。主要收入还是务工，务工来钱快，也没有种庄稼辛苦，是年轻人的首选。还有人种药材，十几年前红芪很好，村里人不少都种红芪。但这几年红芪不行了。也有人种天麻、茯苓、魔芋，但量都不大。这几年花椒还不错，从以前的一斤二三十块，涨到现在的八九十块，所以有些人开始栽花椒。也有种核桃、柿子、猕猴桃的，但量都不大，又运不到城里，卖不了几个钱。"

……

不知不觉，两个人就从吃过晚饭聊到晚上十点多了。陈曦对自己要驻村帮扶的村子有了个大概的了解。看到支书都说累了，就说："叔，不早了，歇了吧，你看你给我说了这么多，让我对村子有了一定的了解。谢谢！"

"这应该的，就是我说得还不全面，想起什么说什么。以后你有需要的就问。"

"好，这已经很不错了。"

"那好，我扶你到厢房休息吧。"

"没事，我有拐杖。"陈曦说着拄起拐杖，跟着支书到了厢房。

厢房里支书老婆已经拾掇好了，铺了新的被褥。

"这是我小儿子的房间，你就在这儿将就住下吧，有什么事就喊，我们就在正房旁边的那间房里。"说完又指着床边的凳子上的脸盆说，"这个是洗脸盆，地上的是洗脚盆，门背有擦脸毛巾，凳子的横档上搭的是擦脚的。暖壶里有热水，凉杯里有凉开水。夜壶在床底下，你脚不方便，小手就在屋子里解吧。"

"叔，太麻烦你们了。"陈曦被支书和支书老婆的细心体贴感动了，鼻子有点酸酸的。

"不要太客气，你就把这里当成在你自己的家里。你好好休息吧。"支书说完就出去了。

最后一句话让陈曦一下子热泪盈眶，陈曦想，如果当年母亲不带自己离开，这里真的就是自己的家啊。

陈曦简单洗漱了一下，她擦脸时才知道，毛巾是新的，柔软舒适，标签还在上面挂着。她的心再次暖了一下。

洗漱完毕，她躺到了床上，把脚搁起放在床头，却怎么也睡不着。她打开手机想上上网，可没有网络信号，想看看书，可书还在村委会。她只有那样傻坐着。她不由得环顾这间屋子，屋子干净整洁，只见屋子里的柜子是一圈组合柜子，柜子上方的墙上贴有几张明星画，都是美女帅哥。在画的中间有一个四十多厘米高、六十多厘米宽的相框，相框里夹着一些新旧照片。陈曦无聊，就看那些照片，照片中间是一张全家福，是支书夫妇和两个男孩。其余就是几张个人的相片，多数是两个帅小伙。陈曦想，那一定就是自己同父异母的两个弟弟了。在他们的相片中间，陈曦看到一张有点陈旧的黑白照片，照片上是一个六七岁的小姑娘，扎着两只羊角小辫，睁着两只圆汪汪的大眼睛看着自己。那一刻，陈曦的心不由得愣怔了一下，继而就有泪水溢出眼眶。那是陈曦的照片，陈曦上小学一年级时照的，她家里的相册里也有一张那样的。

陈曦看着相片，不由得再次把记忆的触角伸向童年。

夜很静，一轮明亮的圆月慢慢爬上了树梢，槐树斑驳的树影投到了窗子上。偶尔有一两声狗叫，打破夜的安静。一会儿，她还听到了一种鸟叫声，还是她小时候听过的。"风吹瓢子疙瘩"，不知是种什么鸟，它的叫声发的就是这几个字的音。每年到了瓢子（野草莓）快成熟的时候就会听到这种鸟的鸣叫。人们就叫它"风吹瓢子疙瘩鸟"。听到鸟叫，她想起了小时候的一些事。

她想起了那个叫小菊的姐姐，每到瓢子熟了的时候，小菊就带她漫山遍野摘瓢子，她还记得瓢子酸酸甜甜的味道。不知她如今怎么样了，今天怎么就忘了问一下了。

想起小菊，她又想起了那个经常流鼻涕的青江，小孩子，家里穷，总是穿不暖，到了冬天就流鼻涕，人们都叫他"挂面厂长"。

想起她跟着小菊她们大一点的孩子到小河里捉鱼摸虾米的事。村子叫旧面村，村里的小河没名字，人们就叫它小河，小河里有那种一两寸长的小鱼，石头底下还有小小的虾米，村里人叫水蛐儿。有时她们还会见到娃娃鱼，也不大，三四寸长。

陈曦还记得，到了秋天，柿子还没有成熟，吃起来又涩又苦，根本吃不得，嘴馋的她们忍不住了，她们有办法让柿子变得香甜。她们把树上的青柿子摘下来，埋到小河边的淤泥里，在埋的地方做个标记，过个四五天挖出来，柿子就变得又脆又甜。

陈曦睡不着，脑海里慢慢地回想着关于旧面村的点点滴滴。

想着想着，又想到现在。

现在，自己来担任村里的第一书记，村里一百多户人就有六十多户的贫困户，这方面自己又没干过，她感到自己肩上的担子有千斤重。而自己刚到村子就崴了脚。这是否就意味着扶贫工作的艰难？

回到自己出生的地方，自己见到了亲生父亲，看到他们的生活还都如此不容易，她的心里也是五味杂陈。

想想也是，如果没有这精准扶贫，单位不让她来驻村扶贫，如果她扶贫的村子不是旧面村，也许今生她就与自己出生的地方失之交臂了，再也没有机会踏进这里，再也见不到自己的亲生父亲了，这一切似乎都是冥冥之中的缘定，都是命。

但是，她没有这方面的经验，这精准扶贫工作要怎样干？

看到村里群众的生活还这样艰辛,怎样才能带领他们脱贫致富?

她是一头雾水。

陈曦一会儿想这,一会儿想那,直到夜很深了才沉沉睡去。

三

　　五六天时间里，陈曦脚疼，哪儿也去不了，一天就听支书父亲聊聊村里的情况，她让支书父亲从村委会拿来了自己的行李箱，闲了就看看自己带来的书来消磨时光。

　　海涛已经有五六天没有来了，不知他这几天在忙什么。陈曦心中隐隐地希望他能来。虽然她和他认识才几天，相处总共也不到两天时间，但他的细心干练却给她留下了深刻的印象。他的一举一动都是那么恰到好处。有他在，她就感到了依靠和力量。说句实话，陈曦快三十了，只有一个男人让她有过这种感觉。

　　大学的时候，有个同学，跟她不是同一个班的，他长得也不是很帅，但眼睛却非常有神。每次学校做操，他们两个班是相邻的。每次两人目光相触的时候，她的心就莫名地慌乱了，忙低了头，有种莫名的羞怯。

后来陈曦知道了，他叫高杰，她经常在学校的校报——《兰苑》诗报上读到他的诗。由于受继父的影响，陈曦那时也喜欢诗歌。

每次学校给班里发校报下来，陈曦都先看有没有他的诗歌。他的诗歌总有那么一两句让她怦然心动。她的心就是那时被一个男孩子的语言打动了的。她也学着写诗，开始往学校的校报上投稿，有时候也发表，有一次她的诗和他的发在了同一个版面，而且相挨得很近。她把那一期的报纸保存了好久，直到大学毕业。

后来，她就有意无意地关注起他来。他们两个班的教室就隔着一堵墙，教室前面是宽阔的阳台，下课了，学生们就在阳台上聊天、打闹、休息。有时她会看见他在阳台上看天，看远方，有时看头顶飞掠而过的鸟影，有时看白云。陈曦也喜欢看天看白云。也许是因为从小有点小不幸吧，她的性格还是有点敏感和脆弱的。

她总会感到孤独，总想找个人倾诉，看到同学们都出双入对的，她看不惯他们的无所顾忌和卿卿我我，但她内心也渴望有一个人能理解自己的忧郁孤独，希望有一颗和自己一样的心彼此温暖。

所以她会有意无意打听他的消息。有一段时间她每天都希望见到他，看他在阳台上发呆，她的心里就感到欣慰，一天见不到他，她就感到失落。

后来，她知道，他是敦煌那边的，是学校兰苑诗社的一员。

再后来,陈曦也加入了兰苑诗社,有时帮忙校对稿子什么的,和高杰也有了一点交往,对他也有了更多的了解。

原来,高杰有个女朋友,是高中同学,在青海上大学。两人一直在通信,高杰发在校报上的诗,许多都是写给女朋友的。

从此,陈曦感到很失落,好不容易遇到一个喜欢的人,却有缘无分。

尽管当时班上也有一两个同学给陈曦写过信,希望和陈曦谈恋爱,但陈曦觉得对他们没有感觉,也没有共同语言,都没有答应,就不了了之了。

从此,陈曦就关闭了心门,很少对男人动过心。

陈曦想着海涛,想起了自己曾经有过的心动,现在她再一次有了那种怦然心动的感觉。她问自己,自己这是怎么了?

她渴望着海涛能来,海涛来了,在这个既熟悉又陌生的地方,她的心就有了依靠。

陈曦正这样想着,海涛就来了。

当陈曦远远听到摩托车的声音,她的心一下就活泛了起来,一种惊喜从心里漾了出来。

她忙拄着拐走出房间,海涛已经到了院里,他支稳了车,对陈曦说:"陈姐,你先转过头去,我要给你一个惊喜。"

"搞什么名堂?还神秘兮兮的。"陈曦听话地转过脸。

"噔噔噔,你看,这是什么?"

"瓢子！"陈曦转过脸,海涛的手里捧着一大束瓢子,有红的、白的,还有淡红的,就像一束花一样。"你从哪儿摘的瓢子？"陈曦有点惊奇。

"来的路上啊,我看瓢子熟了,就把摩托车停到路边,摘了一束,你看,这瓢子说熟就熟了,前几天我看了,它们都还是青蛋子,我五六天没过来就已经有熟的了,你尝尝,酸酸甜甜,特别好吃。"

陈曦摘了一颗又红又大的放进嘴里,用牙齿轻轻一咬,满口是酸酸甜甜的味道。

"好吃,你也吃吧。"陈曦说着把手里的瓢子束往海涛面前送。

"我吃过了,你吃吧,如果你爱吃,回头闲了我给你摘一篮来。"

这时,支书进了院子。

"海涛来了啊。"

"嗯,刘叔。"

"这几天在忙什么？"支书问道。

"镇上来了一批扶贫帮扶的单位,又是陪着下村,又是开会,又是填表,忙晕了都。"

"陈姐,你的脚疼得怎么样,好些了没？"海涛答完支书的话,关切地问陈曦。

"好多了,就是还是使不上劲。"

"不急,你慢慢养着,急也没有用。"说完又问支书,"刘叔，这几天村里有什么事吗？"

"村里能有什么事？啥事也没有。就是陈书记要了解村里的情况，具体的贫困户建档立卡的事，我给大概介绍了一下，村里建档立卡户的表是你和主任弄的，你给她说说，把那些表让她看看。"

"好，表在村委会，那我去拿。"

"我也去。"陈曦说道。

"你脚不好，你在这儿歇着，我去就行。"说着从支书手里接过了钥匙。

"我也去，我有东西要取。"陈曦坚持要去。

"那，陈姐，你的脚能行吗？"

"能行，这几天，我拄着拐杖，行动方便着呢。"

"那好吧。"

陈曦和海涛向村委会走去。

到了村委会，陈曦进了自己的房间，海涛到会议室取资料。

"陈姐，你东西取了吗？"海涛取了资料，在门口问陈曦。

"海涛，你先进来，我给你说个事。"

海涛进来了，陈曦从兜里掏出五百元钱和一张字条递给海涛说："你到镇上给我买些东西去吧。"

海涛接过字条一看，电磁炉、锅碗瓢盆、案子、水桶，还有米面油盐酱醋菜水等生活用品。

"陈姐，你这是？"海涛有点纳闷。

"海涛，我驻村帮扶不是一天两天，这一驻就是一两年，甚至更长，总不能一直在支书家吃住吧？驻村帮扶，我们单位上是有补助的。"

"那你也得脚好了再说吧？"

"你看，我的脚已经好多了，我可以自己照顾自己。你快去吧。钱不够的话，你先垫着，回来我再给你，快去。"

"那好吧。"海涛拿了钱和字条走了。

海涛走了，陈曦在屋子里却有点怅然若失，其实她还有些舍不得离开支书家的，这并不是因为在支书家有人伺候，而是因为在支书家就像在自己家里一样，和自己亲生父亲在一起，在一个锅里吃饭，让她有种温馨的感觉。

陈曦一个人在屋子里有点无聊，就拿起海涛取来的旧面村建档立卡贫困户的资料看了起来。这建档立卡贫困户的资料有一尺多厚，陈曦一页页地细看。

过了两个多小时，海涛回来了，买来了陈曦字条上列的东西，还买来了一些陈曦没有想到的东西——毛巾，洗脸、洗脚盆子，衣服架子，拖把等。

海涛帮陈曦支好案子，调试电磁炉，准备做饭，却发现没有水。海涛提起水桶就出去了。

半个多小时后，海涛挑着两桶水来了。挑来水，海涛就挽起袖子做饭了。

"还是我来吧。"陈曦对海涛说。

"陈姐，你歇着，我来，你别看我是个男的，可做饭是我的拿手戏。我从上初中就开始做饭了。到现在这做饭的'饭龄'啊，已经十多年了。"

"'饭龄'？还有这一说啊，新鲜，我还是第一次听。"陈曦被海涛说话的方式惹笑了。

"怎么没有，抽烟的人有烟龄，喝酒的人有酒龄，咱们做饭的人就不该有'饭龄'吗？"

"哦，那你做饭十多年有什么心得？"陈曦想掂量掂量海涛说的是不是真的。

"心得？瞎厨子一把盐，好的厨子也是一把盐。盐为味之首，再好的食材，如果盐放得不合适，那也是白搭。盐多了，又咸又苦，难以下咽；盐少了，淡而无味，食之索然。再者，就是火候，炒菜，油烧几成热，什么时候该放什么，什么时候该大火，什么时候该用文火。火候掌握好，炒出来的菜，色泽鲜亮，味道才好。还有就是搭配，什么菜和什么菜搭配好吃，有营养，这也是有一定学问的。"海涛张口就来，而且头头是道。

"噢哟，厉害啊，看不出来啊，你是从哪本书上看来的吧？"陈曦既惊叹又有点不相信。自己也做了十多年饭了，也没有总结出这么多的经验。自己做饭，随心所欲，盐不是轻就是重，火候也掌握不好，菜也乱搭配，做的饭也马马虎虎能将就着吃。

"是自己体会、琢磨出来的。我今天给你露一手，你尝尝不就相信我了？"海涛说着就开始做了起来。

他先在电饭锅里蒸上米饭，就开始在案板上操作起来，陈曦一看，果然刀工不错，手法娴熟。

一会儿，米饭熟了。海涛的两个小菜、一小盆汤也做好了。屋子里弥漫着饭菜的香味。

"陈姐，你尝尝我的手艺。"海涛从电饭锅里盛了米饭，把一双筷子递到陈曦的手里说道。

"哦，味道还真不错。"陈曦尝了一口，由衷地赞叹。确实，海涛做的只是家常的小菜，一个青椒肉丝，一个家常豆腐，还有一个西红柿鸡蛋汤，但每道菜都咸淡适中，色泽鲜亮，口感非常好。

"呵，已经吃上了啊！"两个人正在吃饭，支书走了进来。

"叔，快坐下吃饭。"陈曦打招呼，海涛起身欲取碗筷盛饭。

"你们吃，你姨家里做饭着哩，我是来叫你们去吃饭的，没想到你们已经开始吃了。"支书说着在屋里看了几眼，"这些都是刚买的？"

"嗯。"陈曦答道。

"你看你这闺女，破费这个干什么，你就在我家吃不就得了。是嫌你姨做的饭不好吃？！"

"叔，不是这样，我驻村扶贫不是一天两天的事，总不能一直在你家吃吧！"

"在我家吃咋了？你来帮扶我们，吃几顿饭怎么了？其实，在我家，我和你姨都把你当成自己的女儿了。"

"谢谢你和姨对我的照顾和关心，我也希望自己是你们的女儿。可我驻村帮扶，单位上有补助，我不能长期在农户吃住，给农户带来负担。我不能违反政策啊。"

"我也说不过你，那你们吃吧，我也吃去了，有什么难处你就言语，别委屈了自己。"支书说完走了。

陈曦看着支书的背影，心里有一丝失落，她多想说一声"爸爸，我就是你的女儿啊"。

吃完晚饭，海涛洗了碗筷，歇了一会儿。海涛去上厕所，回来，没头没脑地说了一句："陈姐，在这里驻村，真是委屈你了。"

陈曦不知道他是什么意思，就问道："怎么委屈我了？"

"唉，我是说茅厕，你的脚崴了，在这样的茅厕里上厕所，你太不方便了。"

"哦，就是啊，可有什么办法，只有将就着上呗。"

"唉，回头我想办法。"海涛说。

"你有什么办法？"

"只要去想，办法总比困难多。"

海涛说完，就要走了，陈曦也不便留他，她拄着双拐把海涛送出了院子，看着他骑着摩托车远去，她的心里有一种空落落的感觉。

陈曦无事可干，屋子有点闷热，她搬了个凳子，在院子纳凉。她继续翻看村里贫困户建档立卡人员的资料。资料有厚厚一摞，她看了，字写得非常漂亮，也很见功底，都是一个人的笔迹，看来是一个人填的。贫困户致贫原因，有的是疾病致贫，有的是缺少劳力致贫，有的是因家里供两三个学生读书，有的是身残致贫。看着这些贫困户，她心里开始发怵，这么多贫困户和贫困人口，怎样才能带领他们走出贫困，摘掉贫困的帽子呢？

过了一会儿，支书给她送来了她的行李箱，里面有她的洗漱用品和书籍什么的。

"唉，你这闺女，在家里住得好好的，咋又要过来，你一个人，脚又不方便，你要住过来，等脚好了不行吗？"

"叔，我的脚好多了，你看，我拄着拐杖可以自由行动了。"陈曦边说边拄着拐杖起来走了几步。

"好了，别走了，小心磕着碰着。"

"叔，你来了，我们就聊聊这扶贫工作怎么干啊，我又没干过扶贫工作，你要多指导我。"

"唉，这扶贫工作，我也是无头无绪，以前有单位来帮扶村里，但就是走走过场，给贫困户买袋子米，买袋子面，买些化肥农药，给个一二百块钱，给孩子买些文具图书什么的。不起什么作用的。"

"那我怎么办，也是向单位要点钱，买买这些东西，那我驻村还有什么意义啊？"

"这个，慢慢来吧，边走边看。你先养你的脚，等脚好了再说。"

"叔，既然组织信任我，让我来驻村扶贫，我不想走走过场，我想真心实意干几件事，带领乡亲们走出贫困。我们还得加油干呀！"

"闺女，村里情况复杂，这个不容易干。你别想那么多，边走边看。作为村干部，我说句实话，像以前那样，扶贫弄不好越扶越贫，给贫困户给钱买东西，只是助长了他们等靠要的懒惰思想。"

"那这贫该怎么扶啊？"陈曦有点迷惑了。

"就是说啊，这贫该怎么扶？"支书似乎在问陈曦，又似乎在问自己，"先休息吧，等脚好了再说。"支书说着起身就走了。

支书走了，天色也暗下来了，陈曦到了屋里。面对扶贫工作，她有一种茫然无助的感觉。她盯着裹着绷带的脚出神，看着脚，她有了一种隐隐的疼，但心里忽然一下子开朗了起来。看到受伤的脚，她想起了路，对，就是路！俗话说，要想富，先修路。从镇里到村里有十多里路，都是土路，被大车轧得凹凸不平，骑摩托车都不好走，还有从沟里到村里一公里多路又窄又小，沟壑纵横，只能勉强走个摩托车。如果把这一段路修通，给村民办一件实事，是一件多么有意义的事！

她知道这要立项申请，需要向上级打报告要钱，一定有难度。但有难度才要争取。

陈曦躺在床上，为自己的想法而激动。她很想把自己的想法与人分享，于是掏出手机想给李峰或者海涛打个电话，可手机信号不好，打不出去。

陈曦被自己的想法激励着，辗转反侧睡不着，只有起来看书打发时间，直到听到鸡叫才有了睡意。

第二天，陈曦起得有点迟，她胡乱做了点早餐，吃过就拄着双拐去找支书，说了自己的想法。

"我们以前就向镇上报过，都没有立项，也没批下来。"

"叔，这次我来跑，我一定要争取立项，要来钱，把这段路修通。如果到时项目下来了，要到钱了，你就把占地征地的工作做好。"

"那当然，只要能立项要到钱。"

"叔，那你带我到各家各户看看吧，我真的闲不住了，我想了解了解村民们的看法，看他们怎么想的。"

"你好好歇着，等脚好了再说，我说过多少遍了，扶贫不是一天两天的事。"

"可我还是急得慌啊，唉，这该死的脚，偏偏这时崴了！"

"好好养脚，心急喝不了热汤。慢慢来，日月常在，扶贫工作任重道远，不急于这几天。"

陈曦从支书家回来，远远地看见海涛和一个人在村委会厕所那儿忙碌。陈曦走近了一看，他们正在用铁锨挖出厕所里的粪便，再用草木灰把厕所里的粪便遮盖住，然后再挖到架子车里拉走了。

拉完厕所里的粪便，海涛又和那个人不知从什么地方拉来一车黄土、一车砖、一车砂子和几袋水泥。两个人先用黄土把厕所里面垫平，然后开始用砂浆砌砖。

陈曦看不懂他们搞什么，只是知道他们在修厕所。

陈曦问他们："你们准备怎么弄，要我帮忙吗？"

"陈曦姐，你脚不好，你歇着吧，有我们就行了，天黑的时候就弄好了。到时你就知道了。等会儿你给我们按时把饭做好就行了。"

"做饭没问题，只要把厕所修好。"陈曦高兴地说。

海涛和那个人忙碌了一天，到了晚上，厕所改修好了。

海涛在厕所里用砖做了一个人蹲的平台，平台用水泥抹光滑了，又在平台里面砌了一个溜槽，溜槽也用水泥抹光滑了，又在溜槽下面的墙上挖了一个口，这样就把人上厕所的地方和粪池分开了，人蹲在厕所里，大小便通过溜槽排到外面的粪池里。厕所里面干净卫生。

海涛和那个人又不知从哪儿弄来椽子和门扇，给厕所安了门，又给厕所盖了顶子，还从屋子里拉了电线接了电灯。

看着海涛修整一新的厕所，陈曦感动得湿了眼眶，心中有说不出的感激。海涛真是太有心也太细心了。

最后，海涛给陈曦说，最近几天让陈曦上厕所先到旁边的邻居家将就几天，说着指了一下帮忙的邻居，三四天以后，新厕所就可以用了。

一个月后，陈曦的脚好些了，拆掉了石膏，疼得也不厉害了，可以不用双拐走路了，但还是走不了长路。

陈曦决定和海涛走访村里的每一户人家，对村里的情况有更进一步的了解。

旧面村民居是典型的陇南山区木架子房，布局成四合院结构。

西坡地势不平，房子都是旧房子，而且都是木架子房，多依山而建，房基是就地取材的石头，上面是黏土与碎石夯实的土墙，防寒保暖。房架子全取自山上的木头，耐用结实。屋顶是青石板或青瓦，青瓦是村里的小砖窑烧制的。立木上梁时，村里人都来帮忙，举办个仪式，一天内要上好瓦，盖好房子。房子既拥有北方建筑的恢宏高大，又融合了江南民宅的精雕细琢，院落布局合理，为"U"形结构。房屋依山而建，正房三至五间，在山坡的高处，为一层或者两层，两层的用厚厚的木板隔开，屋内有上楼的木楼梯。正房的两侧是厢房，也多为两层，一楼一般为圈房和杂物房，二楼一侧是厨房，一侧为次卧，各具功用。厢房的二楼跟正房的脚地持平或略高于正房脚地，院子的两边是石头台阶，拾级而上，可到正房的栏台和厢房的二楼。院门有的位于一侧，有的在"U"形开口处。正房门上和窗户上都有雕花，雕花有喜鹊登梅、鹤立松枝、双燕齐飞、鸳鸯荷花；

也有雕鹰啸山林、鹿鸣呦呦之类的；有的雕的是梅兰竹菊四君子。这些雕花有的细腻逼真，有的粗犷豪放。这些雕花都年代久远了，有的房子经过常年的烟熏火燎，房子的椽子檩条都被熏成焦黄色或黑色了，有的由于主人疏于擦拭，落满灰尘和蛛网，更显得沧桑久远。村里的贫困户多数在西坡。经历过汶川地震，房子墙体多有裂缝，屋瓦多有掉落，后来都补修好了。

东坪是新村，平坦开阔些，房子多数是近几年修的新房。有的还是水泥砖混房子，干净整洁，有着现代气息。听支书说，只有十多户是以前的老房子，其余的多数都是家里情况不错，修了新房从西坡搬过来的，有许多是2008年地震灾后重建修的。

陈曦和海涛开始走访贫困户。

他们去的第一家是就是小菊家。小菊家在东坪，他们进了院子，这是一幢在村子里还算不错的房子，正房是三间两层的木楼房，厢房也是。立柱和檩条都是上好的原木，显得崭新，房子也高挑大气。

他们进了院子，小菊正在院子里择菜。她看到陈曦和海涛，淡淡地笑着和他们打招呼："你们来了，快坐。"说着起身从身边拉过两只小板凳到他们脚边。

陈曦和海涛坐下后，陈曦细看，小菊今年三十多岁，但脸上却沧桑了许多，她从记忆的深处搜寻她童年时的影子，但已经没有了当年的痕迹，岁月不饶人，时间可以改变一切。如果不是知道眼前的人就是那个小时候带着自己漫山遍野摘瓢子、和自己同吃同睡过的小姐姐，即使相遇也不一定能认出来。

陈曦看着眼前的小菊，心中不由感慨。

陈曦和海涛开始了解小菊家的收入情况，陈曦很想了解一下，这些年来小菊的生活。

"唉，都是命啊，苦都是自找的。"小菊一说话，眼睛就红了。

小菊一边择菜一边和陈曦聊起了家常。在小菊絮絮叨叨的聊天中，陈曦了解到了小菊姐的事。

小菊十七岁那年，父亲让她嫁给邻村观音坝的一个男人，以便给哥哥换一门亲。可那个男人比小菊要大近十岁，而且身有残疾，一只眼睛是瞎的，没有眼球，只是一个深坑。小菊没看上，她看上了本村的青林。青林当时二十岁，一表人才，还会木工手艺。

但是，父亲和哥哥反对，因为青林家里穷，青林家在旧面村属于贫困的家庭。父母都是老实巴交的农民，在村子里也属于那种默默无闻、无人问津的一类人。

可小菊却看上青林人勤快，会手艺。因为小菊不嫁给观音坝的那个男人，给哥哥换亲的事就落空了。父亲和哥哥因此记恨她。她出嫁的时候就什么都没有陪嫁。

小菊的眼光不错，青林果然攒劲，能吃苦会持家，小菊嫁过来后，几年时间，他们就攒够了修房的钱，把房子修到东坪，修成了这三间高大的二层木楼房。

　　之后，女儿和儿子相继出生，小菊的生活芝麻开花节节高，她感到前所未有的幸福。

　　可是，人生的事总是难以预料，幸福的生活却没能长久。就在三年前，青林在城里干木工活儿时，骑摩托出了车祸，被一辆货车碾断了一条腿，从膝盖以下截肢后安了假腿。因为他行车路线不对，自己也有一定责任，货车司机只赔了一部分钱，为了给青林看腿和安假肢，家里花掉了所有积蓄，还借了许多外债。

　　于是她家被确认为贫困户。

　　听着小菊平静而又黯然的诉说，陈曦心里感到莫名的难过。

　　"都是命啊！"小菊再次感叹。

　　自从青林截肢后，家里的收入就只有来自地里的收入。小菊忙里忙外，苦扒苦挣。一年下来，挣到的钱吃喝用度后就所剩无几了。

　　了解了小菊家的情况后，陈曦和海涛准备到其他贫困户家里再看看。小菊送陈曦和海涛走出院子。陈曦让海涛先走，看海涛走出十几米远了，她从衣兜里掏出五百元钱塞到小菊的手里说："小菊姐，这点钱，你拿着，是我的一点心意。"

　　"陈书记，我不能拿你的钱。"小菊不拿陈曦的钱，推让着。

　　"小菊姐，我是青芳啊！我的钱你都不拿吗？"

　　"你是青芳？！"小菊有些茫然。

　　"嗯，有些情况闲了我们细聊，钱你先拿着，我身份的事你还先替我保密。"

"你真的是青芳！我都认不出来了。"小菊忽然热泪盈眶，紧紧握住了陈曦的手。

"小菊姐，是命也好，是运也好，有苦，我们一起吃，有难，我们一起担。"陈曦也握住了小菊的手。

"其实，我也不愿当这贫困户，我有手有脚，青林虽然少了一条腿，但还有手。苦几年，把借的外债还清就好了。人活着，办法总是比困难多，只要心里有希望，再重的担子也不会觉得重，再痛的苦里也会包含着甜。"

第二家，他们去了青红家。

进了院子，眼前是几间低矮的茅屋，门窗很小，墙是土墙，而且到处是裂缝。村里条件好些的人家一般前墙都是用砖砌的，门窗都大，厅房门都是对开门，有的还是四扇的。但青红家的只有一扇门，门扇有年辰了，又黑又破，门底还有一个大豁口，就在陈曦进了院子的当口，一只黑猫从豁口里蹿了出来。

院子里没有人，海涛喊了几声，屋里才有个七十多岁的老婆婆佝偻着身子开了门，出来问他们找谁，有什么事，还说青红和母亲到山里砍竹子去了。

陈曦想和老婆婆聊聊，但问了几句，老婆婆耳朵有点背，总是听不清。海涛说还是算了吧，过后再来。

走出青红家，海涛告诉陈曦说，青红患有小儿麻痹症，右腿三级残疾，无法劳动；右胳膊也有些问题，到了冬天就使不上劲，严重的时候连筷子都捉不住。

青红父亲去世早，家里有一个七十多岁的奶奶和母亲，母亲五十岁了，他自己也三十岁了，因为身有残疾，所以还没成家。

全家收入主要来自地里的收成和他的竹编。青红虽然身有残疾，但他的手很巧，会编背篼、筛子、茶篓。

但竹编是细致活儿，一个人一天才编一个背篼或者一个筛子、两个茶篓。一个背篼能卖五十多元，一个筛子小的能卖四十多元、大的卖五十元，一个茶篓卖个十多元二十元。由于他身有残疾，无法自己弄到镇上或者城里，他编的东西都批发给收竹编的人了，所以价钱会更低一些。加上砍竹子和划篾条的时间，也挣不了多少钱。所以青红家是村里重点的贫困户。他家的房子，还是地震前的房子，地震后国家补助了维修款，可他家没有劳力，只是简单地处理维修了一下墙体上大的裂缝。

第三家，是青云家。

青云是个很不幸的人，他天生残疾，脊柱畸形，右肩侧凸，身高仅一米四，肺活量也只有正常人的四分之一，不能干重活儿，说话也不能高声大气，只能轻声低语，否则就会上气不接下气。与生俱来的残疾，让他自卑懦弱，他总是喜欢低头走路，见了谁都只傻傻地笑。他的残疾和自卑谦虚得到了纯朴善良乡民的同情。

面对如此的厄运，一般人往往承受不起，就此颓废下去。刘青云面对着如此坎坷的命运——要知道在很多人看来这几乎就是人生绝境，然而他的一举一动，却令村民不得不对他另眼相看。还是幼童时，乖巧的刘青云就已经懂事了，面对家徒四壁的窘境，打小就在异常凄苦的生活环境中锻造了自己坚强的秉性。

俗话说，祸不单行，福无双至。青云就是这样。从小身体有残疾，可还没有长大，父亲又患了羊癫疯，一犯病就口吐白沫，抽缩成一团。母亲又离家出走，下落不明。爷爷又去世早，家里就只有他、父亲和奶奶。好在奶奶身体硬朗，忙里忙外，操持着一家。

由于自身和家里的贫困，他小学没毕业就辍学回家了。从小他就学着去适应，学着做家务，学着去砍柴……小小年纪就得学这学那。由于他身有残疾，个子矮小，别人一次能背五十斤东西，他就一次背十几斤多背几次，别人砍柴用一个小时，他就用两个小时。好在他勤快。他早早就起来干活儿，他就是一只笨鸟，他相信笨鸟先飞的道理。逆境往往更能磨炼人，他长期置身于艰辛困苦中，反而愈挫愈勇，他始终坚信自己的人生必定会慢慢好起来的。

后来，他长大了，看到别人都全手全脚，什么都能干；自己虽然也四肢都有，却是一个废人。村里不念书的人，有学做木匠、学做泥瓦匠的，可他都做不好。他看到许多年轻人都出门打工了，决定跟着其他人外出去打工。可是，他跟着人去了一趟兰州，找了好多工种，都因为身有残疾被拒之门外，他只有回来。

有一天，村里来了一个劁猪人，青云的奶奶请他来家里劁猪。一会儿时间，小猪就劁好了，奶奶给了那人五元钱。而且，劁猪不用出大力，也不用什么复杂的工具，只要一把小小的弯刀。

送走了劁猪人，青云给奶奶说，他要学劁猪。

于是，奶奶就带着青云提了人情到观音坝村去拜师。

可是，劁猪的师傅却说他的手艺是祖传的，传内不传外，不能传给外人。

于是，他就偷偷跟着劁猪人走村串巷，看劁猪人怎么给人家劁猪。

开始，青云就等在观音坝村口的路上，劁猪人到哪个村子去劁猪，青云就跟着，跟了几次，劁猪人知道青云想偷艺，就总是躲着青云，两个人像捉迷藏一样。劁猪人开始是步行到附近的村子劁猪，但被青云跟了几次后，就买了个自行车，这样就甩掉了青云。

但每到镇里逢集，劁猪人就会到镇里的卖猪场上给人劁猪。有一些人买了猪，回家再劁，也有一些人买了猪，当场在镇上就劁了。

为了学到手艺，青云每到逢集就候在卖猪场。

青云看劁猪看得多了，就会了。小公猪要割掉它的两个小睾丸，小母猪要割断输卵管。但劁小母猪要难一些，小母猪的输卵管要难找。为了学会劁猪，青云家买了猪崽，青云先在自己家的猪崽身上试验。小母猪和小公猪都买了试。

试验成功了，就先免费给邻居劁猪，然后给村子里劁猪。慢慢地，村里的人都知道青云会劁猪。村里的猪就都让青云劁。也开始有村民给青云劁猪钱。免费一两次后，人们就不好意思不给钱了。

青云学会了劁猪，也用一个黄挎包装了劁猪工具到邻村和镇上劁猪。开始，人们还不相信他，不让他劁猪，他就每只小猪少收两元钱，后来就有人找他劁猪，再后来就越来越多，他终于可以挣到钱了。

这样，一个家庭就靠青云劁猪挣的钱过日子。

陈曦听着海涛讲述青云的故事，不由得对青云肃然起敬。

到了青云家，青云的奶奶正在择菜准备做晚饭。青云赶集去了，还没有回来。

陈曦和海涛了解了一下青云家里的情况。虽然青云挣钱不多，但家里省吃俭用，日子还算能过。

青云的奶奶叹息道："唉，就是给青云成不了家，这刘家的香火就要断了。"

陈曦不知怎么安慰青云奶奶。

她和海涛要离开了，青云的奶奶留他们吃饭。

陈曦和海涛坚持离开，说自己也要回去做饭了，但青云的奶奶非常犟，非要陈曦和海涛在家吃饭。甚至说，如果陈书记不在他们家吃饭就是看不起他们家，嫌弃他们家。陈曦和海涛只好留在他们家吃饭。这是陈曦驻村以来第一次在走访村民家里吃饭。

第二天，他们去了第四家贫困户——刘青霞家。

刘青霞是户主，家里有七口人。她是家里的长女。家里有一个九十岁的奶奶，父亲也快七十岁了，十多年前到山里砍柴时，跌落山崖摔断了腿，走路不便，只能拄拐而行。母亲身体孱弱，六十多岁，腰椎有了问题，总是佝偻着身子，经常伴有哮喘，也干不了重活儿。

青霞二十岁结婚，男人盛云是观音坝人，是一个上门女婿。盛云虽然很能干，却也被村里人看不起。在这偏远闭塞的村庄，人们对上门女婿依然带着偏见。日子过好见不得，勤快了说你是个劳苦命；日子恓惶瞧不起，懈怠了说你是懒汉二流子。后来有了一儿一女两个孩子，负担更重了。

青霞知道自己家里底子薄，负担重，一心想着发家致富，和盛云一起改变家里贫穷落后的面貌。

这些年，青霞夫妻俩风里来雨里去，含辛茹苦，披星戴月，养过猪，喂过鸡，种过红苊，总想让一家七口人的生活过得滋润些，能够有吃有穿，有新房住，有钱花，有肉吃，过年让老人孩子有好东西吃，有新衣服穿。

可是，天不遂人愿，种庄稼，不是天打就是水淹，年年歉收。种红芪，开始红芪行情还好，但到他们收获的时候，红芪价格暴跌，挖红芪卖的钱，还收不回秧子肥料钱。喂养过几头母猪，到仔猪出售的时候，价格低得不够喂养几个月的粮食钱。后来又养鸡，从市场买回几十只雏鸡，小鸡崽活蹦乱跳，"啾啾"叫，扑棱棱跑，在院子里觅食、撒欢。可是，长过两三个月，要开始下蛋了，却得了鸡瘟，火红的鸡冠子成了紫色，黑紫色，满院子拉黄绿色的稀屎，不久后就一个个东倒西歪一命呜呼了。

几年下来，折腾了几次，能想的法子都想了，生活依然不见起色。日子反而越过越穷，碗里头依然清汤寡水，口袋里越来越瘪，两口子人也憔悴得不成样子。

于是，他们把土地撂下，把孩子交给父母，一起出门打工去了。但两个人打工挣下的钱也仅够维持家用。

第五家，是一个孤寡人，刘明佛。刘明佛五十多岁，是个哑巴，这个人陈曦有印象。他不会说话，但却非常勤快，会编背篼，会用马尾高粱扎笤帚。

陈曦就记得刘明佛给她家里扎过笤帚。那时，父亲出门在外，家里没有笤帚用了，母亲就让明佛给家里扎。他扎的笤帚结实耐用，样子还好看，像一把扇子。陈曦记得，小时候，村子里的笤帚都是明佛扎的。谁家没笤帚用了就叫来明佛，让他给扎笤帚。那时家家户户都有马尾高粱，马尾高粱就是专门用来扎笤帚的，在田间地头随便撒把籽，收割了就挂在墙角。家里没有笤帚用了就叫来明佛扎一把。明佛扎笤帚，不用付工钱，只要管三顿饭就行。

明佛无父无母，无儿无女。从陈曦记事起，就是那样一个人。陈曦记得，明佛总是提着一个瓦罐到村子里的沟里去提水，别人都是用塑料桶挑水、背水，只有明佛用瓦罐提水。而且他提水总是要比别人走得远，村里人一般到了沟里，都是在最近的地方舀水，而他却要再往沟的里面走一段，总要越过别的舀水的人。

进了院子，明佛在院子里的树荫下扎笤帚，不知是给自己还是给别人扎。

明佛看到有人进了院子，就停了手里的活计，咿咿呀呀地跟人打招呼，并从屋里拿出两把小板凳让陈曦和海涛坐。明佛似乎和海涛很熟悉，他用手给海涛比画着什么，海涛也比画着，陈曦也看不懂。

陈曦坐在院子里，打量这个孤寡人的院子。比起别的人家，这院子有些破落，但很干净。三间正房是瓦房，厨房和厢房是石头屋。由于年久失修，瓦房屋檐有几处漏雨的地方，椽子朽了，有些甚至塌了，房子就不成样，有些歪七扭八的。

明佛是一个孤独的人、寂静的人。这院子也是寂静的。他不会说话，屋里也没有一个活物，不养猪，不养鸡，不养猫狗，甚至可能连一只耗子都没有。

海涛告诉陈曦，明佛是村子里最勤快的人，谁家修房盖屋、娶儿嫁女、红白喜事，他都去帮忙。他虽不说话，却心灵手巧，而且很有眼色，只要有人点拨，和砂灰递砖头，劈柴烧水，什么活儿都能干得很出色。他到谁家干活儿，无论干多少天，都不收工钱。只要管一日三餐就行。尤其在2008年地震后灾后重建的日子里，村里修房的人家多，明佛差不多每家都去帮过工。

明佛给村里人帮忙，村里人记着他的好。过年过节，有人杀了年猪就会给他端来猪肉猪油，有人送他蔬菜。他的年节虽然无声无息，却也有滋有味。

从明佛家出来后，他们到了青河家。

青河只有一只手，另一只手因为小时候放炮，让震天雷大炮冲坏了，五指都没有了，只有手掌。

由于一只手的指头少了，他成了残疾人，所以三十多了也没有成家。他初中毕业就不念书了，开始养羊。开始的时候，父亲让他养一公一母两只羊，现在已经发展到了三十多只。每年拉到镇上卖掉几只，一直保持着三十多只的规模。

他喜欢看杂七杂八的书，还懂点阴阳和医术。不知他什么时候从什么地方得到一本给牲口看病的书，还学会了给牲口看病。谁家的牲口生病了，人们都会叫他看病。

比如马蔫了，不吃草了，盘卧，把他请来，他给马的舌头上扎几针，挤出马舌头上的黑血，再把马的两只耳朵并在一起，扎一针，然后让主家牵着马在村子里转几圈，马就好了。

谁家的猪不吃食了，拉稀或者发抖，把他找来，他给猪打两针，再给点吃的药，猪也就好了。当然也有看不好的，但极少。

海涛一边给陈曦介绍青河，一边走，到了青河家，青河放羊去了，他父亲到地里干活儿去了，只有他母亲在家。

青河的母亲人木讷少言，说话还有点结巴，陈曦问她什么，她一个字要说三四遍才能说出一句话来。

陈曦问他们缺不缺吃的穿的，一年的收入有多少，她都说不上来。

陈曦看也问不出什么，就离开了。

离开之前，陈曦在他家的院子里转了一圈，看到他们的住房破旧，正房虽然是瓦房，但年久失修，有几处破败不堪，屋顶上的屋脊歪歪扭扭，有几块砖都歪到了一边。瓦沟里长满瓦松。院子里有几间羊圈，墙角的盐碱土被羊舔舐掉了，露出了土下的石头，墙体到处有裂缝，有的地方被泥巴糊过，泥巴掉了，又露出了裂缝。

第七家，是个很不幸的家庭。

青山家本来是一个幸福的家庭。青山的父亲比较有头脑，在十多年前红芪行情好的时候，连续几年种药材，每年要卖三四万元，在村里提前修起了一溜五间的两层木楼房。前面是一砖到底，窗子又大又亮，把厢房和厨房也重新翻修了，茅草屋顶换成一溜青瓦，前墙以前是用土坯封的，也一律改成青砖到底，而且勾了砖缝，门窗全换成新式的大门窗。

青山初中毕业回家，学会了泥瓦匠手艺，娶了村里最漂亮的姑娘杏花。

可是不幸却光临了这个幸福的家庭。十年前，他们怀着无比兴奋的心情迎接女儿降生，当时，孩子刚生下来，青山看着女儿毛茸茸的小脸、肤如凝脂的小手小脚，真是让人怜爱，兴奋地看着女儿彻夜睡不着觉。

但是他们慢慢地发现，女儿的发育与同龄孩子相比有差别，她不会翻身，而且语言和行走都有障碍。于是他们带着孩子到兰州的大医院检查，被确诊为脑性瘫痪。开始青山不相信是真的，他对自己说这一定是误诊。但是白纸黑字的诊断证明摆在眼前，他不得不相信。

生活的残酷，必须面对。从此，他们夫妻带着孩子奔波于多所大医院治疗。为此花光了家里所有积蓄，还借了许多外债，拆东墙补西墙，亲戚朋友都借到了，就这样为孩子坚持着。

陈曦听着海涛的介绍，心里有些难过，有些隐隐作痛，这世间为什么会有这么多不幸的事发生，人生怎么会有那么多的疾苦！

进了青山家，屋子确实很气派，在旧面村东坪一片，这样气派的房子也不多。青瓦砖墙，前墙是一溜的青砖到底，窗子宽大，院子也是青砖铺了的，比起别家的土院子，显得干净整洁。

如果不了解他们家里孩子的事，说他们是贫困户，都让人不相信。

听到有人进了院子，青山夫妇开了厅房的门走了出来。他们不认识陈曦，但认识海涛。

"这是帮扶我们村的第一书记陈书记，她来帮扶我们村，要了解村里贫困户的情况。"海涛向青山夫妇介绍陈曦。

"陈书记好！"青山向陈曦问好，并从屋里拿出了几只小板凳让他们坐。杏花提来了开水、茶和一串纸杯，给陈曦和海涛沏茶倒水。

坐下聊了一会儿天，陈曦了解到他们家贫困的原因就是孩子的病。

最后，陈曦说想看看孩子，杏花就喊："朵朵，朵朵。"

一会儿，一个十多岁的小孩就摇摇摆摆地从屋里出来了。

十多岁的孩子，微微笑着，如果安静地坐着，不会看出有什么不同。但一走路就显出一些异样，面部表情也比较僵硬，说话口齿不清。

看着孩子，陈曦想到了诗人陈美华，她问青山："让孩子念书了吗？"

"陈书记，你看她这样子能念书吗？"青山反问。

"能念，你们要相信孩子的智力。你们知道诗人陈美华吗？"陈曦问他们。

他们夫妇摇头说不知道。

陈曦告诉他们，陈美华是一个诗人，她和孩子一样，是一个脑瘫患者，但她却成了非常有名的诗人，出版了诗集，在全国出了名。最后她跟青山夫妇说："无论如何要让孩子读书，能读多少算多少。孩子识字了，对孩子将来有好处。"

"好，陈书记，我们想办法，让孩子读书。"

走出青山家，陈曦从兜里掏出两百元钱塞到杏花的手里："这两百元钱，你们给孩子买点东西吧！"

"陈书记，怎么好意思要你的钱？"杏花推辞道。

"拿上吧，这是我的一点心意。"陈曦诚恳地说。

"拿上吧，陈书记要驻我们村扶贫帮扶，我们就像一家人，不要客气！"海涛说道。

杏花收了钱，陈曦看到杏花的眼里有泪光闪动，她的鼻子也一酸，泪水涌进眼眶。她和海涛匆匆走出青山家。

第八户，彩云家。彩云也是一个残疾人，她的一只手有问题。

她的左手蜷缩在手心，五个指头无法伸展，干活儿只能用一只右手。但人却聪明伶俐，上学上到高中毕业。

因为手的原因，二十七八了还没有嫁人，成了村里的老姑娘。在这偏远的洛河，村里一般的姑娘二十岁左右就嫁人了，二十四五没嫁出去，就成村里的老姑娘了。

彩云家里有五口人，爷爷奶奶年龄大，母亲常年患病，家里经济收入就靠地里出一些，父亲打工挣一些。前几年还行，可自从母亲患病后，就一年不如一年。

第九家，青树家。

在去青树家的路上，海涛告诉陈曦，青树在村子里是一个葛扭子，意思就是刺儿头，不听人劝不服管束。

在旧面村，青树算是一个特立独行的人。在青字辈里算年龄大的，快四十岁的人了，也没成家。父母健在，六十多岁了。在村子里，像他这样的，一般都和父母生活在一起，但他不和父母一起过，而是自己一个人过。他也曾出门打过工，但都干不长，嫌吃苦、看人眼色，就不出门打工了，窝在家，种几亩薄地，打发日月。人也懒惰，种庄稼也不咋样，难从土地上见收益。喜欢饮酒，可以说嗜酒如命，挣点钱全拿去喝酒了。

而且他人特别拧，十多年前农网改造，村里架线拉电，有一根电线杆子需要栽在他的地里，像这样需要在地里栽根电线杆的，一般的人二话不说，只要把电接到村里都双手欢迎。而青树却说不行，不让在他家地里栽电线杆。好说歹说终于同意了，可是电线杆子栽好了，又反悔了，说电线杆栽到地里影响收入，硬要一万元钱，那时的一万元钱不是小数目。村里书记、主任找他谈话，他也不改主意，一句话——要钱。后来村里几个德高望重的老人也劝，他还是不听。气得村支书给镇上的派出所打了电话，以破坏生产拘留数日，还是一句话——要钱，简直就是一个死皮无赖。他扬言不给钱就要挖杆子铰电线。村里没有管，但他没敢挖电线杆也没铰线。但他喝醉酒后，想起来了就找村里闹，闹了一段时间，就不了了之了。

听完海涛的介绍，陈曦倒想见识一下这样的人。

进了青树的家，她远远就闻到了一股酒味。

院子里乱七八糟，垃圾遍地。只见在院子里的一棵苹果树下，堆放的酒瓶围了一个圈，有十几层高，清一色的白色酒瓶，都是瓶底朝外，瓶口朝里。那酒瓶至少有几百个。

但就是这样的人，院子里却有好多花草，有造型各异的迎春、三角梅、牡丹、芍药，还有许多陈曦叫不出名字的。

陈曦看了那圈围在苹果树下的酒瓶，有些惊奇。没想到一个人如此能喝酒。那酒瓶陈曦认识，是当地酒厂产的洛河特曲，一瓶十多元钱。

陈曦和海涛进了院子，没有见到人，见屋门开着，就进了屋子，只见青树斜躺在一张破沙发上，脚没穿鞋，一双脚又黑又脏，沙发前一双破烂的拖鞋东一只，西一只。前面的木头茶几上开着一瓶酒，前面一台十多英寸的黑白电视机自行播着节目。而青树睡着了，打着均匀的鼾声。

"嘿，青树叔！"海涛对着青树的耳朵喊了一声。

青树颤了一下，被吓醒了，睁开了眼睛，准备骂人，看到是海涛和陈曦，脸上的怒气消了，说道："吓死人了，是你们啊。"

"这是陈书记，来看看你，了解一下精准扶贫的情况。"

"哦，陈书记。"青树抬起一张长时间不拾掇、满是污垢和胡须的脸。

"雅兴不错啊,这一天电视看着,小酒喝着,比神仙还欢。"海涛说道。

"酒是孬酒,也没有小菜,如果是好酒,再配上两小菜,那才是神仙日子哩。"青树有些恬不知耻地笑着说。

"想不想有好酒好菜?"陈曦说道。

"怎么不想啊!"

"想了就撸起袖子加油干啊!"陈曦又说。

"唉,我也想干,这不是没有门路吗!打工没人要,种庄稼就几亩薄地。"青树摊了一下双手。

"你一年吃得够吗?"陈曦问道。

"马马虎虎够,就是没有好酒喝。"青树再次提到了酒。

"你一年的收入主要有哪些?"

"有啥收入?就国家给的两个低保钱。"

走出青树家,陈曦感到自己肩上的担子有些沉重,村里如果多些这样的人,精准脱贫怎样完成啊?

第十家,六斤家,六斤是一个七十多岁的老人。

六斤老人本名叫刘明仁,他父亲给起了个小名叫六斤。叫起来顺口,人们就一直叫他六斤,本名倒没人叫,甚至村里有的人都记不起他的本名。

六斤老人有三个儿子,儿子在村里都混得还不错。可是老人却一个人在村外的砖窑里住。

海涛说六斤老人脾气有点偏，以前他和老伴一起生活，前年老伴去世后就他一个人了，他的生活成了问题。他的三个儿子商量，让他在每个儿子家生活一个月，他们轮流照顾。可是过了一段时间，由于大小月，儿媳妇们之间会发生争执，发生争执时就会说老人有本事的时候怎么偏心，给谁分的东西财产多，谁应该多养活等。老人一气之下搬到自己年轻的时候烧过砖瓦的废弃砖窑里，任三个儿子怎样叫都不去住，靠到镇上捡垃圾生活。儿子们都在村里有头有脸，觉得父亲这样在镇里捡垃圾给自己丢了脸，也就再不管他了。于是，老人虽然有儿子，却成了一个孤寡老人。

陈曦见到老人，老人精神矍铄，穿得也干净整齐。

当老人谈起儿子们有些激动地说："我捡垃圾怎么了？我没偷没抢，自食其力。我辛辛苦苦修了一辈子房，每个儿子一个院子，可是却没有我住的房。我就要住砖窑。住砖窑怎么了？冬暖夏凉！"

老人又说："我捡垃圾挺好，人老了没瞌睡，我睡醒了就步行到镇里到处捡废纸废铁废塑料什么的，既锻炼了身体，又变废为宝，还能卖点零花钱。一个人生活还欢。"

"您现在身子骨硬朗，以后年纪更大了怎么办？"陈曦不由提出自己的担心。

"老了再说老了的话。"老人似乎不为生活忧虑。

……

　　陈曦跟着海涛走访了每一户贫困户，在每户贫困户家里，详细问询了他们的生活情况，每家贫困户的贫困原因要么是病，要么是残疾，要么是缺少技术；还有的是因家口大，人多，而能劳动挣钱的人少；有的是因为供孩子读书吃力。总之，贫困原因多，贫困面广，脱贫难度大。

　　还有近十多户建档立卡户，住在远离村子的大山里，叫山背后，到那里去要步行两三个小时，走路快的人都要一个多小时。

　　陈曦要海涛陪她去一次，海涛说，路太远了，而且都是羊肠小道，非常难走。陈曦的脚刚好，不适合走长路。等陈曦脚彻底好了再去。

四

　　陈曦在走访贫困户的同时，也走访了村里的非贫困户，问了村里人对进村那一公里路的看法。村里人都希望能早一天修通。陈曦问村里人如果修路，人们愿不愿意出工出力，村里人都说只要不要自己出钱，农闲的时候都愿意出力，只是村里的年轻劳力差不多都出门务工了，只剩一些老弱病残。

　　调查后，陈曦和支书商量，她决定向镇上报告这个修路的事。她在这一个月里把材料准备了一下，并附上照片，做了一份翔实的报告材料。

　　陈曦决定在村里召开一次村民大会，就村里修路的事再细致地听听大家的意见。

　　这次会议，是陈曦到村里开的第一次大会，陈曦让支书给村主任打电话，让村主任也参加。在会上，陈曦说了自己的想法，让村民们先开始修路，自己向镇上和县里汇报争取立项和资金，该占谁家的地，先记下来，等钱拨下来再给谁家补偿钱款。

　　陈曦说了自己的想法，有的村民支持，有的反对。支持的人说修路是件好事情，这村里的路早该修修了；反对的人说没有钱，怎么修路？靠我们这一群老弱病残，修到什么时候？

　　支书也表了态，我们就修吧，我们要自力更生，不等不靠，自己先动手修，修着修着，有钱了我们就把路修宽点，修好一些，我们要发扬愚公移山的精神，一天干一点，时间长了总会有结果的。

　　开完了动员大会，村民们从村委院子里陆续走了。只留下村委班子成员、村支书、村主任、陈曦和海涛，还有其他几位村干部。

　　"这路是修还是不修呢？你们都说说吧。"陈曦还想听听大家的意见。

　　"我看还是先等一等，没有钱，说什么都没用，就靠村里人用铁锨镢头能修，我们早就修通了，还能等到现在？有几处地方全是石崖，没有炸药和机械根本不行。"村主任刘明德终于说话了。

　　陈曦到旧面村两个多月了，还是第一次见他，他住在城里，很少回村，这次还是支书打电话通知才来的。

　　"叔，你看呢？"陈曦把头转向支书。

　　"我看修也行，先修着，能修多少修多少。干着总比不干的好。"

　　"海涛，你看呢？"陈曦把头转向海涛。

　　"我支持陈姐的意见。"

陈曦又问了其他几个村干部，多数人同意修路。

"好吧，那我就向上面要项目要钱，你们就动员村里的群众，争取今年把这段路修通。明德叔，你也帮着动员动员群众，毕竟你是村里的主任。"

"好的，既然大家都有干劲，我也支持。"主任似乎也转变了思想。

开完会，主任和支书都走了。海涛和陈曦简单地做了饭，还是海涛掌勺，做的是炸酱面，非常好吃。

吃完，陈曦就让海涛找来皮尺和本子，和陈曦丈量村子里主要的巷道和到每家每户的巷道。陈曦有一个想法，如果这次能申请立项，她希望多争取一点资金把村里的巷道也一并硬化了。

两人忙到天黑，还没有量完。

回到村委会院子，陈曦和海涛一起简单炒了两个菜。

吃过晚饭，海涛要回镇里去。陈曦想留他，却不知怎么出口。

"海涛，你——"

"陈姐，怎么了？"

"今天你留下行吗？"话说出口陈曦的脸已经红了，"我想让你帮我整理核实一下今天的丈量结果，商量一下写申请报告的事，只是，不知道让你住哪儿好。"

"哦，好，这个好办，以前村里有什么活儿，一天干不完，我经常会住村里。"

"那你住哪儿啊？"

"我平时都是住老支书家。"

陈曦听海涛说完，心里坦然了。

两个人在灯下把白天丈量的各条村巷村道的情况又核实了一遍。陈曦又让海涛在镇政府网站上搜索一份《乡村道路申请报告书》，好好研究研究，她以前虽然写过一些资料，但这方面的资料还很少写。两个人商量完，已经是晚上十点多了。海涛就到支书家去睡觉去了。

陈曦也躺到了床上，今天走的路有点多，崴了的脚有点疼，她轻轻抚摩着自己的脚，轻轻对自己的脚说："今天让你辛苦了，你可别再疼了，让我好好睡个安稳觉。"可是，陈曦熄了灯，又一次失眠了。

这些日子，陈曦的脚不好，动不动就疼，让她吃苦不少，睡眠也不好，总是失眠，夜深了还是睡不着，她试着数羊看书都无济于事。熄了灯，只有睁着眼想一些乱七八糟的事。在深夜，一个失眠的人是无助的。以前她也有失眠，但在城里可以看看电视，也可以用手机上上网，时间在不知不觉中就过去了，也没有什么。但在这旧面村里，手机没有信号，上不了网，也没电视可看，她拿来的几本书都翻遍了。失眠了，听时间一分一秒流走，感到夜是那么漫长，无穷无尽。她强迫自己睡却睡不着，偶尔脚也会火烧火燎地疼一下。夜深人静了，会听到村子里偶尔的狗叫声，听到夜鸟的叫声，听到虫鸣。她看《遥远的房屋》，想象作者一个人住在人迹罕至的海边的那种孤独感；她看《一个人的村庄》，感受作者在一个村子里不挪窝地住一辈子的情形。

是的，孤独，陈曦就常会感到自己的孤独。记得上初中那几年，少年的她，不知道为什么就感到自己很孤独。她不喜欢和别人相处，在班上她是孤独的，在宿舍里她也是孤独的，那个年龄段的孩子都喜欢三五成群，一起玩乐。而她很少和同学一起，她常在不知不觉间感到忧郁。在她生活的小城里，有条白龙江绕城而过，她就在城郊生活，白龙江就从村子边一绕而过。她常喜欢一个人到江边去。

一个人去江边挑水，洗衣服。那时白龙江上经常会看到有人放木排，就是把几十根木头并排捆扎在一起，放进白龙江，顺流而下，他们用铁锨当桨，在江上划水。她常常就看得出神，她那时就非常渴望远方，渴望离开自己生活的村庄，到远方去。

白龙江上常会看见一两只白鹤，它们悠闲地在江边散步觅食，有长长的腿，走起来悠闲安静，头一伸一伸的；有时也有一群野鸭子在江边的河滩里浮游戏水，自由自在。不知为什么，陈曦的心里填满了悲伤。她多么希望自己是一只白鹤或者野鸭子。

她常会坐在江边柳树下的青石上，看木排顺流而下，看白鹤悠闲漫步，看野鸭子啄水觅食。她不希望有人打扰她。

那时，她十三四岁，身子开始成长，她有点讨厌自己，她希望自己永远不要长大。人是多么矛盾，有时，当她遇到一些困难，看到父母为生活奔波，她希望自己快快长大，长大了能替父母减轻负担；而有时却不希望自己长大。

由于她自幼经历了父母分离，在新家庭中她不是继父亲生的，她从小就很敏感多愁。她记得继父的父亲，她叫他爷爷。当初，他就不同意继父娶她妈妈，因为她妈妈是个离过婚的女人，还带了一个女儿。后来家里有了弟弟陈曜，他更不喜欢这个拖油瓶，敏感的她感觉到了，有什么好吃的，他总是留给弟弟。妈妈也总向着弟弟，总说她大，让她让着弟弟。弟弟也调皮淘气，小时候总是欺负她，有好几回都把她欺负哭了，可爷爷总是骂她，有一次还打了她，在她的脸上留下五个红红的手指印。这些都让她悲伤。受了委屈，她就到白龙江边，她想去远方，想去流浪，她甚至想去寻找亲生父亲。她不希望有人看见她，打扰她，她尤其不想人们用怜悯的目光看她，她讨厌那样的目光。她总想一头扎进某个地方，永远不出来。那时她开始长身体，她的个子都快比母亲高了，她也讨厌自己渐渐长高的身体，当有人夸她长得比母亲还高还漂亮时，她的心里不是高兴而是忧伤。她讨厌自己竟然长得那么高那么大，那么显眼尴尬地暴露在大家面前。她多么希望自己永远长不大。她躲在白龙江边，呆呆地看着东流而去的江水。她现在都想不通，一个小小的少年怎么会有那样消极的想法？

尤其后来的那件事，让她的心灵受到深深的伤害，想想人世，她就莫名其妙地悲伤。

陈曦又在回味往事。沉浸其中，几个小时过去了，她渐渐有了睡意。

过了两天，她和海涛到了镇上，见到罗建军镇长。

"脚好些了吗？"镇长关切地问。

"好些了，谢谢镇长，你怎么知道的？"

"海涛说你的脚崴了，我本来想看看你的，可这忙事儿多，总是抽不出时间。"

"再次谢谢罗镇长的好意，我的脚没事，这个需要你帮忙。"陈曦说着把装有申请立项的文件袋交到镇长手里。

"是什么？"

"通往村里的路和沟里到村里的那一公里多路，我们想拓宽硬化一下，不知镇里能不能向上报一下，争取立项。"陈曦开诚布公，说了自己的意愿。

"哦，是这。我先看看。"罗镇长说着打开文件袋，取出了申请资料。申请资料是陈曦和海涛一起写的，写得非常扎实，把道路不通的困难和修路的必要性作为重点提了。

"也是啊，这段路早该修了，你把资料放我这儿，这次我尽力向县里上报，争取立项，把钱要下来。但这向上申报有个过程，还望你们能理解。"罗镇长大概翻看了一下资料，语重心长地说。

"那我先谢谢镇长。"陈曦兴奋地说。

"应该是我们谢谢你。你这些天在村里住得还习惯吗？"镇长又关切地问道。

"住得习惯，我也是从农村长大的。没有什么不习惯的。"

"你到村里也两个多月了吧，想不想家？"

"刚开始，还真有点想，不过这几天习惯了，倒不想了。"

"如果想家就先回去看看。"

"谢谢罗镇长，我这就回家看看，修路的事，有劳罗镇长费心了。"陈曦说着告别了罗镇长。

告别了罗镇长，陈曦到办公室找海涛，她想告诉海涛，她要回一次家。

海涛看了看手表说，这时可能没有班车了。洛河到县城只有一趟中巴，早上八点多就发车了，经过三四个小时到达县城，下午两点从县城再返回来。只有这样两辆车对开，其他时间没有车。

"那可怎么办啊？"

"陈姐，你看这样行吗，你今天就住到镇子上，明天早上早早地再乘车进城。"

"也只有这样，但在镇上，我住哪儿呢？镇上有没有招待所？"

"陈姐，到我家委屈一夜吧。"海涛诚恳地说。

"这怎么能行？"

"陈姐，有什么不能行的。你别见外。到我家去住吧。"

"这样不好吧，会不会有人说闲话？"

"怎么会呢！"

陈曦想了想，她本想到舅舅家住一晚上，虽然是亲舅舅，可多年不走动，她觉得也不好打扰；住招待所，听海涛说，镇里的招待所，环境也不是很好。

"那好吧。"陈曦想想，还是同意了，决定今晚就到海涛家住一晚，明天早早进城。

陈曦跟着海涛到了家里，只有海涛奶奶一个人在家，奶奶六十多岁了，头发花白了，在院子里的树荫下纳凉。院子里有一张小方桌，桌子周围摆着几只小板凳，奶奶面前的桌子上放着一只簸箕，她在簸箕里拣着什么。

"婆，我爸哪儿去了？"海涛问奶奶。

"你爸下地去了。有客人啊？"奶奶看到海涛身后的陈曦问道。

"嗯，这是我帮扶的村里的驻村第一书记陈书记。"

"哦，陈书记好。"奶奶和陈曦打招呼。

"奶奶好，叫我小陈就好。"陈曦说着坐到奶奶旁边的一只小板凳上，"奶奶，你在拣什么？"

"哦，去年由于雨水多，苞谷都霉了，我把这霉的拣一拣，准备磨点苞谷面。"

"哦，我帮你拣。"陈曦说着在簸箕里挑拣了起来。

"陈姐，喝杯水吧。"海涛说着给陈曦倒了一杯茶水。

海涛给陈曦倒了水，坐下歇了一会儿对陈曦又说："陈姐，你先在这儿坐一会儿，我到镇上买点东西。"

"好吧，你去。"陈曦点头。

海涛走了，陈曦细细打量起这个镇上的农家小院，三间土木结构的正屋，右边有两间厢房，左边是一间厨房。房子都有年辰了，很旧了，正房的木头都是乌黑的，那是常年的烟熏火燎的结果。墙体也有了裂缝。这房子的结构和旧面村支书家的房子是一样的，都是"U"形的，只是支书家的房子三间正房门脸是瓷砖的，海涛家的是泥土的。尽管院子不大，房子也有些破败，但却也干净整洁。

时间不长，海涛回来了，手里提着蔬菜水果。

"你看，你怎么这么客气，下次我可不敢来了。"陈曦有点不好意思了。

"陈姐，你是稀客，第一次来我家，你来了，我心里高兴。你不让我表示一下，我心里会不安稳的。"海涛洗了几个苹果，和香蕉一起摆到小桌上。

"陈姐，你吃水果。镇上也没什么好吃的。"海涛搓着双手，有些歉意地说。

"你太客气了，还专门去买水果，你都弄得我不好意思了。"

"陈姐，吃个苹果吧。有什么不好意思的。你来了，我家蓬荜生辉。我这是高兴啊。"海涛笑着为陈曦削好了一个苹果。

"呵，什么蓬荜生辉，你还挺贫的啊。"陈曦也笑了。

"闺女，你就吃吧，他买来了就别客气，他给你买水果，说明他看重你，怎么不给我买？"奶奶也笑着掺和了几句。

"婆，你怎么说话啊，我给你什么没买啊！"海涛笑着说，有点小委屈似的。

"好了，不开玩笑，我还不是为了让陈书记吃水果嘛。"

"闺女，我给你说，我家海涛可孝顺了，经常给我买东西，什么蛋糕、麦乳精、豆奶粉的都没断过。"

"这还不错，实话实说。"海涛笑了，"奶奶，你也别拣苞谷了，陪陈书记说说话，我给咱们做饭去。"海涛说着走了。

陈曦就和奶奶聊天，奶奶问陈曦到旧面村当书记，生活是否习惯等问题，陈曦就一一回答。

陈曦和奶奶聊天，听到鸡叫，就循着声音从正房和厢房的过道走到了后院，看到海涛一只手里拿着一把菜刀，一手提着一只鸡。

"你在干吗，你是真的不想让我再到你家来了。"陈曦感到真的太不好意思了，"你们喂一只鸡也不容易，怎么说杀就杀了？这鸡我吃得下吗？"

"陈姐，家里没有什么，这鸡喂了好多只，我们也好长时间没吃了，想吃一顿了。俗话不是说，杀鸡待客，客吃得少，主吃得多。你就心安理得吃得了，你尝尝我做的鸡好吃不好吃，这可是正宗的土鸡。"

"你光知道贫！"陈曦感叹着，心里却掠过一丝的温暖和感激，"那我帮你做饭吧。"

"你好好歇着，我一个人就行了。你去和我奶奶谝去。我一会儿就好。"

一个多小时，海涛饭做得差不多了，小院里弥漫着一股鸡肉的香味。

陈曦和奶奶东一句西一句聊天。这时一个年近五十的人扛着锄头进了院子，看到陈曦说："来客人了啊！"

陈曦估计来人是海涛的父亲，忙起身问好："叔，你回来了。"

"嗯，你是？"海涛的父亲张奎山问道。

"我是和海涛一起的驻村干部。"陈曦答道。

"哦，你坐。我洗把脸。"海涛的父亲说着就到院子里的水龙头那儿接水洗脸去了。

"奶奶，海涛的母亲怎么不见？"陈曦从进了海涛家就没见海涛的母亲，她有点纳闷，就问海涛的奶奶。

"她呀，早死了。"奶奶的语气似乎有些难过，又有些气愤，说完就不再言语了。陈曦也不好说什么了。

"开饭了！"这时，海涛围着围裙出来了，他来拾掇桌子。

一会儿，六菜一汤就上了桌子。六个菜里两凉两荤两素，凉菜是两个山野菜，一个是凉拌木龙头，一个是凉拌核桃花；荤菜一个是糖醋排骨，一个是青椒肉丝；素菜一个是蒜泥茄子，一个是清炒莜麦菜。汤是清炖鸡汤。六个菜上桌，色泽鲜亮，香味浓郁。

吃完饭，天色还早，陈曦说她想到镇子周围的田地里转转。

于是，海涛就陪着她，走出镇子到田野里转悠。海涛出门时，顺手拿了一只竹篮。

"你拿竹篮干什么？"陈曦问。

"这是秘密，一会儿你就知道了。"海涛调皮地一笑。

他们沿着洛河河谷散步，夏日傍晚的风吹在身上非常舒服。田野上麦子渐黄，风中有一种泥土混杂着青草的清香，空气清新，沁人心脾。在河谷的山坡上，到处有红的白的瓢子。他们一边散步，一边摘瓢子，一个多小时就摘了一竹篮瓢子，大概有四五斤。

瓢子摘满了，他们坐在河边的一块青石上，陈曦不由说出心中的疑惑："海涛，今天怎么没有看到你妈？我问奶奶，她说早死了，到底怎么了？"

"唉，说来话长。"海涛叹了口气。

"能说来听听吗？"陈曦有了深入了解的愿望。

"说起来都是泪。八岁那年，我母亲跟着人走了，其实，不怪她，都是生活逼的。那一年，我们家的生活进入低谷，走到了绝境。

"我七岁的时候，爷爷诊断出得了糖尿病。爷爷得了糖尿病，开始其实一直不知道，有一段时间，爷爷眼睛看东西模糊不清，就让父亲陪着到县城去看，然后就知道结果了。

"爷爷不知听谁说得了糖尿病看不好，是一种很难缠的病，经常要吃降血糖的药，回到家终日闷闷不乐。病也越来越严重，结果就喝了农药想一死了之减轻家里的负担。

"幸好被父亲发现了，拉到县医院抢救，爷爷的命虽然救下了，但由于路途遥远，耽误了最佳治疗时间。农药烧坏了爷爷的胃壁，从此，只能吃些流质食物，什么都干不了，还得有人伺候。

"为了给爷爷看病，家里花光了所有的积蓄，还债台高筑。为了还债和生活，父亲四处奔波打工挣钱，留母亲在家照顾我们。

"说出来让人心酸，八岁那年，母亲跟人跑了。我们洛河镇，树木多，尤其槐树多，每年到了槐花开的时候，到处都是白白的槐花，花香几里外都能闻到，有养蜂的外地人用卡车拉了蜜蜂到洛河流域放蜂采蜜。

"母亲喜欢吃蜂蜜，喜欢做蜜饯，经常到放蜂人那儿买蜂蜜。后来放蜂人走了，母亲也失踪了，从此杳无消息。

"那时，父亲还在外打工，奶奶让村里识字的人给父亲发了电报，父亲才回来了。

"父亲回来了，带了钱和干粮去寻找母亲。找了一个月，没有找到。

"父亲回来了，衣衫褴褛，头发杂乱，简直成了一个叫花子。

"从此，父亲就变得沉默寡言，终日郁郁寡欢。但他还得四处奔波，家里有爷爷久病在床，两个孩子嗷嗷待哺。可想当时父亲的负担有多重。

"那时我刚上小学一年级，姐姐十岁，上小学三年级。自从母亲走了，父亲出门打工，姐姐就辍学了，帮着奶奶干活儿。

"现在我都常想起姐姐带着我满山遍野割猪草、挖山药的情景。

"2008年'5·12'地震，爷爷又被从屋顶落下的瓦片砸伤，生活更是雪上加霜。

"地震后，国家给了两万元的灾后重建款，我家都没敢修房，只在正房一侧修了两间厢房。父亲一个人挣的钱都用来还债、给爷爷看病、供我念书了。还好国家有好的政策，我念书贷了款才完成了学业。

"2012年我大学毕业参加了工作，父亲的负担才轻了一些。

"我家也是建档立卡的贫困户，这几年，父亲年龄大了，到外面打工已经打不动了，我这几年挣的钱多数还了银行贷款。直到去年才还清。由于我有工作，今年我家就从建档立卡的贫困户中脱离了出来。

"爷爷去年去世了，姐姐才嫁人。曾经有许多人给姐姐提亲，姐姐总是不答应，她说等家里好过了她才会嫁人。

"现在，终于好一些了，家里外债也还得差不多了，我每月的工资还能够家里的开支。"

陈曦听着海涛的述说，早已经热泪盈眶。她很想抱抱他，安慰他，她与他同病相怜。但她没有，只是把手放在海涛的手上。

"陈姐，第一次见到你，让我就像见到姐姐一样亲切。"

那一刻，陈曦不由得拉起了海涛的手，她感到海涛的手有点微微发抖，她的手也发抖了。

"海涛，没想到你还有这样辛酸的过往。"

"都说穷人家的孩子早当家，我从小就跟着姐姐学着做饭，我曾经有个理想就是长大了当厨师，因为在童年里经常挨饿，那时我就羡慕当厨师的人，他们永远不会挨饿。大学毕业后，我还买了几本菜谱学习做菜，谁知现在成了一个乡镇干部。"

怪不得菜做得这么好，陈曦在心里不由感叹道。

不知不觉，两个人就走出了好远。

"你有女朋友吗？"陈曦问道。

"唉，现在的女孩啊，谁会看得上我？也曾有人介绍过几个，但听说我家里的情况后，就都无疾而终了。"

陈曦和海涛并肩走着，听着海涛的诉说，她的心里也是五味杂陈。她突然想去拥抱身边的这个大男孩，想给他自己的爱，抑制不住想去爱他，想告诉他自己的故事，可是理智却让她选择了沉默。

她只有默默伸出手，让海涛握着，默默往回走。

五

　　陈曦坐在回家的中巴上，中巴像一只甲壳虫沿着蜿蜒曲折的山路前行。陈曦怀里抱着一个塑料罐，里面是昨天摘的瓢子。海涛说让陈曦把瓢子带给父母尝尝。他还说把瓢子和炒熟的面与白砂糖拌着吃非常美味。陈曦回味着海涛的话，心里有一种不可名状的感觉，有种甜蜜欣喜和淡淡的苦涩。

　　欣喜甜蜜的是，她似乎找到了自己的爱情。苦涩的是现实却让人担忧。

　　她坐在车上闭着双眼假寐，心里却回想着自己驻村这一个多月发生的事。往事如潮水，涌上心头。她想起第一次和海涛相识，带她进村时崴了脚，现在脚都还有隐痛。她的脚上穿着的就是海涛买的运动鞋，鞋子穿着轻便舒适。让她没想到的是，看起来阳光的海涛却有着那样苦难的过往。而在此刻，苦难竟散发着迷人的气息，让她在一瞬间怦然心动，一下子喜欢上了他。他经历的苦难她都完全理解。想起自己的命运，他们有相似的经历，他们都是在不完整的家庭里长大的孩子，不完整的家庭让他们有一颗不完整的心。一颗不完整的心，渴望完整，渴望温暖，渴望爱。

是的，她渴望爱，可是，她渴望的爱是哪一种，她自己都说不上，自己活了二十多年，也曾有人追求她，但她却不为所动。她是渴望爱，却也害怕被爱。

一个人，在世间活着是多么孤独。她经常会感到自己的孤独，她虽然不喜欢孤独，但她也不喜欢朋友拥簇的那种喧嚣和热闹。记得大学期间，每逢节假日，同学们都会聚会，到KTV唱歌，一起疯玩。她也会参加，但她总是那个最孤独的人，她虽然也喜欢听歌喜欢唱歌，歌也唱得好，可在那样的场合，她从没主动拿起过话筒，她只有静静地坐在角落里听他们唱，有时听得自己泪流满面，她却没有唱过一首。她喜欢听歌，曾经她拥有一个专门听歌的圆形CD机。在她感到孤独寂寞的时候她就喜欢听歌，曾经有一段时间，她睡觉之前要听一会儿歌才能安然入睡。

她喜欢的男歌星是刘德华和张学友，女歌星是王菲和那英。她听着他们的歌度过了四年大学时光。她尤其喜欢王菲的那首《传奇》：

只是因为在人群中多看了你一眼

再也没能忘掉你容颜

梦想着偶然能有一天再相见

从此我开始孤单思念

想你时　你在天边

想你时　你在眼前

想你时　你在脑海

想你时　你在心田

宁愿相信我们前世有约

今生的爱情故事不会再改变

宁愿用这一生等你发现

我一直在你身旁

从未走远

……

陈曦常听着这首歌，热泪盈眶。她那时正暗恋邻班的那个男孩，心里有着无法言说的孤独和忧郁。可是，那只是一种单相思，她甚至没有机会向他表白，她就知道了那种爱恋不过是自己的一厢情愿。

现在终于有一个人，让她有了一种恋爱的冲动，她开始想去爱一个人，一个人活在世间是多么孤独，也许只有互相去爱，才能彼此安慰。自从听了海涛的故事，她的心在那一刻就有了恋爱的冲动。

陈曦在车上胡思乱想，想着想着竟然睡着了。

到了县城，陈曦先回了一次家。一个多月没回家，她突然回来了，父母都非常高兴。父母对陈曦带来的瓢子非常喜欢，每人吃了一碗，都说好吃。吃完后，母亲马上上街买菜，给她做好吃的。

继父也非常高兴，他告诉陈曦，他又写了十多首诗，而且有两首将发表于杂志上，已经收到通知。并且陇南市诗词学会即将成立，也邀请他参加会议,同时已经吸收他为子曰诗社会员。

继父像一个孩子一样高兴，给她滔滔不绝地讲述着让他高兴的事。

陈曦看到继父老有所乐，也替他高兴。一个人活着，如果有一件事让自己喜欢并心甘情愿地去投入，那也是一种幸福。

吃过晚饭，母亲和陈曦聊天。

"那个人你见到了吗？"母亲问道。

"哪个人？"陈曦有点纳闷，继而明白了，"你是说我亲生父亲？"

"那还有谁？"

"嗯，见到了，他过得很好，有两个儿子，都上学了。"

"那是你同父异母的兄弟。"

"这个我知道。"

"他也老了吧？"母亲似在问陈曦，也似在问自己。

"嗯，有了白发，但看起来还不错。妈，你还在乎他吗？"陈曦问母亲。

"我也就随便问问，毕竟是我对不起他啊。他认出你了吗？"

"没有，他不知道我是他女儿。"

"唉，都是命啊。"母亲叹息。

母亲也为她的个人问题担忧。

"你和李峰怎么样了，你也该为自己考虑了，你都快三十岁了，总不能这样过一辈子吧。"

"唉，我也不知道该怎么办啊。"

"我看，李峰这孩子不错，你两个多月不见影子，李峰来家里都好几次了，说不知你最近怎么了，电话打不通，你也不给他打个电话。他还挺担心你的。"

听着母亲的唠叨，陈曦才记起，自己已经和李峰有三四个月没有联系了，她也有很长时间没有记起他了。

于是，她就给李峰打了个电话，约好见一面。她想好了，该给李峰一个说法了，让他别再等她了。

第二天，她和他见面了。

"李峰，对不起，我们还是结束了吧！"

"为什么？"李峰有点不知所以。

"我们不合适，还是做个普通朋友吧！"

"为什么，你知道我爱你，你是我这一生遇到的唯一让我全心全意去爱的人，我不想就这样放弃，是我哪里做得不对吗？"

"不是，是我们一起不合适。"

"怎么就不合适了？"

"我也不知道，总之我们不合适。"

"为什么这样啊？"李峰抱着头，非常痛苦。

"对不起。"陈曦在心里默默念叨着。其实她也没想到是这样一种结果，她想起自己以前谈过的几个男友，说散就散了，什么都没留下。

她都不记得他们长什么样子，是什么样的人了。可是没想到李峰会是这样。

"其实，我们还是朋友啊。"陈曦安慰李峰。

"是啊，做个朋友多好，如果我没爱过你，做个朋友就是最好的。可是，我爱你啊！"

"对不起！"陈曦在心里说着，不由得眼泪就流下来了，其实她没有爱过他，但他是她谈过的几个男友里面，时间最长的，也是最尊重她的。她和他处了一年多对象，他对她总是言听计从，从没有过非分要求。一年多里，拥抱都不曾有过，甚至连牵手都不曾有过。有几次，李峰喝了酒，想和陈曦亲热，但由于陈曦态度强硬，李峰也没强求。

"陈曦，让我拥抱你一下，好吗？和你处了这么长时间的对象，你一直在我心目中是那样高洁。既然有缘无分，就让我拥抱你一次吧。"

陈曦伸出双手，给了李峰一个拥抱。

陈曦回到单位，向李局长汇报了一下自己驻村扶贫的情况，并向李局长说了说自己遇到的困难，希望局里能筹一点钱给自己帮扶的村里干一件实事。

李局长听了汇报说可以，让她先了解一下村里最需要解决的事是什么，然后写份翔实的报告。局里就按实际需要筹钱。

陈曦到单位汇报后，又回到家里，她驻村一个多月了，没有回过家，也没有好好休息两天，她决定休息两天就回旧面村去。

可谁知从市里坐了近两个小时的大巴，她回到家却生病了，头昏脑涨，恶心，似乎是天气太热，车上又拥挤，中暑了。她买了藿香正气水喝了，却不见好。又挂了两天的瓶子，还是不见好。医生说陈曦是内热感冒。

陈曦一般不轻易感冒，一旦感冒却不容易好，一般冬天容易感冒，没想到这次大热天的却感冒了，而且一感冒就是好长时间。

感冒的日子里，陈曦整天头昏脑涨，总是无精打采的。一连挂了一星期的瓶子。

在那些日子里，她总会想起旧面村，想起自己的亲生父亲村支书，想起海涛。

她想起海涛对她的好，心中有了一种淡淡的思念。她想，不知他最近在干什么，怎么没有给自己打电话，有时她甚至会想他此时此刻在干什么，她想他做的饭菜，想他脸上阳光般灿烂的微笑。她想给他打个电话，可是每次翻出他的名字却没有勇气拨出。陈曦快三十岁了，除了大学时有过这种思念一个人的滋味，如今再次有了思念牵挂一个人的感觉。

"难道我是真的爱上他了吗？"陈曦自问。

陈曦渴望自己早点好，好了，她就可以到洛河镇，见到他，和他一起工作一起生活。

半个月后，陈曦终于好了，那一天她早早坐上到镇里去的中巴。

到了洛河镇，却不见海涛。罗镇长告诉她，海涛下村去了。

陈曦有点失望，从镇里到旧面村十多里路，她不知该怎么走。她想给海涛打个电话。好不容易鼓起勇气拨通了电话，电话里却说"您所拨叫的用户不在服务区"。

罗镇长看陈曦没拨通海涛的电话，就把电话打到村支书家，让村里想办法接一下陈曦。

过了半个多小时，海涛骑着摩托车风尘仆仆地来了。

"陈姐，让你等了好一会儿了吧。唉，沟里手机没有信号。"海涛脸上汗津津的。

陈曦告别了罗镇长，坐海涛的摩托车去旧面村。

尽管夏天天气很热，摩托车跑起来却凉风习习，风吹拂着陈曦的衣袂和头发，让陈曦感到惬意和舒心。

海涛的白衬衣被风鼓起来，在陈曦的面前摇曳。陈曦一只手轻轻扶着摩托，一只手不由得轻轻拽着海涛的衣服。陈曦感到阳光的热烈，微风的酥软，酥软的微风中有一种淡淡的男人气息，陈曦忽然有了想拥抱海涛的冲动，可她却忍住了。

到了旧面村，陈曦看到村支书和十几个老人在修路，他们已经修了有几十米了，那是快到村口的一段路，是一段黄土路。他们用的是铁锨、镢头、架子车等工具。看到他们忙碌的身影，陈曦感到鼻子酸酸的。

陈曦没想到她的提议得到了他们的采纳，在还没有要到钱的情况下就开始修路，她感到他们脱贫的心情还是蛮急切的。

海涛把车停在路边，陈曦下了车，支书刘明礼看到陈曦高兴地说："你来了，快和海涛先到村里歇着吧。"

"叔，我回家了你们就开始修路了吗？"

"嗯，这闲着也是闲着，离割麦还有段时间，我组织大家先修吧，就是你说的，能修多少修多少，这段路是非修不可。"

"嗯，叔，那你们先忙，我先回村一趟，等会儿过来。"

海涛带陈曦回到村委会，快到中午了，海涛和陈曦开始做饭。

吃了饭，歇了一会儿，陈曦和海涛开始往修路的工地上走，到了工地，人们回家吃饭了，有几个吃得早的已经到了工地，他们正坐在路边的石头上抽旱烟聊天，似乎在说一件有趣的事，一边说一边笑。

"在笑什么啊？"陈曦问大家。

"没笑什么，陈书记来了啊。"有个老人和陈曦打招呼。

陈曦拿起一把铁锹开始铲土，陈曦早就想和大家一起参加劳动，所以这才和海涛到这修路的工地上来的。

"陈书记，这可使不得。"一个老人对陈曦说。

"有什么使不得的，修路是我提出的，大家都在修路，我怎么能袖手旁观呢？"陈曦说道。

几个老人看到陈曦开始干活儿了，也都不聊天了，开始和陈曦一起干活儿了，他们有的用镢头挖土，有的用铁锹铲土。

海涛也加入修路的队伍，他用镢头挖土，陈曦铲土。回家吃饭的人也陆续到了。

支书刘明礼来了，看到陈曦拿着铁锹在铲土，他忙上前："闺女，你怎么能干这粗活儿呢。你歇着吧，把锨给我吧。"

"没事，我从小也是干惯了活儿的。"陈曦淡淡地说，没有停下手里的活儿。

"这修路是我提出来的，你们都辛辛苦苦干活儿，我怎么能看着？"

"没事，这路早该修了，只是没有人带头修，一旦有人带头，大家还是愿意修的，你看，这开完会，我一动员，愿意修路的人还是有的。这路一直没修，是没有人带头啊。"

"那我们就一起修吧，办法总比问题多，相信这路一定会修通的，只要我们努力去干，就会改变现状。"看到大家都很有热情，陈曦有些感慨。

陈曦跟着大家劳动，一天下来确实有点累，她长这么大，还很少参加过体力劳动。她胳膊有点疼，手心里也有了血泡，但想到和海涛、亲生父亲等一起干活儿，她心里却有些高兴。

路修了十多天，却被一个人拦了下来。这个人就是青树。路要拓宽，要占一溜青树家的地，地里有棵核桃树，树不大，有碗口那么粗。他说修路是件好事情，占地可以，别人的怎么赔钱他的就怎么赔。可是那棵核桃树不能动。他说他家的核桃树刚开始挂果。一棵树好不容易挂果，却要砍了，他不愿意。

开会时都商量过了，像他家这样大的树，按标准赔偿，最高不过五百元。

陈曦和刘明礼书记说了按五百元赔偿。

可青树不干，青树说他不要钱，他就要核桃树。要赔钱就要五千元。没有五千元，谁都别想动他的树。

在场的人都说那样一棵树值不了五千元。

可他却说谁说值不了，他的树是果树，今年开始挂果，今年卖一百，明年卖二百，后年卖三百……就像一个鸡蛋变成鸡，鸡再生蛋，蛋再孵鸡……一棵树几十上百年结果，谁说值不了五千元，值几万元都有。

要拓宽路，这棵树正好在路中间，想绕都绕不开，往外边绕，是深沟没处去；往里边绕，能绕过，却要改变原来的路线，要多占好几家的地。

修路停了下来，再说干了也有近半个月，麦子黄了，村里人开始忙着麦收，来修路的人越来越少。

海涛跟陈曦说，青树的事情交给他，等麦子收完。他会让青树自己主动砍掉核桃树，同意修路的。

修路停了，陈曦和海涛开始帮村里人收麦，谁家需要帮忙，他们就给谁家帮忙。

十几天的麦收下来，陈曦和村里许多人都熟了。陈曦也不把自己当外人，谁家有活儿给谁家干，说干活儿就干活儿，说吃饭就吃饭。

麦子快收完的时候，青树果然自己砍掉了那棵核桃树。

砍树的时候，有和青树关系不错、喜欢开玩笑的人问青树，你的树就像鸡生蛋，蛋孵鸡，要值几万元，怎么舍得砍了？

青树脸一红，脖子一拧："我自己的树，我说它值钱就值钱，我说它不值钱就不值钱，我想不砍就不砍，想砍就砍，跟别人有什么关系！"

后来陈曦问海涛，像青树这样的葛扭子人，你是怎样让他自己砍树的？

海涛告诉陈曦，每个人都有自己的嗜好和软肋。只要了解了一个人的嗜好和拿捏住他的软肋，他就会乖乖听话。

原来，海涛知道青树嗜酒如命，那天，海涛给青树帮忙割了一天麦子，割完麦子，青树请海涛吃饭，吃完饭喝酒。青树拿出十几块钱的酒招待海涛，海涛说："我有两瓶珍藏多年的好酒，回头喝我的。"

于是第二天海涛又帮青树碾麦，碾完麦子，吃了晚饭，海涛提了提前准备的两瓶洛河十八年的酒，一瓶一百多，和青树两人对饮，海涛喝得少，青树喝得多，两个人称兄道弟。海涛趁机说了核桃树的事，青树拍着胸膛说，他第二天就让那棵核桃树消失。

果然，第二天青树自己提斧头把那棵核桃树砍了。

麦收完了，罗镇长给陈曦打来了电话，陈曦打上去的报告县里批了，给了两百五十万的修路资金。两百万元是通村公路资金，五十万元为硬化村道资金。镇长告诉陈曦，现在国家开始搞精准扶贫，陈曦的申请报告被列入村村通工程。镇长还告诉陈曦，本来这乡村道路修建有一个非常复杂的过程，要上报交通局、交管站、县农村公路建设办公室等部门审批，一般审批下来得一年半载的,他多方沟通,还专门找了管交通的副县长,还有精准扶贫今年加大了力度,所以才这么快批下来。

陈曦在电话里连连向罗镇长道谢。

通村公路由镇里找施工单位修,村道硬化由村里负责。

听到消息那一刻,陈曦高兴得直跳,不由就拉住了身边的海涛。海涛也非常高兴,村里所有的人都高兴。

资金一到位,施工队开着挖掘机、铲车开始修路。在支书带人修的基础上拓宽了,按通村公路的标准开始修。支书负责修路占地征地的协调。

只用了一个多月的时间,从村里到沟底大路上一公里多路就修通硬化了。又用了一个月的时间,从沟里到镇上的五六公里也平整了,用水泥硬化了。

在那两个多月的时间里,陈曦每天跟着施工队忙碌。作为甲方代表,她跟着施工队,检查每一段路的宽度厚度是否合乎村村通的要求,如路面宽度不小于4.5米,特别困难路段也不小于4米,混凝土厚度平均0.2米,最薄不能低于0.18米。不给施工队偷工减料的机会。开始,施工队还抱有蒙混过关、偷工减料的想法,但在被陈曦和海涛检查要求返工了两次后,就再也不敢糊弄了,老老实实按标准施工了。

通车那天,镇里和村里举行了一个简单的仪式。洛河镇的李书记和罗镇长亲临现场,出席通车剪彩活动。

当海涛开着一辆挂着红布挽着红花的新三轮车带着陈曦开进村里时,村里鞭炮齐鸣,村民都开心地笑了。

　　陈曦看着大家的笑容，心里也有了巨大的成就感和喜悦。

　　进村的路修通硬化了。还有二十万元钱，是硬化村里巷道的资金，镇里决定还是找施工队硬化。

　　陈曦和海涛商量了一下，决定自己干，因为硬化村道不需要大型机械设备，主要靠人工和砂灰，只要有一台搅拌机、一辆三轮车就可以实施。如果自己硬化道路，让村里曾参加修路的人干活儿，每个修路的人可以有一份收入。这样既节约了成本，又能让村里的人挣到钱。

　　陈曦和海涛的建议得到了镇里的同意。

　　于是，陈曦和海涛到镇子里一个建筑队租了一台搅拌机、一台平板振捣机，并请了一位懂打混凝土的泥瓦匠师傅，召集村里那些曾经主动参加修路的人，组成一个修路队。

　　陈曦和海涛先到镇里的一家水泥代销点，以最低的价格谈好水泥供应，并让他们按时供货送到村里。又到村里采石场找到老板刘明善即村主任刘明德的兄弟，也让他以最低的价格给村里供应砂子。

　　村里麦子收割完了，玉米都种到地里，人们都闲下来了，许多人都希望到硬化村道的修路队里干几天挣点现钱。为了鼓励大家的积极性，只有主动参加过修路的人才有资格。看到别人都有钱挣，那些思想懒惰、当时对修路持反对意见、不主动出工修路的人就后悔了。

　　这样，硬化村道的工程就开始了。陈曦和海涛每天都忙忙碌碌，带着大家苦干实干，原本计划要干一个多月的工程，二十多天就干完了。陈曦要求硬化村道要修好排水渠，主村道修的是暗排水渠，上面用活动盖板覆盖，到农户的小巷也有排水渠，能修暗渠的就修暗渠，不能修暗渠的就修成明渠。明渠和暗渠里的水都通过主村道的暗渠排出村外。为了不污染环境，陈曦和支书、海涛等商量在村外修一个大得能装二十多立方水的三级净化池，才把水排进沟里。因为陈曦想起自己的村子硬化道路的时候，排水渠没弄好，每年到了腊月杀猪的时候，烫了猪的血水在村巷道里到处乱淌，又脏又腥，有的人家化粪池没做好，粪水也在巷道里乱淌。后来又返工做了排污水的暗渠才好了些。

对于村里的道路，陈曦、支书和海涛商量，尤其是西坡的古村落，他们决定保持原貌不变。有的地方房是依山而建，以前用的是条石台阶，陈曦和海涛、支书就商量，也继续用条石做台阶，只是把损坏的石条换成新的，保持修旧如旧。不能擅自改变村子里一些好的东西。

最后陈曦、海涛和那位懂混凝土的泥瓦匠等人算了一账，自己硬化道路比给别的施工队承包节省三四万元，工程质量要比包给别的施工队好，而且让村里人挣到了钱。

进村的路修通了，村里东坪的巷道硬化了，西坡的破损石头换了，从此，下雨时村里人再不用下雨两脚泥，天晴一身土了。唯一的缺憾是在东坪和西坡之间没有一座桥，如果能修一座桥就好了，就可以直接从东坪到西坡了，不用再下沟上沟了。

陈曦把这件事记下，决定有机会向局里协调争取资金，给村里修一座便桥，把村子的东坪和西坡连接起来。

自从陈曦联系着为村里修通了路，又硬化了村里的巷道，村里人见了陈曦都亲切地问好。陈曦也有了一种成就感，一天到晚都感到心情愉快。

村里的道路硬化了，陈曦又提出了一个美化环境的要求，家家户户要保持门口路段的环境卫生。在路边养花种草，陈曦从一个花卉老板那儿买了一些花籽，分发给农户，在路边的地里，沟沟坎坎，坡上坡下，四处种上。那些花籽有蝴蝶花、藏菊花、格桑花等。因为陈曦曾看到一些美丽乡村建设做得好的村子就在路边的地里、坡上、沟渠边撒有花籽，到了花季，几乎路边到处都有鲜花绽放。陈曦带头把村委会院子花坛里的那些杂草挖掉，撒上了花籽。陈曦还借着村道硬化的机会，把村委会的院子地面硬化了，在硬化的时候，陈曦预留了三四十平方米的空间，种上蔬菜。陈曦告诉大家，这个菜园在村委会，也就是大家的，以后谁家想吃菜了就来拔。后来，菜园里的菜陈曦一个人吃不完，陈曦经常拔了菜送给周围的邻居和村里的五保户、精准扶贫户等。她又和海涛等参与硬化修路的人一起把村委会的几间房子简单维修了一下，换掉破瓦烂砖，除去了瓦沟里的落叶、积垢和枯草，瓦沟里的瓦松都长到两尺多高了，一并除掉。又把斑驳的墙皮铲掉，重新用草泥、白灰粉刷一新。

农村里，几乎家家户户都有牲口，牲口走过，就会拉屎撒尿。

尤其养羊的，羊一出门，羊粪蛋儿就随处滚。其实村里很多人出门时喜欢挎一个粪箕，看见路上有牛粪、驴粪、马粪了，就用粪耙子捡到粪箕里，带回家当肥料。但羊粪太小，没法捡拾。陈曦就建议养羊的人随身带一个扫把，把羊粪扫到路边的地里，让粪成为花草的肥料。

陈曦还发现一个问题，就是村里人的垃圾堆放处置习惯不好，如今也是一个让人头疼的问题。自从塑料袋流行以来，白色污染就成了一个问题，如今，村里一年产生生活垃圾的量是以前几年的总和。以前村里人到城里或镇上买东西都是背背篓提篮子。而如今为了方便，都用塑料袋。塑料袋给人们带来了方便，却也造成了环境污染。尤其是那些小食品的包装袋，在村里随处可见。

于是在硬化村道的时候，陈曦和支书、海涛商量，在村里一处僻背处修一个垃圾堆放回收池，还向镇里申请了两个卫生员的名额，专门处理村里的垃圾问题。这样一来，村里的垃圾问题解决了，而且还让两个贫困户有了收入。

以前，村里没有垃圾池，村民随手就把垃圾倒在路边，村里到处都有垃圾。陈曦专门为垃圾的事走访每户人家。陈曦一天闲了就和海涛到村里转悠，东家进西家出。了解村里建档立卡贫困户的贫困原因，思考怎样才能让大家脱贫。又向大家宣传环境卫生知识，引导村民学会垃圾分类和垃圾入池。

在村子里，她看见许多儿童，已经五六岁了却没有上学，多数跟着爷爷奶奶玩。她就问他们的爷爷奶奶为什么不让孩子去上幼儿园。他们的爷爷奶奶总是说："村里没有幼儿园，父母在外面打工，有钱的把孩子带在身边，孩子就在城里上幼儿园。许多孩子的家长在外打工，条件不好，孩子在身边不方便，就只有留给家里的爷爷奶奶照看，不要说上幼儿园了，能吃饱穿暖就不错了。"

"那村里不是有学校吗？"

"村里的学校，现在只有一个代课老师、两个学生。那算什么学校？有和没有也没什么差别。"

陈曦到村支书家问了一下，村里有多少学龄儿童，造成学龄儿童失学的原因是什么，村里有没有学校，有没有老师。

支书告诉陈曦，村里其实有所学校，是一所民办小学，最好的时候有四五个老师、八九十个学生。学校有一至三年级三个班。学生到了四年级就转到镇里的公办学校去上学。

后来，出门务工人员的工资越来越高，一个月能领到一两千了，而民办老师的工资却不见上涨，依然只有两三百元。国家曾经有过一个政策，那时分计划内民办和计划外民办。后来，国家又对民办教师进行了转正和清退，就是计划内的进修转正，计划外的清退回家。

村里学校的四五个民办教师，计划内的只有一个，2000年时转正了，成了吃财政的，其他的民办教师工资由村里出，工资依然是两三百元，后来就都不干了。学校缺老师缺得严重，村里的学龄儿童，有条件的父母就带在身边，在他们打工的城市念幼儿园，上小学。也有人家把孩子送到镇里念书，爷爷或奶奶就住到镇里给孩子做饭，照看孩子的生活。但也有些孩子到了年纪，因家里没有条件，就只能跟着爷爷奶奶玩。

"村里的学校，还有老师学生吗？"陈曦又问。

"有一个老师，就是那个转正了的老师，是我们旧面村的人，他一个人既是校长，也是老师，学生就两人。由于学校破旧，师资也不行，稍有些条件的家长都把孩子弄到镇里或者城里念书去了。农村的学校生源流失非常严重。"

"我们到学校去看看能行吗？"

"走，我带你到学校看看去。"

于是，支书带着陈曦和海涛到了学校。

学校在村子东坪的场坪边上，学校的两扇铁大门是钢管钢筋焊的，大门到处油漆脱落，锈迹斑斑。院子不大，从大门外就可以看到院子里的一切。有六七间房子，房子有些年头了，显得破破烂烂的。学校紧邻村里碾麦打麦的场坪。

陈曦跟着支书进了学校的院子，看到有两个小孩子正在院子里玩。

"明亮，明亮。"支书进了院子就喊了起来。

"来了。"随着声音，一个四十多岁的汉子从一间屋子里走了出来。

"支书，你怎么来了？"

"我带陈书记来看看学校。"

"噢，那快进屋。"叫明亮的人一边让支书、陈曦和海涛进屋，一边对在院子里玩的孩子说,"时间到了,你们进教室复习去。"

陈曦和海涛跟着支书进了老师的办公室。老师让了座,给他们倒了开水。

他们一边喝茶,一边聊天。

在聊天中,陈曦知道了,学校是八十年代修的,那时村里的学习风气很浓。

当时村支书刘明礼还是村主任,他看到村里孩子上学不容易,就动员村民修学校。村里向镇里要钱,镇里也没钱,跑了好几次才要到了一千元钱,不过那时的一千元钱值钱,顶现在的一两万元,甚至更多。村里又筹了一点,村民出资出人工,好不容易修起了三间教室和三间老师的办公室。

学校修成了,在洛河镇里算修得早的,得到了县教委的表扬,县教委领导和镇党委书记、镇长还亲自参加开学典礼。

支书回忆起那年修学校的情形。

"记得那年过完年,村里开会决定修学校,村里人几乎家家出劳力,没有人偷奸耍滑。人们起土打墙,用架子车拉土,用柳筐挑土,不到三个月,房子就修好了。到了完结阶段,天气已经很热了,但人们不怕热,大家的干劲都非常大,都想早点完工,完工了晾晒一段时间,争取秋季能准时开学。

"到了秋季,按时开了学,县教委给学校分了一个老师,又在村里招聘了几个高中、初中毕业的年轻人,就开始教学了。家长也心齐,到了学龄的孩子都送到学校来了,一下子就收了三四十个学生,还包括邻村的几个孩子。"

"我就是那时招进学校的。"叫明亮的老师说道,"那时的学风还是很正的,由于村子在大山深处,想要改变命运,就只有让孩子念书。所以村子里,只要到学龄的孩子,都会被家长送进学校,即使是个傻子,只要会说话,能走路,都让家长送到学校读书。村小的考试成绩在镇里一度都是排名前列。"

"后来,怎么就不行了呢?"陈曦问道。

明亮老师接着说:"这个说来话长。主要是师资和学生流失严重。学校只有一个公办教师,由财政发工资,其他招的代课老师由村里发工资,可村里越来越没钱。到了2008年地震以后,农民工的工资一直往上涨,一个泥瓦匠,地震之前一天三四十元,地震之后涨到六七十元,后来灾后重建需要大量泥瓦匠、小工,泥瓦匠的工资涨到八九十甚至一百元,还请不到好匠人,再后来涨到一天一百二、一百五。而学校民办老师的工资一个月才二三百元,于是许多老师都不干了,宁愿去当小工也不愿意教书了。村里也想过给代课老师涨工资,可村里哪有那么多钱?尤其新的村主任上任,村里的经济由他掌握。

"学校缺少老师,镇教育办又派不来老师,我一个人教不过来,教学质量上不去。

"还有人口的流动也是生源减少的原因。现在,在外务工的人越来越多,混得稍好一些的都把孩子带出去念书了。还有一些人在城里买了房子,住到城里,成了城里人,孩子也就跟着到城里读书了。

　　"所以，就成了现在这个样子了，一个偌大的学校只有我一个老师、两个学生，学校也半死不活的。"

　　"现在，继续把学校办起来，你们看能行吗？"陈曦问道。

　　"这个，不好说。"明亮老师说。

　　"那你估计一下，现在村里有多少学龄儿童没有上学。"

　　"有二三十个吧。"支书答道。

　　"你能带多少个学生？"陈曦问明亮老师。

　　"如果学校再增加一两个老师，我们带个三四十个应该没有问题。主要是现在缺少生源。学校要是有个幼儿园或学前班就好了，那样就保证一年级有生源了。还有，就是学校的校舍也太烂了。2008年地震，学校的教室都摇散了，灾后虽然进行了修缮，但就是简单修整了一下。你看我这办公室，墙体到处有裂缝，当年修补过，如今又有裂缝了。一刮风下雨就唰唰地淌土。"明亮老师边说边指着屋子给陈曦和支书看。

　　"村里现在没有一分钱啊，有钱的话，也该把这校舍修修，把幼儿园办起来。"支书有些痛心地说，"听说城里有许多私人办的幼儿园都非常红火，一般人给孩子报名都报不上，不知是不是真的。"

　　"是真的。很多孩子根本报不上名。"陈曦知道在他们村子旁边的江南社区有个蓝天幼儿园就是那样。

　　"那我们村子也可以办个幼儿园，听说私人都可以办，我们以村里的名义办，让学龄前的孩子都能上学。这样，既减轻了家长的负担，又让孩子受到学前教育，是一件两全其美的事。"

陈曦想得很美好。

"可是，哪儿来的老师？"明亮老师提出关键的问题。

"就是啊，哪儿有老师呢？老师的工资怎么办呢？"支书也跟着问。

"只要我们想办法，老师总会有的。老师的工资也会有着落的。"

陈曦和海涛从学校回到村委会，她在心里就开始考虑物色一个可以能当幼儿园老师的人。想来想去，竟想不起一个合适的人。

"我想起一个人。"海涛突然说道。

"谁啊？可靠吗？"陈曦急切地问道。

"是我初中时的一个同学，高中毕业没能考上大学，听说在城里一个幼儿园代过课。现在在城里一个超市打工，不知她愿不愿意来。"

"你有她的电话没有？联系一下，只要我们工资比超市高一些，她肯定会来。"

"那我闲了联系一下。只是，她的工资谁发？用什么发啊？"

"这个不用愁，你只管联系老师，我抓钱。我抓到钱了，把学校维修一下，把幼儿园办起来，每个孩子适当收费，比城里低些，总会有人愿意把孩子送到学校来的。明亮老师的工资由财政支付，你那个同学的工资就从学生学费里抽。"

"我担心幼儿园学龄学生没有那么多。还有小学呢，小学是义务教育，又不能收学生的学费。"海涛有点担心地说。

"没事，什么事都先干起来再说，如果还没干事就前怕狼后怕虎，什么事都干不成。"陈曦似乎成竹在胸。

接下来，陈曦找到那个硬化村道的泥瓦匠师傅，让他做了一下预算，看维修学校和在村子里办幼儿园需要多少钱。

预算结果是三十多万元。

陈曦决定到单位上找李局长筹钱，李局长曾经答应过她，有什么困难就找他。

陈曦回单位之前先到镇里找罗镇长反映了一下情况，说了自己的想法。罗镇长听了非常赞同。

"你想把村里小学和幼儿园办起来，这想法不错。我是非常支持的。办幼儿园的手续我给你想办法，你先写个材料，看能不能到教育局申请个项目，把学校重新修一下，顺便把幼儿园也一起修起来。现在，国家对教育非常重视，支持项目也多，地震后许多学校都进行了重修。"

"谢谢罗镇长，那有劳您费心了。有您这番话，我更加有信心了。那我就回去准备材料。"陈曦没想到镇里这么支持她的这一想法。

"修学校是应该的，精准扶贫，两不愁三保障，就有义务教育有保障。教育应该重视啊。"

既然镇里支持，陈曦就打消了到单位要钱的想法。只要教育局能批下来，那再好不过。

陈曦回到村里和海涛一起商量写材料，尽量把材料写扎实。

材料送到镇里，陈曦决定回家一次。

不知不觉，陈曦已经驻村四个多月了，其间只回了一次家。

六

　　陈曦这次在家待了一星期，就回旧面村了。

　　平时，陈曦吃的水都是支书的老婆挑的。前一段时间，由于自己脚崴了，没法挑水，陈曦还能心安理得，但时间一长，就有些不好意思了。因为挑水得到坡脚的沟里去，一回要半个多小时。陈曦虽然一个人，做饭吃水不多，但过个三两天要烧热水洗澡，就费水了。因此两三天就要一担水。她怕支书老婆厌烦，就要跟着支书老婆去挑水。

　　支书老婆说："你一个人用水又不多，我挑水时给你捎带着挑一担，你都要用几天。"

　　但陈曦那次让海涛给她在镇上买生活用品的时候买了一只铁桶，她已决定自己挑水吃。

　　陈曦第一次跟着支书老婆去挑水，她们沿着一条通向坡底的羊肠小道到了沟里，沟里的水浑浊不堪。

　　"这些不要天良的，又开始拉石头了。"支书老婆骂道。

"姨，你在说谁啊？"陈曦问道。

"哦，我说的是沟里面采石场的人。他们不拉石头的时候，这沟里的水就是清的；他们一拉石头，这沟里的水就浑了。"

"哦，我说怎么有的时候水清，有的时候水浊呢，原来这和采石场有关啊。"

"就是。"

"你们没有向上面反映过吗？"陈曦问道。

"反映过，来了一个调查组，做了个样子。说是整顿一下，谁知还是原样子，就没人再管过。"

陈曦和支书老婆一人挑了一担水，又沿着那条羊肠小道往村子里走。途中遇到几个挑水的女人，有的老人用塑料桶背水，她们和支书老婆、陈曦打招呼。

陈曦没挑过水，一担水在肩，似有千斤重，走起路来摇摇晃晃，水不断从水桶里漾出来。陈曦看了看支书老婆，她走起坡路如履平地，稳稳当当，一担水在肩，扁担颤颤悠悠，却不见一滴水漾出来。

过了一会儿，陈曦的肩就开始疼痛，她想换一下肩，可不会挑着换，只能坚持到平坦处，放下水担，从右肩换到左肩，再挑起来走路。她看到其他挑水的妇女，挑水就跟玩儿似的，她们边走路，边轻轻把水担一转，就从左肩换到了右肩或者从右肩换到左肩。

一担水挑回到村委院子，陈曦已经累坏了，两桶当时舀得满满的桶已经成了两个半桶。

　　陈曦看着自己挑回来的两半桶水，不由得发呆。她不知道，村里人这么多年是怎么过来的。想想自己生活的地方，水直接接到锅台边，一拧水龙头，自来水就哗哗地淌起来。即使锅台边没有，每家的院子里也都有自来水。虽然都是在农村生活，但在县城郊区和这山大沟深的贫困山区简直是天壤之别啊。

　　陈曦心中暗自下了一个决定，给村里接通自来水！

　　陈曦把这一想法告诉了支书，支书非常赞成。即使自来水接不到灶台边，至少接到院子里，那样村里的妇女就不用每天挑水了。

　　第二天，陈曦就约了海涛，沿着水进了沟。

　　走了半个多小时，山沟变得开阔了许多，是到了采石场。采石场有机器轰鸣，是碎石机在碎石成砂，有一台推土机往碎石机里运料。石头经过碎石机，从一侧的履带里淌出碎了的石头，经过铁筛，砂子簌簌流下来，推土机又把筛好的砂子推到一边的砂堆上。在碎石机旁边的空地上，已经堆起一座高高的砂子的小山。

　　碎石机附近烟尘弥漫，有点呛人。

　　再往里面走，就看到一面坡因开山取石被破坏得不成样子，从山腰到山脚，裸露着石头乳白的原色，在山顶和周围的山上，石头间有草有小树，山石是黑灰的，上面有青苔和石斑。

　　山沟里到处是石头，有一台挖掘机在用尖尖的如鸟嘴一般的碎石锤像鸟啄东西般开石。

　　听海涛介绍，采石场原来用炸药炸山开石，用的是明炮，把炸药直接贴在石头上，声音巨大，在村子里就能听到，每次放炮的轰隆隆的声音，常震得村子里到处落土，有的人家的窗玻璃都震碎了，碎石到处乱飞，曾经砸伤过地里干活儿的人。村里人曾到镇上反映过，后来采石场就改为暗炮，就是在石头上打眼，然后装上少量炸药，把石头炸松，再用挖掘机把石头刨下来破碎。这样声音小了些，震撼也小了些。

　　在沟里，碎石堆积，山体裸露，就像人身体上的巨大的疮疤。让人看着有些不舒服。如果下大雨，那些裸露的山体和沟里堆积的碎石虚土形成泥石流，后果会不堪设想。

　　"他们这样开采石头，村里怎么没人管？"陈曦问道。

　　"谁能管？曾经因为放炮炸石，声音大，震得到处落土落石，有人家的窗玻璃都震碎了，有人反映到镇里，镇里来了一些人，看了看，提出了整改意见，改明炮为暗炮，就不了了之了。石头还在继续开采。你知道这采石场的老板是谁吗？"

　　"谁啊？"

　　"刘明善，村主任刘明德的兄弟。以前，这采石场是村里开的，后来被村主任刘明德的弟弟承包了，其实这采石场也有刘明德的股份。说是刘明善的，实际是兄弟俩的。到了年底，他们会给村里每家每户送一袋二十斤的大米、十斤装的食用油，再给个一二百元钱。所以村里人就都睁一只眼闭一只眼的。"

　　"所以这采石场就一直没有关闭？"陈曦又问道。

　　"就是。"

他们一边走一边说着采石场的事情。

要接自来水就要接采石场上游处的水源，那样水才干净，没有被污染。

海涛带着陈曦到了采石场上游处的沟里看了水源，他们决定从那儿引水。他们的想法是挖渠，埋聚乙烯盘管，借着山势把水引到村里。

看了水源，他们沿着小河一路前行。越往沟里走，景色越美。绿树成荫，流水淙淙，飞瀑流泉，山鸟啼鸣，季节到了初秋，山林里树木有了更丰富的层次感，让人有一种心旷神怡的感觉。从小在县城郊区长大的陈曦，被这美景深深打动了。在县城郊区，山挺拔高大，但却缺少树木，整个山光秃秃的，映入眼帘的不是土黄就是灰蒙蒙，到了起风的季节，沙尘满天。这几年政府投入巨大的财力物力人力在南北二山搞绿化，陈曦记得自己上初中高中的时候，每年春季的植树节和秋季的一天，学校都要组织学生栽树。经过多年的努力，南北二山才有了一些绿色。看惯了灰色和土黄，陈曦被这眼前绿水青山的美景吸引，不由拿出手机咔嚓咔嚓地拍照。海涛也被感染了，拿出手机不停地拍照。

海涛告诉陈曦，这个山谷叫红豆谷，以前山谷里到处都有被称为"植物大熊猫"，国宝般的国家一级保护植物红豆杉。后来，红豆杉被炒作说有净化空气、防避蚊虫和防癌作用，几乎让人盗挖殆尽。后来国家出台了政策，一旦发现盗挖野生红豆杉的人就拘留罚款，惩治了一批人，这才有所收敛。这几年盗挖红豆杉的没有了，一些红豆杉的幼苗长起来了，如果幸运的话，还可以见到大棵的红豆杉。

海涛的一番话让陈曦对他又刮目相看，陈曦长这么大，红豆杉这么有名的树种，她其实听都没听过，更别说见过了。她觉得海涛懂得真多。她今天还真想见见这国宝级的珍贵树种。

她和海涛沿着水一直往峡谷的深处走，半个多小时走到峡谷的尽头，有一道石崖挡住去路，一道飞瀑从山顶落下来。有四五十米高，非常壮美。海涛告诉陈曦，这石崖叫观音崖。听说观音崖上曾经有一座小小的观音庵，只是一间小小的房子，供奉着观音的塑像，曾有一个老尼姑住在庵里给观音菩萨点青灯，后来老尼姑去世了，庵里就没人了，庵房也破败不堪，最终成了一堆废墟。

听着海涛的讲述，陈曦很想去看看那座成为废墟的观音庵。

但海涛告诉她，要到崖上去，以前是有一条羊肠小道，但多年没人走动，现在那条羊肠小道被灌木和蒿草遮盖，几乎找不到了。

陈曦和海涛走了一个多小时的路，都走累了，原来是为村里接自来水踏勘路线来的，没想到被美景吸引着，沿着峡谷一直走了进来，直到来到观音崖。

在瀑布下的一处平坦草地上，陈曦坐了下来，海涛也在陈曦身边坐了下来。海涛从小挎包里取出一个用纸包着的饼子和一瓶矿泉水，递给陈曦。陈曦确实饿了，她正在思谋着用什么东西可以果腹，没想到海涛已经拿出了吃的。出发的时候，陈曦没想到拿吃的。她想着一会儿就回去了，没想到走了这么远，花了这么长的时间。还是海涛细心。

海涛自己也拿出一个饼子和一瓶水，两人一边吃一边说话。

"你是什么时候拿了食物的，我怎么不知道啊？"陈曦有点好奇海涛怎么会想得这样周到。

"因为我是在农村长大的，小的时候经常跟父亲进山砍柴，走山路最容易饿。我曾经因为拿的干粮少挨过饿，所以只要进山，我就会拿些干粮。"海涛说得非常从容。

"原来是这样，现在我有一个想法，不知好不好。"

"什么想法？说来听听。"

陈曦就把想法说了出来："我想我们可以把这红豆谷打造一下，搞个乡村旅游什么的，说不定还能吸引一些人周末到我们这儿来游玩消费。今天走了这红豆谷，让我想起花桥村。花桥是咱们邻县的一个有名的旅游度假村，村里有一棵千年菩提树，吸引着游客前往。其实我们旧面村，也是一个千年古村。海涛，你能给我说说旧面村的情况吗？如果有可以挖掘的文化内涵，搞旅游开发最好不过。"

海涛于是侃侃而谈起来："旧面村，其实历史也非常悠久。据说，三国时洛河镇就有人聚居了。蜀汉景耀年间，名将姜维统兵北伐中原，过阴平，经洛河镇，天雨阻行，暂住此地，让人开荒垦田，修房盖屋。有一刘姓人家，到了旧面村，在沟里垦荒开地，修房盖屋，居住了下来。现旧面村人也自称是刘备的后人。

"又说明初，朝廷在推行'湖广填四川'的移民垦荒政策时，洛河镇的先祖们从湖北麻城、孝感迁徙而来。至今父辈还传诵着大迁徙时麻城、孝感人的歌谣：'麻城孝感顶呱呱，家家都种牡丹花，收益胜过种桑麻。老天为甚不睁眼，强徙老子填蜀巴！'

"据传，最早迁到旧面村的祖先只有三户，十余人。他们民风淳朴、休养生息，涵濡于圣贤之教，无华丽之饰，多礼让之风，尚气力，多勇敢，冬狩猎，春农耕，全族乐业，无浇浮之俗。旧面村虽山多地少，但在祖先们的辛劳之下，开挖荒地，开发了新的物产，有麝香、蜜蜡、麻、柿子、核桃、木耳、生漆、杜仲、荨麻等。

"旧面村后面也有一棵菩提树，据说有八百多年的历史了，菩提树下有一座观音庙，据村里老人讲，观音庙里供奉的观音就是观音崖上观音庵里的观音。据说自从观音庵里的老尼姑去世后，观音庵无人经管，风吹雨淋，成了废墟。村里有个老人，上观音崖，在废墟里刨出观音雕像，背下山，给观音洗了脸，重塑金身，在村里修了观音庙。

"还有，村里以前有个祠堂，村里人也叫庙，庙里塑有刘备和关公的像，这庙历史悠久。村里人多为刘姓，他们自认为是刘备的后人，因为他们说他们的先祖是和刘备一个村的。听说以前庙里有一本家谱，记载着从祖辈到如今人的字辈等。可惜后来，也就是2008年的那场地震，震塌了祠堂，也就是村里人说的庙，发生了火灾，一场大火烧毁了一切。地震后村里人集资在观音庙旁修了几间房，给刘备和关公重新塑了像，就把观音庙和祠堂合在了一起。

"村里人的名字，以前还有字辈之分，譬如支书一辈的人中间都有一个'明'字，下一辈中间都有一个'青'字。后面应该有一个'风'字。可现在人已经不在乎这些了，许多人给孩子起的名字一个比一个洋气。许多都像明星的名字，也没有人在乎字辈那些东西了。

"其实，这些都是传说，他们说自己的祖先是三国时候就来到这里了，但又说是元末明初'湖广填四川'时迁来的，非常乱。其实他们也搞不清第一个到沟里开荒垦田、修房盖屋的先祖是谁。村里又频频发生自然灾害，几乎把村庄毁灭殆尽，灾害毁灭村庄也毁灭记忆，只有那些传说经久不衰地流传下来。因为村里人多姓刘，他们就把自己和刘备扯上关系，又由于洛河离四川近，又把自己和'湖广填四川'扯上关系。"

陈曦说："至于历史我们也不去深究，其实每个村镇都有自己的历史传承脉络，但由于过去自然灾害频发，往往使村庄的历史形成断裂。比如康城的望子关，就传说杨六郎曾在那儿等候守望过儿子，所以叫望子关。我们也可以学习花桥经验，通过宣传，打造一个千年古村落旧面村和红豆谷，让在城里待久了的城里人到这里观光旅游，放松身心。"

两个人边吃边聊，不知不觉，水足饭饱。陈曦有一个习惯，吃完饭就想睡觉，在原来的单位，她每天中午都要小睡半个小时，自从驻村以来，生活不太规律，这个午睡的习惯就打乱了。今天走了两个多小时的路，她有点累了，吃了点东西，不由得就犯困了，上下眼皮直打架。平时挺一挺瞌睡劲儿就过去了，今天看来不行了，必须要小憩一会儿。

"我稍微闭会儿眼。"她对海涛说，说完就躺到草地上，闭上了眼睛。

海涛看她睡了，虽然才初秋，阳光也很好，但海涛还是怕陈曦着凉，就把自己的外套脱下来盖到陈曦身上，在一旁看着陈曦睡觉。

陈曦进入梦乡，一会儿就打起轻微的鼾声，非常细腻、悠然，不细心听，几乎听不到。她的鼻尖上有细微的汗珠，脸也红润，非常动人。海涛就那样看着陈曦，忍不住在她的额头轻轻吻了一下，他很想吻吻她小巧红润的嘴唇，却怕她醒过来。

海涛继续看着陈曦沉睡，她的样子太美，让他不由得有了一种冲动，他想疯狂地吻她，想拥有她，但他又怕她醒来会生气。他就抬头看看四野，这儿远离村庄，空无一人。海涛不由得轻轻躺下来，躺在陈曦的身旁，伸手轻轻把她揽入怀中，他幸福地闭上了双眼。

海涛也睡着了，做了一个美梦。睡梦中，他被一记耳光打醒。他看到陈曦怒目圆睁地看着他，他一下蒙了，连忙道歉："陈姐，对不起，是我错了！"

陈曦也似乎一下子从迷糊中醒过来："海涛，怎么是你，对不起，我刚才做了一个梦，梦里遇到了坏人。我……我……"

她有些语无伦次。

"陈姐，对不起，你太美了，我……我……不是故意的。"海涛也被一耳光扇蒙了，"陈姐，我……我……喜欢你！我忍不住就拥抱了你。"海涛喃喃地说。

陈曦抬起头，再次看着海涛深情的目光，她的心里感到有一种暖暖的感动。她也喜欢海涛。她快三十岁了，还没有过这么强烈的怦然心动的感觉。她想起了回家生病的那些天对海涛的思念。

"海涛，我知道。我也喜欢你！"陈曦也低声说道。

海涛往陈曦的身旁坐了坐，仍然不知所措，像一个犯了错误的孩子。

陈曦她听到海涛热烈的心跳。她看着他委屈的样子，心一下酥软了。"没事了。"陈曦说着抱住了海涛，他们的唇吻到了一起，这次陈曦没有感觉到异味，倒有一种湿润和清甜的感觉。

两个人亲吻完都有点酥软，陈曦才感觉到那些小说里写的亲吻真的是一种非常美妙的感觉。歇了好一会儿，二人又从沟里沿着一面斜坡往回走，一边查看挖渠埋管子的线路，估算需要用管子的长度。

他们沿着一条羊肠小道到了一处平坦的山梁上，那儿有一棵老槐树，槐树很大，像一把伞，荫了一大块地，地上有几块条石，条石光滑干净，看来是人们经常歇脚坐过的。海涛告诉陈曦，那儿叫西山梁。在山梁上，可以看到村子的全貌。站在远处看，旧面村在绿树合围中，只能看到青石板、青瓦的屋顶，在万绿丛中，几道疏疏的黛青色置于其中，宁静安详，给人一种静美的感觉。

陈曦和海涛走了三个小时的路，累了，就坐到槐树下的条石上休息，天气虽然进入了初秋，但还是非常炎热，他们都出了汗，于是把外套脱了，拿在手里。陈曦出门时戴了一项凉帽，穿了一件白色T恤衫，她拿下凉帽扇风。海涛戴了一项草帽，也把草帽拿下来扇风，他的白衬衣脊背处都湿透了，浸了一个不规则的圆形。他的头发也湿了，被草帽压得变了形。

坐在山梁上，斜下方不远处就是村子，陈曦看着村子，用眼睛寻觅村里的支书的家和村委会的房子。

这儿是一个不错的散心地方，陈曦想，以后每天早上起来没事，可以从村子里出来到这儿爬山锻炼，心烦了可以到这儿散散心。

两个人坐了一会儿，海涛用树枝和山花为陈曦编了一项草帽，陈曦戴着和海涛下山了。

两个人通过查看，了解到从村子到水源地有三四公里，那种聚乙烯盘管要用三四千米，陈曦回城时还有心到卖管子的地方问了一下，直径二寸的管子一米四元多，四千米管子就要近两万元。

陈曦和海涛回到村里，海涛开始做饭，陈曦就通知村里群众吃了晚饭来村委开会。

吃过饭，许多人陆续到了村委。陈曦和村委班子开会商量接自来水的事情。

陈曦说，如果自己能要到钱买到管子，希望村里组织人挖渠埋管道，渠挖个二三十厘米深，将管子埋进土里，这样，热天晒不到，冬天冻不坏，可以管几十年。

陈曦又说，和上一次修路一样，先组织人挖渠，她自己想办法筹钱。先把水接到村里，再用PPR水管接到每家每户。

开会制订了可行的方案。对村里接自来水一事，许多人都非常热情，尤其是村里的妇女，听到消息都积极响应。

开完会，天已经麻黑了，村里的人就都散去了，海涛歇了一会儿要回镇里去。

陈曦对海涛说："今晚就留下来吧。"

海涛听了，激动地叫了声"陈曦姐"，继而转身拥抱住了陈曦，并腾出一只手顺手关了电灯。陈曦被海涛紧紧拥抱着，有点喘不过气来。她听到海涛粗重急切的呼吸……

第二天，陈曦和海涛回到镇上，海涛忙其他的事，陈曦回局里筹钱。

陈曦回到单位，向李局长说了想给村里接通自来水，缺少资金的事。

局长问她需要多少，陈曦说能筹多少算多少，越多越好。

李局长给单位会计打电话，问了一下单位财政情况，说能挤出十万元钱。

"真是太好了。"陈曦听说单位能给村里十万元钱,高兴坏了。

李局长看到陈曦非常高兴,他也高兴。他对陈曦说,这笔钱要以局里的名义给旧面村。到时他将带局里其他部门的干部一起到村里,帮村里接通自来水。在村里举行一个简单的仪式,希望镇里的领导陪同。

陈曦给罗镇长打电话确定了具体事项。

陈曦在镇里,手机有信号的时候,挑了几张和海涛在旧面村里观音崖拍的照片,在微信朋友圈发了几组,得到了近百个微信朋友的点赞和评论,许多朋友都问她这是哪儿的风景,简直太美了,陈曦就告诉他们是自己驻村扶贫所在的村子里的。照片也引起县文联主席的关注,他也给她发消息,并说如此美的风景适合搞一次采风笔会。

陈曦喜欢写作,曾在市报副刊上发表过作品,也在县文联办的杂志上发表过文章,她是县作协会员,也是市作协会员。县文联主席的询问让她有了写一篇文章的想法。由于忙碌,她都有好长时间没有写过东西了。

于是,陈曦在晚上空闲的时候就写了一篇题为《千年古村旧面村》的文章,投给了市报的副刊。

过了两天,李局长和镇里敲定了活动日期。

那一天,李局长在镇党委书记和镇长、陈曦的陪同下到了旧面村。在学校旁边的场坪里举行了简单的捐款仪式。李局长、镇党委书记做了讲话。

　　仪式结束后，陈曦和镇党委书记、镇长陪同李局长走访了村里的贫困户。看到他们的生活还这样艰难，李局长感触非常深，他说，回局里让科级以上的干部每个人按自己的能力和帮扶村的贫困户结对子帮扶。

　　在陈曦送局长返回单位的车上，李局长对陈曦能够驻村帮扶表示了自己的谢意，没想到，现在还有这么多人没有脱贫，在贫困线上挣扎。并再次对陈曦说，有什么困难就往单位报，单位一定想方设法解决。

　　送走李局长等人，资金一到位，陈曦和海涛到县城采购管道和配件。村支书刘明礼马上组织人开始挖水渠埋管道，开展引入自来水工程。

　　管道采购到位，陈曦到镇里联系了一位管道工，让他负责指导大家接管道，陈曦每天跟着大家劳动。

　　一个多月后，主管道接通了，之后又陆续接到每家院子里，还给每家修了一个水泥小水池。

　　自来水接通了，看到自来水从水龙头里哗哗流出来，村里许多妇女的眼泪也哗哗流出来了，陈曦的眼眶也湿润了。

　　不知不觉间，半年多时间就过去了，每天，陈曦都忙忙碌碌，慢慢地，她失眠的现象有所改善，偏头痛也很长时间没有发作了。以前，她到了晚上总是睡不着，现在，她每天东奔西跑，又要操心又要干活儿，每天都很疲惫，到了晚上，头挨到枕头就睡着了。

陈曦的微信运动上，以前每天的步数就是几百步，最多也就一两千步；自从驻村以后，陈曦有网的时候一看微信运动里的步数，都是一两万步。

陈曦现在有了早睡早起的习惯，晚上，吃了晚饭，一个人没什么事，洗漱一下，早早躺床上看几页书，就睡了。早上天蒙蒙亮就起来，洗漱完毕，就一个人沿着村后的山路爬山。花半个多小时，到了西山梁，在那儿活动活动筋骨，然后下山，做早餐，开始一天的工作和生活。

她现在感到过得非常充实，一个人在世间活着，有事做才会感到充实。

人总需要做些什么，才不会觉得心里荒芜。而能把一件事情做好，那种幸福感是无可比拟的。

人总需要做些什么才能体现出自己的价值，虽然做事情的过程会枯燥、无聊，甚至会痛苦，但没事可做却让人更痛苦。

陈曦还感觉到了，一个人在世间，要有爱，有一个让自己爱的人，而这个自己爱的人又爱自己，这种幸福是妙不可言的。她曾听过这样一句话：人生至福，就是确信有人爱你。这句话多么好啊。一个人在世间活着是多么孤独，但如果有爱，被爱，才能减轻这世间的孤独。在世间，人只有互相去爱，才能彼此安慰。

爱的确是一个人对抗孤独的良药，也是一个人获得幸福和快乐的源泉。

　　转眼到了年底，陈曦又回了一次单位，李局长记着自己的承诺，说经过他开会动员，局里科级以上的干部同意结对子帮扶村里，他准备带着他们到旧面村里进行慰问帮扶。

　　于是，陈曦给刘支书打电话，让村里的建档立卡贫困户做好准备，说好了时间，说旧面村的帮扶单位将到村里进行慰问帮扶，并给罗镇长打电话说了情况。

　　在电话中，刘支书给陈曦说了一件事，让陈曦跟帮扶责任人说好，不能给村里的贫困户送钱送物。

　　"为什么呢？"陈曦有点纳闷。

　　"你记着，按我说的话去做就行了。"

　　"好，我记住了。"

　　在到旧面村里去的车上，陈曦就跟帮扶责任人转达了支书的话。

　　到了村上，李局长带着单位上的人在罗镇长和陈曦、海涛等人的陪同下，走访了贫困户。每到一家，李局长都问他们的生活状况、收入情况，李局长看到每家院子里都接了自来水，拧开水龙头，就有自来水哗哗流出来。村民都知道自来水是局里掏钱为村里接通的，都跟局长说着感谢的话。李局长看到用自己单位的钱给村民办了一件实事，也非常高兴。许多的帮扶责任人看到旧面村里贫困户的生活条件如此之差，有的忍不住流下眼泪，尤其是几个女的。她们心软，看到那些贫困户缺衣少吃，不由得掏出自己身上的钱，塞到村民手里。陈曦看到支书脸上露出不高兴的神情，想阻止，但又不好意思。

局里一行人在村子里转了一圈，给结对帮扶的贫困户送了米和油，并给每户发了连心卡，连心卡上写着被帮扶的贫困户和帮扶责任人的名字，还写着联系方式。说是贫困户有什么困难可以给责任人打电话。

走访完村里的贫困户，大家最后在支书家吃了午饭就回镇里了。

在镇子里，陈曦刚送走局里帮扶责任人一行，就接到了支书的电话。

"闺女，你这次把事情办砸了。"支书在电话里说。

"今天的事不是很圆满吗，怎么就办砸了呢？"陈曦有点摸不着头脑了。

"和你说了不能让局里的人给贫困户送钱，我看好几个局里的干部给贫困户送钱了。"

"他们给钱不是更好吗，至少可以解决他们的一些困难，有什么不好的呢？"

"唉，这个你就不知道了，古语说'不患寡而患不均'啊。村里有六十多户贫困户，有的有事没在家，有的家里条件好些，没有得到局里人给的钱，他们以为是我们贪污了，或者是以为我们内部定好了谁家给钱。现在这些人都到我家讨要说法，要钱哩。"

"啊？！有这事！"陈曦感到不可思议。她马上找海涛，让海涛骑车带她回旧面村。

到了村里，果然有十几个人在支书家院子里，七嘴八舌地在说着什么。

陈曦进了院子，支书刘明礼在抽烟，几个人围着他，在争辩着。其中一个六十多岁的老人正在说话："我们同样是贫困户，为什么六儿家给钱了，我们没有，这里面肯定有问题啊，不是你们内部商量好的，就是你们村干部把局里给我们的钱贪污了。"

"就是，就是。"其他几个附和着。

陈曦分开人群进了院子，有人说陈书记来了，大家把目光投到她身上。

那个正说话的老人看到陈曦说："陈书记，你来得正好，你给大家说说，是不是局里给每家贫困户都有钱？"

"是这么回事，这全是我的失误，本来原计划给每个贫困户一家一袋米和一桶油，在家的米和油都已经给了，你们没在家的米和油在村委会办公室里，一会儿大家跟我去领吧。"陈曦给大家解释。

"还是不对，六儿家、明成家、明佛家等十几家为什么有米有油还给钱，我们也要钱。都是贫困户，为什么他们就特殊？"有一个人在嚷着。

"你们吵什么，你们贫困就有理了，他们就该给你们钱和物吗？人家慰问的时候你们不在家，这能怪谁？有米和油就不错了，还想要钱，反正村里没落你们一分钱，你们要告到镇里告去。"支书生气了，态度硬了起来。

"叔叔伯伯们都散了吧，没领到米和油的跟我到村委院子里领米和油去。"陈曦再次向大家劝说。

"反正你们做事不公平，都是一样的贫困户，为什么两样看待？米和油我们不要了。"青树说着领头走了。

其他两三个也跟着走了，还有五六个站在院子里举棋不定，面面相觑。

"走吧，大家跟我去领米和油。"陈曦说着往院子外面走。那些人就跟着出来了。

到了村委院子，陈曦给那些没有领到米和油的贫困户发了米和油。还有四五户人没有领米和油。

打发走那些人，陈曦感到委屈和难过，她从局里联系责任人，本想干一件好事情，没想到却成了这样，让村支书父亲跟着受委屈。她坐在那儿不由得委屈到鼻子发酸，直想掉眼泪。

海涛看着陈曦，心里也不好受，安慰道："陈曦，你别往心里去，村里的事就这样，人心难测，每个人都只顾自己的利益。"

"海涛，我是不是做错了？我和局里的责任人提前说了，让他们不要给贫困户钱。可他们看到村里有的贫困户生活如此艰难，忍不住就给了。"

"陈姐，你有什么错？有一部分人其实就是村里的懒汉。有手有脚，却不好好劳动致富，只想着政府的救济和别人的帮扶。陈姐，别难过了，我给你做好吃的。"海涛说完就挽起袖子开始做饭了。

吃完晚饭，海涛就骑着摩托车回镇里了。陈曦一个人在村委会的屋子里，心里的委屈如潮水漫溢开来。她感到空虚和无聊，偏头痛似乎也犯了，头隐隐有些疼，想要睡，却毫无睡意，想写点东西，心里有千言万语，却不知从何开始。

今天的事，让她难过又无言。她躺在床上辗转反侧，难以入睡，她想起白天跟着责任人走访，看到那些贫困户，有时自己都有掏出所有资助他们的冲动。只是支书提醒过她，她才没有掏出钱来。她设身处地地为那些没领到钱的人想想，他们的怀疑和不平也不是没有道理。

想想自己驻村扶贫几个月来，她还没有掏过自己的一分钱给那些贫困户们。她决定掏出自己的钱，给那十多户没有领到钱的贫困户。这样想着，她才安然入睡了。

第二天，陈曦到镇上的银行营业厅取了三千块钱，给那些没有领到钱的人家每户两百块，安抚一下他们。但有几个知道钱是陈曦自己掏的时，都不好意思接受。陈曦再三坚持，他们才接受了，有几个年纪大一些的妇女还为此流下了眼泪。

七

转眼到了年底，陈曦驻村扶贫已半年多了。镇里在年终召开了精准扶贫表彰会，对全镇各个村的优秀扶贫干部进行表彰。陈曦名列其中。

陈曦想想也没有干什么事，时间太匆匆了，不过修通硬化了从镇里到村里的通村路，硬化了村巷近两千米，又为村里接通了自来水，解决了村里人畜饮水问题。她扪心自问，自己驻村扶贫以来，虽然没有干出多大的成绩，但还是为村里干了几件实事，心里还是坦然的。

到了腊月底，村里那些陈曦帮助过的农户，都把自己家里的特产给陈曦送到村委会里来，有土鸡蛋，有阴干的山野菜，还有一户给陈曦送了两只土鸡，土鸡装在一只装过酒的纸箱子里。

一开始，陈曦不想接受，客气地拒绝，但看到他们失望的眼神后，她就欣然接受了。当她收下他们的东西后，他们都非常高兴。

到了年底，村里外出打工的人多数都回来了，支书的两个儿子，也就是陈曦同父异母的弟弟，也回来了。老大高三毕业后考上了大学，到兰州去念书了，年底放假了才回来；老二还继续在城里读高中，也只有节假日才回家。陈曦和他们见了面。他们喊陈曦"姐"。陈曦感到很亲切。

腊月二十五，海涛的摩托车上带了一沓红纸。陈曦问他买这么多红纸干什么。

海涛说，给村里人写对联。于是海涛开始裁纸。裁好纸，就开始写对联。海涛的字朴实厚重，横细竖粗，有一股颜体的意蕴。

陈曦就问他是否临过帖。

海涛告诉陈曦，他从小就喜欢写字，闲了就临帖，欧体、颜体、赵体他都临过。他现在是市书协会会员，还是省硬笔书法家协会会员。

陈曦说，怪不得字写得好。

海涛一天写了几十副对联，村里人有的自己来取，有的是邻居帮着取。

海涛告诉陈曦，他已经给村里写了两年了。开始，有几个人知道海涛字写得好，就让他写对联，于是他就写了几副，这一写，村里人都要求他写。于是，他干脆买来一沓红纸，在村委院子里，摆起桌子专门给村里人写对联。

腊月二十六那天，陈曦决定回家过年，走的那天，支书留陈曦到家里吃饭，支书老婆做了一桌丰盛的饭菜。在饭桌上，陈曦和支书一家一起吃饭，气氛融洽，其乐融融。支书和支书老婆不停地往陈曦的碗里夹菜，在那种气氛下，当支书把一块鸡腿肉夹到陈曦碗里时，陈曦不由得热泪盈眶。

陈曦和两个同父异母的弟弟也相处融洽。

吃完饭，陈曦说鸡蛋太多，自己带不了那么多，把鸡蛋留给了支书家。又把那两只土鸡送给了镇里的舅舅家，自己只带了一些山野菜回家了。

回到家里，父母已经置办好了年货，只等过年了。弟弟陈曜也回来了。陈曜今年大学一年级了，人又出脱了一些。

弟弟陈曜一天到晚和同学聚会一起玩，东奔西跑，不着家，有时吃饭都不见人。父亲也每天和一群退休了的老人一起在公园里打牌，一起弄他的诗词，只有母亲在家操劳。陈曦就陪母亲聊天，母亲忙的时候她就一个人看看书，看电视，玩手机。生活单调又无聊。

陈曦唯一感兴趣的就是和海涛在手机上聊天。每天晚上，海涛都会发消息过来。他们在微信上谈天说地，想起什么聊什么。说相思之情，听到一首好听的歌，看到一篇好的文章，都会分享给对方。早上起来互相问候早安，晚上互道晚安。

过完年，初六陈曦就回洛河镇旧面村了。按道理，陈曦可以迟一些到村子里去的，但她觉得在家里实在无聊。村子里像她一样大的女的、从小的玩伴都嫁人了，有的已经是一两个孩子的母亲了，她们回娘家，有几个来找陈曦玩，但大多没有什么共同话题,一起嗑嗑瓜子,说些无关痛痒的话。每次送走她们,陈曦的母亲就会以她们为榜样,劝说陈曦赶紧结婚,并问陈曦,李峰有半年时间没有来了,是不是闹别扭了,也劝陈曦去找李峰。陈曦告诉母亲她和李峰分手了,母亲还伤心了好久。

陈曦在家待着无聊,破五一过,就回旧面村了。到洛河镇那天,天气突然变了,下起了大雪,车走到半路,雪就纷纷扬扬下起来了。由于下雪,车行得缓慢。到了洛河镇,雪已经覆盖了大地,整个世界成了白茫茫的一片。陈曦下了车,雪还在纷纷扬扬地下。陈曦伸出手去接雪。天气虽然很冷,她却兴奋不已。很多年了,陈曦很少见雪,记得上次还是上大学的时候,在兰州见过雪的。

陈曦所在的城市陇南市,有"陇上江南"的美誉,是一个西北城市,地处秦巴山区、黄土高原、青藏高原的交会区域,形成了高山峻岭与峡谷盆地相间的复杂地形。气候属北亚热带向暖温带的过渡带,垂直分布明显,是甘肃省仅有的处于长江流域和亚热带气候的地区。陇南地貌俊秀,气候宜人,自然资源丰富,森林覆盖率达41.87%。在陇南市区,即使是冬天,也很少落雪,即使是下雪,也落不到白龙江沿河,只是在高山之巅,看到一层淡淡的白色,雪就好像给青山戴了一顶白色的帽子。

陈曦喜欢雪,曾经写过关于雪的诗歌和散文。看到下雪,她喜欢感受雪一片一片地落到手上,又经过手融化,有一种清清凉凉的感觉。

陈曦一边感受雪的美好,一边给海涛打电话。

一会儿，海涛就到镇上的停车点接她来了。两个人踏着松软的雪向海涛家走去。

经过市场的时候，海涛拐进去买了几样蔬菜，由于还在过年，天又落了雪，整个市场空荡荡的，只有零星的几家还在卖菜。

到了家里，海涛的奶奶看到陈曦非常高兴，直拉着陈曦到她的炕上，让陈曦暖暖。

"奶奶，年过得好啊！"陈曦问候。

"好，好，闺女，今天冷坏了吧，快来，到我炕上暖和暖和。"说着就拉陈曦上炕。

陈曦确实感到冻脚，就脱了鞋子上了炕。

"你在奶奶炕上暖会儿，我去做饭。"海涛对陈曦说。

吃了晚饭，天依然下着雪，陈曦和海涛围着炉子烤火，海涛用一只小茶壶在炉子上煮黄酒。

喝了一些黄酒，陈曦就到奶奶的炕上和奶奶一起睡了。

第二天，雪停了，但路上积雪未消，吃了早饭已经十点多了，陈曦在街上买了一箱酒，给海涛的父亲两瓶，又和海涛到舅舅家看了舅舅。

到了下午，陈曦要到旧面村去，海涛用摩托车送显然不成了，路滑，摩托不好走，再说冬天骑摩托，天气太冷，人也不好受。于是，海涛从一个朋友那儿借了一辆松花江小面包车，他们叫蛋蛋车。后来，海涛干脆买了一辆二手的蛋蛋车，那是后话。

在去旧面村的路上，他们遇到好几辆高档小轿车超过他们的蛋蛋车向旧面村方向开去。

陈曦问海涛："他们是什么人啊？这么早到旧面村去干什么啊？"

"我也不知道，我估计是到沟里耍赌的。"海涛猜测道。

"耍赌？"陈曦感到惊奇。

"是这样，我们这儿前几年耍赌比较盛行。每年到了正月，人们闲下来了，许多人就聚到一起耍赌。赌资少则几千块，多则数万块。村里人多好赌，出门打工一年，挣几万块钱，过年几天输个精光，过完年又出门去挣，形成了一种恶性循环。由于知道我们这里人好赌，城里一些专门以赌博为生的人，过年的时候或者村里倒下老人了就会赶到村子里专门耍赌，他们叫'赶场子'。他们是有预谋有组织的。为了逃避公安机关的抓赌，还专门有放哨望风的人。"

"还有这种事啊？！"陈曦感到震惊。

"嗯，我们邻居海成的舅舅就是一个大赌徒，在村子里出了名了。他十年前吧，挖锑矿挣了些钱，村里人估计有百八十万，在村里出了名。可是他却迷上了赌博，一年时间输了个精光，还借债三四十万。每年到了年底，讨债的人就堵满屋子。如今，他为了躲债，到新疆去打工，刨大瓜，摘棉花，种庄稼，过年都不敢回家。"

"就说，赌博如此害人，就没人管吗？"陈曦又问。

"怎么没有人管，在赌博之风最严重的时候，镇派出所和县公安局联合出击，曾经抓过几次赌博的人。旧面村因为山大沟深，曾经是镇里最严重的窝点之一。以前抓过几十个人，情节严重的拘留罚款，这几年赌博风气才有所收敛，没再听说过哪个村子有聚众赌博的。不过最近好像个别村子这种赌博的风气又有抬头的趋势。"

"那问你一个问题，我看许多人都喜欢打麻将，那打麻将算赌博吗？"

"打麻将和赌博还是有区别的。其实娱乐和赌博的区别就是，打麻将，如果不是以营利为目的，而是家庭之间或者家人朋友之间玩一玩就不算是赌博；如果不是家庭亲戚朋友关系的，还带有营利目的来打麻将或者是打扑克，参与者众多，且赌资数额比较大的，就是赌博了。会有不同的处罚，那就看赌资多少和情节轻重了。"

"哦，你怎么知道这么多啊？"

"我们是乡镇干部，我们是专门学习过的啊。"

"那依你的经验，这几辆车，赶场子赌博的可能性有没有啊？"

"我看极有可能。"

"那你稍开快一些，我们跟着他们，看他们到哪儿去。"

于是，海涛加了脚油，不紧不慢地跟着前面的车辆。

海涛跟着那些车辆，最后看到那些车辆从沟里一直开进去，开到采石场去了。

在进旧面村的三岔路口，海涛放弃了跟随，把车直接开进了村里。海涛把车停到村里的场坪里，和陈曦进了村委院子。

海涛告诉陈曦，他们一定是到旧面村赌博的，今晚村里将会有一场大赌。

"你能确定他们就是赌博的吗？你是怎么看出来的？"陈曦有点不相信。

"天黑了就知道了。今晚我带你去看看。"

吃过晚饭，天还没有放晴。雪不再下，但阴沉沉的。海涛让陈曦穿暖和一些，陈曦加了一件棉衣，海涛也穿了他平时骑摩托车的大衣。

海涛先带陈曦到支书家，支书家很安静，支书和老婆在围着火炉看电视。支书在火炉上煮葱姜水，就是用带根的葱段、姜片、花椒、盐煮的水，冬天晚上吃了饭喝两杯，有驱寒暖胃的功效。

一会儿，葱姜水煮好了，支书给陈曦和海涛一人倒了一杯。

有些烫，陈曦吹着喝了口，开始有点冲，但喝了几口后，感觉还挺好喝。

两人喝了两杯葱姜水，天就麻黑了，于是起身出了支书家。

海涛带着她在黑暗中到村里转悠，快走到村主任家时，海涛慢了下来，伸出手指做了个禁止说话的动作，让陈曦轻一些，他们远远地站着，村主任家院子里有灯光亮着，还听见有嘈杂的人声。海涛就没有再往前走，拉着陈曦原路返回。陈曦心里还嘀咕在干什么，还像电影里一样，神秘兮兮的。

到了村委房子里，海涛往炉子里添了些煤，把炉火生旺。

"怎么回来了？"陈曦有些不解。

"我确定他们是在赌博。"海涛非常坚定地说。

"你是怎么知道的？"陈曦还是不明白。

"今天遇到几辆小车，这几辆小车不是旧面村里的，车里坐的人我不认识，肯定不是村里人。他们把车开到采石场，这大过年的，肯定不是谈生意什么的。采石场这几天也放假了，那是他们的停脚点，他们在那儿吃住，然后晚上就到村里找地方组织赌博。你知道他们为什么在村主任家吗？"

"不知道。"陈曦摇头。

"因为村主任就是个大赌徒。他城里买有房子，平时都在城里居住，很少到村里来，村里的房子就闲着。而今晚却亮着灯，还人声嘈杂。听说主任在城里开了一个茶楼，说是喝茶打牌的地方，其实就是赌博的窝点。他接触的人，多数都是喜欢打牌赌博的人。这肯定是他联络的人到村里来赌博的。"

"村主任怎么是这样的人啊？！"陈曦有点不理解，"作为一个村主任，怎么能带头赌博啊？"

"其实，村主任刘明德是个非常有本事的人，他和他弟刘明善承包了沟里的荒山开采石场，在城里承包工程，修楼盖屋，有一个建筑队，带村里人和镇里的人在城里打工挣钱。但人无完人，这么有本事的人却非常爱赌博。我有一个小学时的同学就是他的徒弟，说他师父前几年一年赌博曾输掉一百多万。"

"一百多万！"陈曦都有些惊讶。

"嗯，你不要看村主任平时没多话，他厉害着哩。"

"他们这样赌博就没人管吗？"

"管，镇里和县里都曾出警抓过赌。但他们有时做得很隐蔽，根本抓不住。"

"这次，你看这怎么办，明知他们在赌博，我们就这样袖手旁观吗？"陈曦有点急了。

"我也不知该怎么办，这报警抓赌，虽然是一件好事，但也是得罪人的事，那些赌徒，输红了眼，被抓了拘留罚款，会怀恨在心，说不定还会打击报复。"

"那怎么办啊？"陈曦不知所措了。

"我想想。"海涛陷入了沉思。

"有了。"一会儿，海涛抬起头拍了一下膝盖，"走，我们找支书商量一下，确定了，我明天到镇上找书记镇长汇报一下，看他们是什么态度。"海涛站起来，带着陈曦向村支书家走去。

第二天晚上，当一群人在村主任家赌兴正酣的时候，有几辆公安轿车悄悄开进了旧面村，从车上下来了十多个警察。他们把车停到村外的场坪里，悄悄摸进了村子，到村主任家抓赌。他们当场抓住参赌人员二十多人，缴获赌资十多万元。但让陈曦和海涛感到意外的是，赌博的人里面并没有村主任。

第二天，村里开了一个村民大会，有镇党委书记、镇长和派出所所长参加的关于禁赌的宣讲大会，并对前一天晚上参加赌博的村民进行的处罚给大家做了个交代，教育村民增强意识，远离赌博。

在会上，决定免去刘明德村主任的职务，提出二十天后重新选举村主任，让年满十八岁有意参选的村民报名。

会后，陈曦和海涛走访了村民，再次了解村民对这件事的看法。村民都说抓得好，因为这次赌博中有五六个人是流窜赶场子的外地人。

在走访过程中，许多的人都说过年了，待在这封闭的山沟里，没什么事可干，想上上网，手机没信号，看电视又无聊，正好打工手里都有几个钱，所以有人说有场子，许多人的赌博瘾就犯了，手就痒了。

"主要还是村里人的文化精神生活太贫乏了！"海涛感叹。

"就是啊，这怎么办啊？"陈曦感到无奈和悲哀，村子越是贫穷，人的文化生活越是单调枯燥。

"过年了，县里和市里一般都会有社火或者灯戏，可是我们这儿什么都没有。其实洛河镇有自己传统的戏曲文化，有一种高山戏，那是一项非物质文化遗产，我们镇好几个村都办有高山戏，尹家村、余家河村、秋林坪村、马家沟、观音坝等村子都办高山戏。如果哪一年有高山戏，村子里从腊月就开始为办戏忙碌，从老人到小孩都扮有角色，年轻人都忙于演戏看戏，哪里还有时间赌博？前几年我们五六里外的观音坝的演员还会到旧面村来演，可旧面村里十多年了不曾办戏了，人家来演过几次，我们不回演，人家也就不再来演了。"

"高山戏，我还是小时候跟着母亲看过，但二十多年没看过了，还真想再去看看。"

"今晚，观音坝的戏应该会出灯，要么我带你去看吧。正好我借有朋友的蛋蛋车，方便。"海涛看到陈曦一脸向往。

"那太好了啊。"

晚上，吃完晚饭，海涛就开车带着陈曦到观音坝看高山戏。路上碰到几个到观音坝看灯的人，海涛就停车拉上他们一起去了。沿途看到许多到观音坝看戏的人结伴同行。

海涛带着陈曦到了观音坝，刚好赶上村里的高山戏出灯。

整个村子灯火通明，不时有烟花炸响。海涛找了个地方停了车，就带着陈曦和村里人一起去看戏。

观音坝的高山戏正好在出灯，出灯就是高山戏里那一年的第一次演出，首先是上庙。上庙就是戏在出灯前先要到庙里烧香化马，祈求神灵保佑一年风调雨顺，降福于村民，让每个人都快乐幸福。

上庙之后就是襄庄，襄庄就是装扮的演员在狮子的带领下，到村子里的每家每户都转一圈，让神灵带走每家每户的灾祸，保佑一家一户平安安康。

襄庄以后就在村子里的场坪里走印。走印，是最经典最有意思的一项活动。如果在白天，会选择一块平坦宽阔的土地，在雪地里沿着一定的纹路走出一方大印。印里是"佛法僧宝"四个大字，如果在高空俯视，白白的大地上，人们走出的黑色的土地纹路，就像一方篆刻的大印，是一个走出来的大印，所以叫走印。

走印完了，所有演员就到场坪里搭起的舞台上开始唱戏，也叫演故事。演故事，有时也叫走过场、打门帘。

看完戏，已经快晚上一点了，陈曦被这古老神秘的高山戏深深吸引了。

在回旧面村的路上，陈曦不停地问海涛和村里人关于高山戏的事。

海涛就告诉她自己了解的高山戏的情况。

"高山戏，又名高山剧，为我们省独有的两大剧种之一，发源于我县北峪河、米仓山一带的鱼龙镇、洛河镇等地，是当地在民间祭祀和传统社火中孕育、演变、发展而来的剧种。

"高山戏在2006年被选为省级非物质文化遗产项目，2008年经国务院批准正式入选第二批国家级非物质文化遗产名录。

"高山戏的舞台演出一般分为'踩台''开门帘''打小唱'等。还有'圆庄''上庙''走印'等带有明显的祈福、娱神和自娱等性质。表演具有社火场上'把式舞'跳、摇、扭、摆等舞步的特点。但更多的是百姓演员对生活劳动的再现与加工。"

"我说怎么那么好看，原来高山戏是国家级非物质文化遗产啊！"陈曦听完不由感叹。

第二天，陈曦和海涛继续到村里走访。她和那些村里的务工者谈天，了解他们在外务工的情况，问他们希望过上什么样的生活，并鼓励务工人员积极参与村干部的选举，为村里的脱贫致富贡献力量。

外出务工人最无奈就是有工作的地方没有家，有家的地方却没有工作，他乡容纳不下灵魂，故乡却安置不了肉身。从此便有了漂泊，有了远方，有了乡愁，有了无穷无尽的牵挂……

其实，谁也不愿意漂泊，不愿意撂下家里的老人孩子在异乡打拼。如果家乡有一份活儿干，能挣到钱，谁也不愿意出门务工。出门在外，干的都是最吃力、最脏、最累、最危险的活儿，还要遭人白眼，看人脸色，甚至还会遭受屈辱。

陈曦问他们对赌博的看法，他们都说是因为生活太无聊，如果有事可干，也许就不会去赌博了。

陈曦问他们，如果村里也办高山戏，他们愿意不愿意扮角色，如果让他们捐款，他们愿不愿意。他们都说愿意。

于是，陈曦和海涛到村支书那儿商量办高山戏的事。

支书告诉陈曦，今年迟了，如果要办高山戏，年前腊月二十几就要准备。到现在已经出灯了。如果让群众娱乐娱乐，我们可以邀请观音坝的高山戏到我们村里演出。其实以前，我们村子和邻村就有约定。比如，我们村的戏班子可以到邻村演出，邻村的戏班子也可以邀请到村里演出。

但是，旧面村已经十七年没有办过戏了，道具和戏服在庙里放着，2008年地震时庙里着火了，什么都烧光了。现在办戏，道具和戏服都要重新置办，没有十万八万还办不起来。

陈曦没想到，办高山戏，说起来容易，实施起来却不容易。

不过自己办不了，可以邀请邻村观音坝的演员到村里演一天，让村民在家门口看看戏也是不错的。于是村支书、陈曦和海涛带了礼品，海涛开着借来的蛋蛋车，拉着支书和陈曦到观音坝，和观音坝的支书商定了，正月十四那天，观音坝的戏班子到旧面村演一天。

确定了演出日期，支书和海涛就组织年轻人在村里的场坪里搭舞台，为正月十四的演出做准备。

很快到了正月十四，早上十点多，旧面村村口鞭炮齐鸣。观音坝村的戏班子进村了，村里人都挤到路两旁观看。十多年了，村里还没有这么热闹过。人们脸上洋溢着欢笑，无比兴奋和快乐！

陈曦、海涛和支书还有村里其他一些干部站在村口的槐树下，有人端着酒迎接观音坝的戏班子进村。

观音坝的高山戏戏班子在灯头的带领下浩浩荡荡进村了，他们有七八十个着装花花绿绿的演员，周围还跟着二三百看戏的村民。

走在最前面的就是灯头，灯头是两个五十多岁的人，他们戴着礼帽和大黑框有色眼镜，穿着黑色长衫。灯头身旁是两个同样戴着礼帽、穿着长衫、腰里悬绑着纸马的人，给人感觉就像是骑着马。海涛告诉陈曦，那两个骑纸马的人是戏母子。陈曦不懂，问什么是戏母子。海涛说他也说不太清楚，回头闲了带她专门去了解。

戏母子身后面是二十多个少年儿童、青年男女，都穿戴着鲜亮的现代服饰，手执各色彩旗，双排跟进，再后面跟着两头戴牛头马面傩面具的儿童，他们边走边摇头作揖，脚步轻逸地跳着，再后面是七个戴着傩面具、穿着戏服、手里拿着各种兵器道具的人。那面具有赤色、黑色、金色、粉色、棕色等颜色，面具有长长的胡须，大而鼓突的眼睛，威严而神秘。他们脚步沉稳，手里各执一种武器道具，保持一种姿态，沉稳前进。陈曦不禁好奇地问，这些戴面具的扮演的是什么角色。

海涛告诉她，这些戴面具的叫大身子武戏演员，扮演的是周仓、关公、张飞、刘备、吕布、曹操、蔡阳七个大身子武将。海涛还说，还有两大身子武将不在戏台下出现，只有在舞台上演出时才装扮出台，合为九大身子。

大身子后，紧跟着就是把式队伍。把式队有男有"女"，还有孩子，孩子就是小把式。他们都穿着彩衣，男的大多头戴仿清朝的顶戴花翎帽，着清朝官服，右手执竹篾五角扇，左手是白色手绢；女的为男扮女装，长发及腰，头着花冠，右手执花边彩扇，左手是多色手帕。他们为一男一女穿插其间而行，边走边跳、摇、扭、摆，右手摇扇，左手挥手绢跳着把式舞。

把式后面是一个身穿黄衣的状元郎，一黄衣书童背书箱、提铜锣。

最后是傩面笑呵二神，一个是头戴草帽，白眉白须，反穿皮袄，右手拿个长烟锅，左手拄一弯弯曲曲、疙瘩拐杖的老汉；另一个是白眉束发，身着短衣短裙，怀抱婴孩（假）的老婆婆。

再后面跟着的是观看的村民，他们扶老携幼，紧跟着把式队。

他们进村之前，先在村口一块平坦雪地里跟着灯头走印。他们踏着碎步，摇肩摆臂，跟着灯头在雪地里有序地走着。走一会儿，还要停下唱一段，再走。海涛告诉陈曦，他们走的就是一方大印。

　　走完印，就进村了，有一个迎接仪式。到了跟前，村支书刘明礼带着村里庙上的两个头人站在路中间，对方的灯头和头人也走到队伍前，距离一步之遥时，迎接的人跨出半步，成弓步，旁边的人端着托盘酒盏，迎接的人拱手相拜，被迎请者也向前跨出半步，弓步回拜，然后焚香化纸，洒酒敬天、敬地、敬人，鸣炮示意。迎请的人侧立一边，被邀请的戏队走过，随后跟着一起进村。

　　进村后戏队还要圆庄，这次不是到每家每户，而是在村子里的巷道走一圈，然后祭庙，到庙里焚香化纸，敬拜老爷。

　　做完这些，到了午饭时间，演出人员被请到村里人户里吃饭，吃完饭，休息一会儿，开始上台演出。

　　陈曦、海涛和观音坝的灯头、头人、戏母子到支书家吃饭。

　　吃过饭，其他演员到旧面村场坪上的舞台上进行"登台"、"走过场"，开始正式的演出，就是"演故事"。"演故事"才是高山戏的重点。

　　其他演员演故事，二位灯头，头人、戏母子由旧面村的头人、灯头、戏母子作陪在舞台下面专门搭起供演员休息的地方休息。趁休息的空当，陈曦请教观音坝的灯头和戏母子，进一步了解了高山戏的一些来龙去脉。

　　他们告诉陈曦，高山戏的演出是通过戏母子一代一代口授心传传下来的。每个村与村之间，演出时的各种程式以及唱腔、服饰等虽然有所差别，但大同小异。

　　在洛河镇，几乎村村有戏台，庄庄演高山戏，村村都有戏母子。过去镇子里的各村子里不通公路，交通闭塞，生活穷困，信息落后。人们除了早出晚归的劳作外，在正月农闲时节演高山戏，便是一年中唯一能够集体参与的娱乐活动。所以是一个村子最盛大的、老少都能参与的娱乐活动。

高山戏最初是人们希望在新的一年里国泰民安、风调雨顺、五谷丰登而进行的祭祀神灵以祈求美好愿望的活动。在祭祀神灵的过程中，自己也得到了娱乐，所以高山戏是一场娱神娱己、人神共飨的戏。

"你们村办一场高山戏得花不少钱吧，这钱是怎么来的呢？"陈曦不由说出自己心中的疑惑。

观音坝戏班子头人说，一场高山戏演下来要好几万，这么多钱，主要靠群众集资。群众集资是自觉自愿的，经济情况好的就多出一些，情况差的就少出一些，太贫困的也可以不出资。我们观音坝村，有人最多出了三万多，也有出一万多的，也有两千、一千、五百、三百、两百的。出资多的一般就是在外做生意、当老板的人。

高山戏的演出都是村民自发的，几乎是全村全民参与。演员都是村民，每家都有一两个人参加演出。在村子里会唱高山戏的人都会受到人们的尊敬，灯头一般都是由村里德高望重的人担任。戏母子、头把式、二把式、三把式、头旦、二旦、三旦等都是人们特别羡慕的人。

村子里几乎大人娃娃都会摇摆扭跳，都会唱戏。小孩子尤其热情，他们扮不了大身子、把式和旦角，就撑掌灯子、打彩旗。

陈曦听得津津有味，还想再听听。可时间已经到了下午四五点了，舞台上的"演故事"已经结束。演员们要返回观音坝去了。他们又和来时一样列队按顺序走出旧面村，旧面村的支书和头人站在村口，鸣炮相送。

第二天是元宵节，村支书留陈曦和海涛在他家吃饭。

在吃饭的时候，陈曦问旧面村这几年为什么没有办高山戏。

"唉，这个说来话长。我们村以前也是经常办高山戏，那年间，人们物质贫乏，但精神不穷，提起办高山戏，大家都热情高涨。高山戏是神灯，也不是每年都要办，有的村庄是歇三年，办三年，每年要办戏的时候，腊月就开始准备了，几个头人带头联络，先到庙上焚香化纸，打卦求神，敲响锣鼓。锣鼓一响，村里人就知道要办戏了，全村出动，齐心协力，分担任务，有力的出力，有钱的凑钱，少则十元、二十元、三十元、四十元，多则一百元、二百元。凑下钱了就置办戏服，做纸活儿，绑狮子旱船什么的。经过十多天的准备，到正月初八或初九初十，选好日子就出灯。

"可是后来村里通了电，家家户户有了电视，看电视慢慢代替了其他娱乐活动。再说办戏要花钱，向村民集资。虽然村民都很热情，但这几年许多年轻人都出门打工了，回家待几天，年十五一过又出门了。还有自我从村主任的位子上下来后，村里的事都是人家说了算，我年龄大了，多一事不如少一事。

"有几次，村里的几个年轻人到庙里要敲锣打鼓办戏，都被头人阻止了。如果锣鼓家什敲起来，不办都要办，不办的话村里一年都会不太平。2008年那年，高山戏入选全国非物质文化遗产名录，县里给了一笔钱，鼓励村里办高山戏，可当时'5·12'地震刚过去不久，村民们都忙于灾后重建，再说一场大火烧毁了所有道具戏服，一切都要重新置办，村主任嫌麻烦，也就没有办。

"因为办高山戏的村子越来少，过年的热闹也就少了，赌博就风行起来了。其实办高山戏让大家都忙碌起来，哪儿有时间去赌博？高山戏带给人们快乐和愉悦，比打麻将和赌博带来的要纯粹和厚重，因为高山戏是一种正能量的文化。像高山戏里演的故事内容丰富多彩，许多剧目都有宣扬仁义道德，教人向善，有教化育人的积极意义。"

"那我们明年也想法办一场丰富多彩的高山戏，这样就没有人去赌博了。"陈曦建议。

"行吧，到时再说吧。"支书说。

八

过完年，到了正月二十六，村里召开了选举村主任的选举会，由罗镇长牵头的选举监督小组到村里进行了监督。

陈曦发现一个问题，村子里的党员都是五六十岁的老党员，二三十岁的非常少，因此她建议在村里发展一批年轻的党员。陈曦还发现，年轻人当村干部的也少，支书和主任都是五十多岁的老人。陈曦建议这次选村主任在年轻人里面选。

候选人有五个，有刘明德的弟弟刘明善、小菊的丈夫青林、青霞的男人盛云，青云也在其中，还有一个常年在外打工的青江。青江在新疆打工，听说承包了几十亩地，种蔬菜，种大瓜，种草莓，挣了一些钱。这次过年是开着小车子回来的，是村里第一个买了小汽车的年轻人。

选举会热烈有序地进行，先是罗镇长讲了选举的过程和需要注意的事项，然后请五个候选人发言，讲自己为村里的发展如何打算。之后开始发选票，投票，唱票。青江票数最多，青林第二。青江当选为村主任，青林成了副主任。

村里在外打工的人就要返城了。陈曦又和海涛、青江、青林走村串户，了解村里务工人员的情况，和那些年轻人互相留了联系方式，有电话的留了电话，有微信的人互加了微信。

年底，陈曦所在单位与村里建立了联系，但村里手机没有信号，责任人给贫困户打手机打不通。陈曦所在的单位就向县里电信部门反映了这一情况。县里电信部门很重视，承诺开年一定在旧面村的山头修一个基站，保障几个村子的通信畅通。

过了年不久，就有一支工程队驻扎到村里，在西山梁修基站。陈曦每天早上到西山梁爬山，都能看到那些工人在忙碌。两个月后，基站修好了，手机有了信号，无线网也到了村里。许多年轻人高兴了，在家可以玩电脑和手机了。

陈曦与几个年轻人很谈得来，她和他们聊了自己的想法，开发旧面村，搞种植养殖，搞旅游开发，希望他们能留下来一起在家门口创业。政府给每个贫困户有五万元的贴息贷款。等忙完了，她就到镇上争取，把这笔款贷拿过来，和村民们一起搞合作社。

几个年轻人听后心动了，他们决定留下来。

过了几天，镇里要求村里核实精准扶贫户，再次精确识别贫困户和脱贫情况。

陈曦和海涛、青江、青林又到每家每户搞调查，调查下来，村里68户贫困户，脱贫十多户，又返贫一户。返贫的是一对夫妇，男的七十多岁，腿有残疾，行动不便，女的六十多岁，患有老年痴呆症，两个人都没有劳动能力。以前，两个人一直不在村里，他们没有儿子，只有一个女儿远嫁山东。后来女儿就把他们接到山东去了，十多年没有回来了，村里在去年识别贫困户时没有考虑到他们。可年前，他们却回来了。听老人说，他们的女儿现在离婚了，带着他们生活不便，就让老人回来了。

陈曦了解到这一情况，就为他们填了建档立卡贫困户材料，并向镇政府做了报告，申请国家兜底帮扶，把他们列入五保户，每个月给他们几百元的生活费。

过了几天，陈曦带着几个留下来的年轻人到镇上的信用社贷款，却被告知，他们的款已经贷过了。

这是怎么回事呢？

后来经过调查了解，才知道款是被原来的村主任刘明德贷走了。当时还是村主任的刘明德拿着村里人的户口本带着村里人，说是帮村民贷款。大概有十八户人家的精准扶贫贴息款被刘明德贷走，整整九十万。

这一事件，让陈曦感到震惊。没想到一个堂堂村主任，拿了村民的户口本，以帮村民贷款的名义，到银行贷走了这么多贴息款。

当时陈曦非常矛盾，不知道该怎么办，纠结要不要向上级报告此事。

陈曦想了一夜，第二天去了洛河镇，向李书记和罗镇长报告了原村主任刘明德私自挪贷贫困户贴息款的事。

镇党委书记和镇长听了都非常惊讶，没想到在自己所管辖的镇子的村里竟然有这样的事。这事非同小可，他们马上开了一个领导班子会，商量处理这件事。

商量的结果是，这不是一件小事，挪贷金额巨大，性质恶劣，需要向上级报告。于是镇里就又报告给县里。

这时，旧面村聚众赌博的事件也有了结果。经公安局调查，参赌人员，除了旧面村里十几个人，其余外村人员都是经常流窜到各村赶场子的赌徒，经常在刘明德开的茶楼里打麻将赌博。这次就是刘明德撺掇他们到旧面村赌博，并提供场所。

有鉴于此，县里发文对洛河镇提出批评，并要刘明德按时归还银行贷款，若不按时归还，就按经济刑事案件处理，拘役或者判刑。刘明德听了，到处筹钱，归还了银行贷款。

三天后，镇党委书记、镇长亲自到旧面村召开村民大会，宣布了原村主任刘明德挪贷贫困户贷款、聚众赌博的事实和处理决定。

过了两天，陈曦接到市文联的通知，让她参加一个文学采风活动。陈曦是市作协会员。

于是陈曦就暂时离开旧面村，先到市文联报到。

第二天，陈曦跟随着市文联联系的中巴车到邻县，他们要参加的这次文学采风活动是为一条公路的贯通而举行的，路叫洛阳路，采风活动名为"挥师洛阳路，美丽乡村行"，即从洛河镇到邻县的阳坝镇。他们的任务是沿着洛阳路走一遍，参观采访沿途的美丽乡村。

洛阳路全长约60公里，路基宽6米。从陇南市山城县的洛河镇到邻县康城县的阳坝。它的存在沟通了甘肃、陕西、四川三省交界处的部分边远地区，可以促进这些地区经济融合互补和社会事业的共同发展；它的存在能将断裂的旅游片区连接起来，形成一个更为广阔的旅游圈；它的存在能给沿途千家万户的生活带来天翻地覆的变化，包括精神和物质的方方面面。这是一条不折不扣的扶贫富民路，一条带动旅游发展的黄金小康路，一条圆梦路、幸福路。

采风活动共三天，第一天到康城县梅园会议中心报到，晚上开会；第二天，沿着洛阳公路走一圈，观看沿途风景，采访沿途群众；第三天，参观康城县几个美丽乡村，晚上活动结束返回。

在采访的过程中，陈曦了解到洛阳路是一条在没有任何项目支持前提下，市里自主设计、自主筹资、自主施工，硬是在崇山峻岭之间、悬崖峭壁之上开掘出的天路。

洛阳路的开掘，打通了陇南向南开放的桥头堡。地处陇南市山城县东南部山区的洛河镇自然风光旖旎迷人。它就像一位睡美人，静静地沉睡在秦巴山脉深处，早在2002年就被省政府批准为金丝猴、大熊猫栖息地保护区和森林生态自然保护区。这里地处西秦岭腹地，东邻陕西青木川国家级自然保护区和康城太平林区，南连四川毛寨省级自然保护区和甘肃白水江国家级自然保护区，是一块三省交界的地方，总面积为四万七千多公顷。这里气候温润，是典型的北亚热带气候，生长在这里的种子植物就有2000多种，国家重点保护植物就有二十多种，如红豆杉、油樟、香果树、厚朴等。此外还有茶树、亮叶忍冬、铁仔、马桑、杜仲、双盾木、麻栎、巴东栎、岩栎、山楠、白楠、板栗、山茱萸、盐肤木、香叶树、葛、三叶木通、蛇莓、胡枝子、辽东栎、水青冈、山白杨、马尾松、华山松、千金榆、鹅耳栎、花楸、慈竹、箭竹、陕西绣线菊、鹿蹄草、玉竹、棕榈、五味子等。动物有310多种，有大熊猫、金丝猴、羚羊、豹子、云豹、羚牛、林麝、玉带海雕、金雕、雕鸮、红腹角雉、猕猴、大鲵、小熊猫、黑熊等在此出没，繁衍生息。

洛河镇风景旖旎，原始森林比比皆是。春天，各种花争先绽放，野樱桃、山桃花，各种野花，这儿一团红粉，那儿一片雪白，这儿一簇深红，那儿一簇墨绿，就像一首清丽的小诗；夏天，到处绿树成荫，几乎看不到裸露的岩石和土地，就是一幅泼墨写意画；秋天，枫叶红了，一些树叶黄了，还有的树叶还绿着，层林尽染，还有各种野花竞相绽放，成了一幅多彩的油画；冬天，树叶落了，鸟兽也寂静了，落一场雪，白了山头，白了村庄，黑白分明，是一幅浓墨淡彩的水墨画。

洛河镇物产极其丰富，这儿盛产木耳、香菇、天麻、猪苓、羊肚菌、茶叶、核桃、花椒、魔芋，还有枣皮、桐油、生漆、棕片、杜仲、黄连、枇杷、银杏、猕猴桃等特产。早在1965年，洛河镇就有茶园1720亩，到2007年，发展到8000多亩。茶叶产量八九万公斤，全镇几乎家家有茶园，人人有收入。香菇种植达到100万袋，户均达到近千袋。

但是，多年来由于山大沟深，道路不畅，许多农业产品卖不出去，降低了农民的经济收入，延缓了村民脱贫致富的进程，许多年轻人宁愿到外地务工，也不愿在家里种植这些农产品。

更有甚者，由于以前交通不便，许多身患重症的病人被耽误了治疗时机。在采访过程中，听村里群众说，由于路不通，他们有什么都是人背畜驮，村里人有个疾病不能行走，就要用担架抬出村，山路崎岖难行，要走两三个小时才到镇上，然后坐三马子或拖拉机，翻越钵锣峪梁，再走三四个小时才能到县城。他们村有一个妇女生小孩，孩子早产，又是脐绕颈，晚上肚子疼，家里人连夜扎担架，找了几个精壮汉子抬出村子。到了镇卫生院，卫生院大夫一检查，情况不妙，让马上送县医院，几个人护送，坐三轮车趁着夜色往县医院送。可是，到了半路，孩子出来了，产妇大出血，送到医院，大人和孩子都不行了。大人失血过多，小孩窒息而亡。他们说由于村子离镇子远，村里又没有村医，所以家家户户都备有常用药，如治头疼感冒、胃疼拉肚子的。谁家药没了，就到邻居家借，救急一下，下次去镇子买了再还。

这些听得陈曦心里很不好受。一条路，对于山大沟深的村民是多么重要啊！

洛阳路的开通，如一道彩练，将洛河镇、阳坝镇、九寨沟、青木川等光彩亮丽的珍珠串起来，形成一个旅游圈。

第二天，在"美丽乡村"的采风活动中，陈曦去的是花桥村和凤凰谷村。

陈曦曾经去过花桥，现在算是旧地重游。但两年多没来，这里有了新的变化。

花桥，是康城的北大门和茶马古道上的重要驿站。

走进花桥，遍布白墙、黛瓦、红檐的民居，这些房屋，依山就势，错落有致，掩映在绿树之中，鲜花遍地，古朴恬静，别有一番风情。到处都有竹林、杨树、核桃树。村里有一条倒淌河，穿流其间，向西北流入平洛河。河水清澈，经过打造和开发，流水平缓，水流淙淙。一座索桥，挂满红红的灯笼和彩旗，装扮得非常美丽、喜庆，这就是花桥。传说中的花桥是利用河两岸的两株上古时期的菩提树相互交缠在一起的树枝搭建而成，并用五色玫瑰缠绕在一起当作护栏，花开时节五彩缤纷，香飘数十里，故被人们称为花桥。桥底下的倒淌河静静地流着，几只白色和黑色的鹅在水里觅食游玩，不远处，还有一群鸭子也在水里游动觅食，有一只偶尔把头伸进水里，一会儿伸出来，嘎嘎叫两声。花桥村的这条河流清澈见底，就像一面巨大漫长的明镜，将河岸成行的杨柳、挂着成串红灯笼的吊桥以及蓝天白云、河旁的人影倒映其中。微风拂过，河面上荡起层层涟漪，在阳光下闪闪发光，仿佛一段金光闪耀的彩缎折出的细褶，美丽极了。

他们先到的是村电商扶贫体验店。在体验店里，陈曦看到了康城的木耳、核桃、花椒、中药材等各种土特产品，还有刺绣的鞋垫、布鞋，小孩用的虎头鞋、虎枕，竹扇，山核桃做的工艺品等许多平时不常见的好东西。

在村史馆，在讲解员的带领介绍下，陈曦看到许多童年记忆里的东西。有纺车、马灯、斗笠、耙子、连枷、斤升子、竹笼、煤油灯盏、牛铃铛、牛格子(牛拉犁时脖子上架的东西)、马鞍子、马笼头等。还有许多陈曦都没有见过的物件，经过讲解员的介绍才知道它们的用途。

"花桥村里对酒当歌，菩提树下悟道参禅。"出了村史馆，沿着一道沟往里走不远，有一个不大的菩提广场。在菩提广场边的高坡上，有一棵高大古老的菩提树，树干已经空了，有一半似乎被火烧过，但树依然枝繁叶茂，树冠亭亭如盖，荫了一大片地，树上挂满红色的绸带，带子上写满了祈愿的字句。讲解员说这棵菩提树相传已有1300多年的历史，并讲述了关于这棵树的传说。陈曦其实早就听过这个传说，但讲解员说出来又别有韵味。

传说，有一年花桥来了一位云游和尚，一眼就看中了这片风水宝地，便在花桥背山上修建起寺院住了下来。闲暇时下来在菩提树下打坐参禅，也为过路的客商看病施药，指点迷津，行善化斋，周济庄里。客商们经常在树根下起灶煮茶做饭。不知过了多少个春秋，树皮被烟熏火燎得斑斑驳驳，仅剩下了一张皮支撑着整片繁茂的枝叶。和尚也终于在菩提树下功德圆满，坐化成佛，菩提树也成了一棵神树，一直保佑着村里人们的平安和吉祥。

花桥村依山就势、错落有致地隐藏在群山怀抱的绿林之中。村民在绿树成荫的河边安静地生活，看着眼前的景色，陈曦不由得想到孟浩然《过故人庄》中的诗句："绿树村边合，青山郭外斜。"这真是一个幽静美丽的好地方！

花桥村的农家院落别有一番风情。村里的老人们喜欢居住在这样的老宅中，自由自在，心情舒坦，不仅环境好，空气新鲜，还可以自己种种地，拾掇拾掇院子，收拾收拾菜畦，活动活动筋骨。在一个农家乐院子里的一棵老核桃树下，有两个老人在下棋，三四个老人围观，还有几个老人在打牌，他们打的是那种长叶子的纸牌，村里人叫掀牛。陈曦也看不懂，但那些老人却打得津津有味。

在花桥村中漫步，处处能感受到这个村庄新的生活风尚，可以看到花桥村的人们一直恪守和倡导的良好道德风尚。

陈曦还跟着大家参观了村里的酒坊、豆腐坊、油坊、挂面坊、水磨坊、农家乐、中医养生馆等，这些作坊保留着农村生活的生产方式。

菩提树后是青龙山支系，站在村口远眺，犹如一尊睡佛。山上有一寺庙，恰巧就"长"在睡佛的耳朵上，一切是那么浑然天成，令人叫绝。

据一个陪同采风团的驻村干部介绍，花桥村全村辖8个合作社，共计215户、774人，2011年全村贫困户126户、445人。截至目前，全村人均可支配收入9015元，贫困户减少到20户。1999年，花桥村才结束煤油灯时代，2008年又受地震灾害影响，房屋倒塌621间。

过去的花桥村，村内道路泥泞，群众住房环境差，村容村貌脏乱，经济发展滞后。为从根本上改变贫穷面貌，2012年政府从改善人居环境入手，实施了美丽乡村建设，在此基础上不断完善提升，打造美丽乡村升级版，发展乡村旅游大产业，带动群众增收致富。

三年多来，在市县两级党委、政府的大力扶持下，村里先后硬化了通村道路，对215户人家的房屋进行了风貌改造，配套建设了文化广场、村级卫生室、中医养生堂、村史馆、电子商务体验室等。整合交通、扶贫、水利等项目资金实施了广电网络全覆盖工程，完成了污水管网土建工程、供水工程和河心岛建设工程，修建了农业体验区梯田；结合"十村百户千床"乡村旅游工程，发展农家乐13家，有客房64间、床位102张。

自灾后重建和生态文明新农村建设后，花桥变美了，美得让村民感觉生活在画中。2016年，花桥村荣获"最美村镇生态奖"，2017年获评国家4A级旅游景区。

参观完花桥村，采风团在一个叫"花桥人家"的农家乐用餐。农家乐，是一个回乡创业青年开的，老板叫杨玉霞。吃完饭，有一个多小时的休息时间，陈曦到吧台和她聊天。那一天，到花桥旅游的人特别多，吃饭的人一拨一拨的，老板杨玉霞在吧台收钱点菜。在她忙碌的间隙，陈曦和她聊了许多。

"你是怎样开起这农家乐的？"

"我过去多年一直在广东打工，前年听说家乡在打造美丽乡村，我过年回家，看到家乡变了，村里街道硬化了，倒淌河干净清澈了，不再是过去的臭水沟。沿河修了河堤，安上了水泥护栏和铁索，在原来的基础上栽了好多树木花草。村里的索桥也变得漂亮好看了，还修了新桥，整个村子掩映在绿树清水间，村子里的民房都得到了改修改建，回来我都几乎找不到自己的家了。这样的小桥流水人家的村子，让我一下子产生了不想再出去打工、想在家门口创业的想法。出门打工虽然能挣到钱，但受的委屈、吃的苦只有自己知道。村里修建了游客接待中心，搞起了乡村旅游。看到每天都有人到花桥来游玩，我就辞去广东的工作，毅然返乡，用这几年打工积攒的积蓄开办了这个农家乐。"

"你的农家乐是什么时候开业的？"

"前年冬天我回家，有了打算，我就开始把家里的房子进行改装，去年春天，我的农家乐开始正式营业。"

"营业情况怎么样？"陈曦再问。

"还不错吧，营业一年来，每天都有到花桥参观旅游的人。人多的时候，一天要接待好几拨人，仅一年时间，就盈利20余万元。看到旅游业发展得这样好，我就把在广东打工的父亲、朋友叫回来一起开起了客栈，接待游客吃饭、住宿，也走上了依靠家乡山水美景脱贫致富的道路。我们村依山傍水、风景如画，是国家4A级旅游景区，借助乡村旅游的东风，大家都逐步走上了致富路。"杨玉霞高兴地说。

"在建设农家乐和农家客栈等旅游设施时，我们本着突出当地特色，保持原生态风貌的原则，坚持不挪一块石、不砍一棵树、不毁一株草、不埋一眼泉，保持原生态。"看到陈曦和杨玉霞聊得愉快，驻村干部万欣也参与进来说。

"从三月份开始，每天到村里的游客都超过五六百人，村民们开的十多家农家乐几乎天天爆满。土鸡、山野菜成了抢手货，好多农村妇女还在山庄里当起了服务员，每月有1500元的工资。"在他们聊天的时候，又进来一批吃饭的客人，杨玉霞招待完客人说。

"走进如今的花桥村，脚下烂泥路硬化了，草地间的小路都由石条和农家磨盘铺设而成；村里的千年菩提树得到精心养护，成为核心景点；而醋坊、酒坊、豆腐坊里面的传统工艺，更是唤起了人们心底的记忆。"驻村干部又说。

驻村干部越说越高兴："为了让花桥村脱贫致富的步伐更快，2016年，康城县为40户贫困家庭提供了20万元的扶贫贷款，每户有5000元的发展资金，在村扶贫互助社的协调下，各户把5000元的贷款以众筹的方式投资到村旅游公司经营的茶屋、水磨坊、挂面坊、豆腐坊等项目中。旅游经营公司每年向每户分红1150元，企业每年只收取每户几十元的资金管理费，而发挥了服务中介作用的扶贫互助社负责资金安全的监督，这种'借鸡生蛋'的经营模式，既发挥了扶贫互助资金的效用，又带动了产业发展。

"花桥村景区是西北地区集乡村养生养老、田园观光、休闲度假、民俗体验、乡村旅游培训及农特产品加工、展示、销售等产业链融为一体的乡村旅游景区，景区由游客接待区、休闲养生区、民俗体验区等十三个休闲区域组成。景区以'望得见山、看得见水，记得住乡愁'的美丽乡村为依托，有着旖旎的田园风光、特色的民俗风情、悠久的历史文化、宜人的自然风光。

"近几年，花桥村的道路更畅通了、景色更迷人了。尤其自2016年以来，花桥村被列入市级旅游示范村，相继建成了游客接待中心、乡村客栈、水景、广场、水磨坊等，极大地提升了旅游接待水平，游客数量大幅增长。如今，建成乡村旅游示范村已两个年头的花桥村，发生了天翻地覆的变化，环境越来越美了，人均收入也大幅增加。乡村旅游的建设也带动了群众脱贫致富，他们可以到农家客栈、乡村宾馆、游客中心、农家乐务工，也可以销售土鸡、土猪肉、土菜等土特产，开办小吃摊位。村民足不出户在家门口就可以挣到钱，村民的腰包鼓起来了，花桥村的名气也大起来了。"

最后，陈曦和"花桥人家"的老板杨玉霞、驻村干部都留了手机号码和微信，说好以后联系，有问题了请教他们。

那天下午，采风团又去了凤凰谷村。

到了凤凰谷村，村主任陪着他们，向他们讲述凤凰谷村的曾经和现在。他告诉大家，凤凰谷村原名为史家沟村，位于县城西北2.5公里处，全村辖8个合作社，计253户、865人，被评为"乡村旅游模范村"，获得过"最美村镇人文奖"。该村的更名源于一个凤凰山的传奇爱情故事，也是为了吸引更多游客驻足此地观光旅游、休闲娱乐。

凤凰谷村群山环绕，山清水秀，因山势的走向形如凤凰，有大凤凰山和小凤凰山。传说在小凤凰山栖息过一只凤凰，因而得名凤凰谷，寓意着美丽吉祥。

凤凰山下的人们因为这个传说修建了凤凰山寺，并为女娲娘娘立碑修庙堂。龙泉水位于凤凰谷青龙山，泉质凛冽清澈、四季温润、旱涝不枯不溢，当地传说女娲娘娘抟土造人常用此泉水。凤凰谷的人相信，常饮此泉水可以清洗肠胃延年益寿。

凤凰谷村过去曾是三官乡的一个重点村，但随着三官乡撤并到城关镇后，这个昔日乡政府的"近邻"成了镇里的"远亲"。失去了中心优势，没有任何基础和资源，道路坑坑洼洼，房屋破旧杂乱，整村环境脏乱差，群众收入单一，是全县典型的贫困村。

2012年实施了生态文明新农村建设，并不断完善提升，打造美丽乡村升级版。2014年把美丽乡村由建设成果向经营成果转化，探索出了"支部＋扶贫单位＋公司＋农户（贫困户）"的乡村旅游扶贫模式，有效带动了群众增收致富。2015年建档立卡的19户贫困户现已全部脱贫，人均可支配收入从2012年的2000元跃升为2016年的9100元。昔日的"穷沟沟、烂泥沟"一跃成为全市、全省乃至全国有名的生态旅游精品村。

建设中，按照县委确立的"发展田园观光、休闲度假、打造县城后花园"的发展思路和要求，坚持旅游开发与自然保护、现代文明与文化传承相结合的建设理念，把美丽乡村建设纳入经济社会发展总体规划，紧紧围绕基础设施配套化、经济发展产业化、村容村貌园林化、家庭院落花园化、村风民风和谐化、管理机制长效化。根据不同的区位，充分体现人文与自然协调发展的生态理念，不砍一棵树，不埋一眼泉，不毁一株草，不挪一颗石，做到了动静相融、高低结合，确定不同的建筑风貌。整合扶贫、一事一议、财政奖补等项目，共计投入资金520万元，激活各方面社会资金投入，群众筹资达到2000多万元。硬化通村水泥道路，实施整村危旧房屋改造，挖掘地域特色文化，修建传承当地道教文化的龙凤、太极、月牙、演艺等广场9处。对昔日的污水沟进行水景打造，配套建成了双联村史馆、农家书屋、村级医疗室、便民服务超市等群众服务设施。把美丽乡村建设作为考核干部的主战场，激发乡村干部的工作热情，调动群众的积极性和创造性。利用废旧的瓦片，河道的石头、石片、石子和枯干的树皮、枝条、竹片等材料，就地取材，既节俭又实用，既降低了建设成本又起到装饰美化作用，修建开放式围墙和花园，栽植竹子、金叶女贞等绿化树木，形成了"人在村中，村在林中"的优美环境。

按照既要创建美，又要经营美，把风景变成产业的发展理念。深入实施"十村百户千床"工程，发展农家客栈9家，床位80多张，农家乐3家，可同时供80多人住宿，160多人就餐，户均稳定收入1万元以上。2015年9月组建凤凰谷村建筑工程队，吸纳村上36名青壮年加入，人均年增收8000余元。借力"互联网+"的优势，成立以销售茶叶、花椒、土蜂蜜、木耳为主的电子商务展销中心一处，累计销售额8万余元。建成以种植樱桃、中华猕猴桃、无公害蔬菜为主的农业采摘观光园280亩，既可以供游客体验采摘观光，又可以作为公司的蔬菜供给基地。2014年通过人居环境的改善，县委提出了发展旅游扶贫产业的目标，在县里的高度重视和双联单位市委组织部的帮扶下，采取集体控股、群众参股、贫困户持股的方式，筹资35万元成立了凤凰谷乡村旅游度假有限公司，吸纳本村管理和服务人员38人就地就业，带动村上100多户群众受益。连续两年对贫困户和群众进行入股分红及奖励160多万元，激发了群众创业致富热情，让更多的群众过上"离土不离乡、就业不离家"的生活，有效解决了"留守儿童"、"空巢老人"等一系列社会问题。

2017年围绕打造旅游观光、休闲娱乐、农家餐饮为一体的全市乡村旅游示范村和国家3A级旅游景区，年内建成星级旅游公厕两座，通过招商引资建成1200平方米的三星级凤凰客栈一座、新建农家客栈五家，新建占地6000平方米的儿童乐园，组织公路两侧农户种植景观向日葵，实现花海一条街，从村民服务中心到游乐场建成特色餐饮小吃一条街。结合观光农业、农事体验，流转土地15亩，发展280亩水蜜桃、大樱桃采摘园。由旅游度假有限公司带动种养殖大户10家，新增农特产品淘宝网店两家，使全村农民人均可支配收入达1万元以上，率先实现小康美好生活。

谷内主要旅游景点有凤凰山、凤凰洞、双凤林、狮子山、八卦园、三官殿等。三官殿处于凤凰谷村口山脚下，殿里供奉着天官、地官、水官。这里有美丽动人的神话传说故事，相传老子和青羊的故事就起源于这里。走进凤凰谷村，首先映入眼帘的是以道家风格为主的村民住宅，这些建筑风格与自然环境和谐统一，相得益彰，条条通村入户的道路交错迂回，青瓦、白墙、红褐色的门窗、竹林、古树、小桥流水使整个村庄显得更为幽深宁静。村内鸡鸣禽戏、鸟语花香、民风淳朴，乡亲们勤劳善良、热情好客，村里的人们在招待尊敬客人的时候，拿出家里亲自用玉米、小麦、高粱、大枣、枸杞等酿制的黄酒，来表达对客人的敬意。村民们仍然保留着原始农耕劳作，日出而作，日暮而归，整个村庄形成了一幅自然生动的山水田园诗卷。随着全县旅游业的快速发展，凤凰谷村的群众依托社会主义新农村建设成果和生态资源优势，解放思想，抢抓机遇，大力发展田园观光、农事体验、休闲度假、康体养生等乡村旅游业，积极兴办农家乐和农家客栈，以"蕙香园"、"凤凰山庄"等为代表的农家乐和农家客栈蓬勃兴起，乡村旅游业将成为凤凰谷群众勤劳致富的主导产业。走进凤凰谷，我们仿佛走进了一处世外桃源，使我们忘却了身心的疲惫和烦恼，得到了情绪的宣泄和释放，找到了自己心灵的家园。

参观了花桥村和凤凰谷村，陈曦的心里豁然开朗，旧面村的风景也美，红豆谷、观音崖的景点也不差，只是没有开发打造。如果开发打造出来，一定不会比花桥和凤凰谷差。开发乡村旅游，既环保又可持续发展，真的是一个村子不错的发展之路。

采访完，在回市里的路上，陈曦正好和县文联主席在同一辆车上，陈曦把自己的想法说给文联主席听，把自己手机上拍的旧面村和红豆谷、观音崖的照片给他看，主席看了非常感兴趣。于是，两人商量回去策划组织一次邀请全市诗人作家的采风创作活动。

九

　　陈曦回到旧面村，休息了两天，就到镇里向李书记和罗镇长提出了建议，希望能在洛河镇举办一次文化采风活动。李书记和罗镇长听了非常赞同，正好马上就是明前茶采摘上市的时候，作为一个产茶的大镇，举行这样一次采风活动，非常有必要，也非常有意义。于是就起草了一个举办采风活动的方案，主题就定为"诗画洛河，陇上茶香，千年古村行"。

　　李书记和罗镇长把任务交给陈曦，让陈曦和县文联联系，请县文联邀请诗人作家，洛河镇负责接待，并共同举办这样的一次采风活动。

　　只要书记、镇长支持，陈曦就可以放手去干。于是她给县文联主席打电话汇报了镇里的决定。文联主席也非常高兴，于是敲定了具体日期和活动的具体事项。

　　最后活动由陇城市文联，山城县委宣传部、县文联、县作家协会主办，洛河镇党委、政府承办，《山城文艺》杂志编辑部协办，邀请作家、诗人、摄影家20多人，并邀请到区旅游局领导、市报领导记者30多人，进行了采风创作活动。

那一天，是清明节前一星期的一天，天气晴朗，惠风和畅。陈曦作为主要联络人，忙上忙下。采风期间，在李书记和罗镇长的陪同下，第一天先去了洛河有名的八福沟。第二天就到了旧面村。陈曦带着大家亲临旧面村的红豆谷和观音崖，参观了美丽的风景。每个参观的作家、诗人都感叹红豆谷和观音崖的景色，尤其对旧面村的千年古村落非常感兴趣。大家都拿出手机对村里的台阶、窗花进行拍摄，并对镇上的茶园、土蜂养殖、柴火鸡、森林饭店、农家客栈等进行了实地采风，作家们每到一处都详细了解情况，并拍照记录，整个采风活动如火如荼地进行着。

唯一让大家感到遗憾的是，旧面村里有一个采石场，采石场对周围的环境污染比较大。灰尘使周围的树变得灰蒙蒙的，使沟里的水浑浊不堪。

活动期间，在洛河镇政府三楼会议室举行了"诗画洛河，陇上茶乡，千年古村行"的文学采风活动启动仪式及《山城文艺》杂志创刊50期暨《山城文学》创作座谈会。作家诗人们站在自己的角度，结合自己的经历，就《山城文艺》杂志创刊的方向提出了自己宝贵的意见和建议。洛河镇党委李书记、罗镇长做了发言，他们对各位作家的到来表示欢迎，希望作家们写出优秀的作品，提升洛河的知名度，为洛河宣传加油鼓劲，同时也希望市、区文联能在洛河建立文学基地，形成采风常态化。

会上，市文联计划将在市文联办的一报一刊一平台即《文化陇城》、《开拓文学》和"陇城文艺"公众号上开设专栏，发表这次采风活动的报道和作家诗人的诗文作品；《陇城日报》也将在报纸上全面报道这次采风活动，并在报纸的副刊不定期推出这次采风活动的文学作品；区旅游局的公众号上也会发这次采风活动的报道和文学作品。多家媒体以洛河的发展变化、自然风光、民俗风情、特色产业为宣传主导，着力推动洛河文化旅游品牌建设，为建设特色鲜明、独一无二的美丽洛河增光添彩。

活动结束后，送走了采风团的人员，陈曦感到筋疲力尽，感冒了，浑身乏力，偏头痛，疲倦地躺在床上不愿起来。好在海涛在身边，烧水做饭，让她按时吃药。

三天后，陈曦好些了。罗镇长给陈曦打来了电话，告诉她打上去的修学校的报告区教育局批了，被列入教育均衡发展项目，区教育局将扩建校舍并派两名教师过来。

听到消息，陈曦一高兴，感冒好了，偏头痛也不痛了。

过了半个月，教育局的一个副局长带着一行人在镇上李书记和罗镇长的陪同下，到旧面村调查了解修学校的事情。

那一天，陈曦陪着他们先到村里的学校了解情况，并向教育局领导说了自己的打算，以及自己了解到村里适龄孩子上学难和村里没有幼儿园、许多适龄孩子得不到教育的问题。

教育局副局长感慨道："保证孩子们享有基本的教育权利，是我们的责任。可现在农村教育面临不少问题。比如城市郊区许多村小学校修得非常好，老师也有，可却没有了生源，学生家长都想办法把孩子转到城里的学校去了；边远农村的孩子却没有好的教学环境和师资。这是一个难题啊。"

吃过午饭，陈曦和书记镇长陪着教育局副局长到红豆谷走了一圈。红豆谷的风景让副局长不住赞叹。

教育局领导走后，不到一个月，一个工程队就到了村里，开始修学校。

工程队一到，就开始如火如荼地干了起来。平整地基，打地梁，一天一个样。陈曦闲了就到工地转转，看看修学校的情况。其实她什么也不懂，但就是喜欢看。看着那一天一变的过程，她感到有些好奇。人真的是万物之灵，只有人可以让不变的东西在自己意志的驱动下发生天翻地覆的变化。

在工地上，有时会遇上校长刘明亮，他也整天乐呵呵的，看到陈曦就打招呼。并感谢陈曦给学校争取到了项目，对未来充满美好的憧憬。他说学校修好了，有几十个学生，有几个班级，那样他这个校长才是名副其实的校长，而不是现在两个学生的校长。

最近一段时间，陈曦在村委订的《陇城日报》上看到关于千年古村旧面村和茶乡洛河的报道以及作家诗人的文学作品。平时看起来就美丽的风景，通过记者和摄影家的相机拍摄出来就更美了，陈曦都不相信报纸上那些美如仙境般的风景就是自己生活的旧面村。

广告的效应有时是巨大的，好酒也怕巷子深，吆喝有时真的很重要。随着报道的深入，洛河就像藏在闺中的小家碧玉，撩起了她的面纱，让人见识到了她的美丽，许多人都有了一睹她的芳容的热情。到洛河镇和旧面村来转的人开始络绎不绝。尤其到了周末，许多人都开着小车，带着家人到洛河旅游。

以前，到洛河镇行车要走三四个小时，只一个钵锣峪梁，一上一下就要两个小时。如今，武罐高速通车了，一条隧道从钵锣峪梁山底穿过，从山城县到洛河镇不到一个小时，方便了许多。如今城里许多人生活条件好了，都有了自己的小车。在城里，每天在钢筋水泥的丛林里，都想着在周末和节假日抽空到周边风景优美的地方转转看看，散散心。

洛河镇李书记和罗镇长看到洛河镇旅游的人增多，马上召开几个旅游重点村书记主任共同参加的会议，让村里注意环境卫生，动员村里人开农家乐和家庭旅社，搞好旅游人员的吃住问题。

陈曦也鼓励村里有多余房子的人开农家乐和家庭旅社。村里人看到不断有人到村里转悠，有的带着家人孩子，有的是一群时尚的年轻人。一天要来来往往好几拨人，来的人都是三五成群的。一天来几十上百人，尤其到了周末，来的人更多。

陈曦想起青山家的房子宽敞明亮，最适合开农家乐。于是她就到青山家劝青山开个农家乐。

青山家因为有个脑瘫的孩子，花光了家里所有积蓄，而且债台高筑。

"开农家乐，不是开玩笑吧。谁会到咱这穷旮旯里来吃饭！"

听了陈曦的建议，青山不相信，"再说，家里为了给孩子看病，已经穷得叮当响了，哪里还能拿出钱开农家乐？"

"国家不是给每个贫困户有五万元的贴息贷款吗？你可以贷款啊。"

"早贷出来给孩子看病了。"

"这是一个很好的机会，一定要抓住。你看，你的这房子是现成的，锅碗瓢盆也是现成的。只需再添一些桌椅板凳，再把屋子简单装修一下，再在院子里搭个凉亭，供客人休息乘凉就行了，也花不了多少钱，如果你想通了，钱我来想办法。"

"那亏了怎么办啊？我这家庭折腾不起啊。"青山还有些犹豫。

"没事的，亏不了，亏了算我的。"陈曦打包票。

"只是，是不是要请个大厨啊，我们做的饭客人能吃习惯吗？"青山又忧虑了。

"杏花会做饭吗？"陈曦问。

"做饭倒会，但她只会做家常饭菜。"

"家常饭菜就好，客人吃惯了好的，说不定我们的家常饭菜他们还喜欢吃哩。农家乐嘛，就主要以农家家常饭菜为主，多做些山野菜，说不定城里客人还很少吃，才稀奇哩。"

陈曦的一席话让青山茅塞顿开，他挠着后脑勺说："那我就试试吧。"

于是，陈曦到镇里的信用社从自己的卡上取了两万元钱借给青山，说好一年后他们开农家乐赚了钱再还。

青山开始找来木工搭凉亭，对房子进行了简单的装修。装修的时候，陈曦经常过来查看，以自己曾经去过的几家装修比较有个性的农家乐的风格为参考，又突出自己地方传统非物质文化遗产高山戏的元素。以干净整洁、简单大方为主，把家里的厅房腾出来，装修成一间喝茶休息的地方。陈曦从镇上找来一些高山戏的影碟，客人在喝茶休息的时候可以观看高山戏演出。

一个月后，青山家的农家乐开张了。农家乐取名的时候，青山让陈曦取一个。陈曦想了想，从青山和杏花的名字中各取一个字，取名"山杏生态农家"。收费也是陈曦参照镇上的价位定的，如果吃搅团配菜，大人一位二十元，小孩一位十元，让客人吃够吃饱。其他菜品以农家饭、山野菜为主，消费在其他农家乐的定价基础上稍低一些，让旅客吃得放心、舒心。

开张第一天，"山杏生态农家乐"迎来了四拨客人，二三十人吃饭，毛收入四百多，除去成本，能落二百多元。要是节假日以及周末人多，也许会更好。

那一天，陈曦在青山家帮忙，陪陪客人，向客人介绍村里的情况，问询客人饭菜的味道如何，价位能否接受，让客人提出意见。客人都说，在家里很少能吃到这种生态山野菜，都比较满意。陈曦让客人多做宣传。陈曦的话提醒了客人，有许多客人把菜摆成花形，用手机拍了照片，在朋友圈晒了。

一天下来，青山和杏花都面带笑容，他们非常高兴，没想到，坐在家里就能挣到钱，虽然辛苦点，忙碌点，但心里高兴。

现在到旧面村旅游的人多了，但人们游完村子，好多人会到红豆谷里去，但出来的人都反映，沟里的采石场对环境的污染太大了。人们进沟，采石场粉碎砂子的机器轰鸣，尘土扬天，到处都是碎石和泥土。雨天，到处是碎石烂泥，非常难走；晴天，灰尘漫天，进沟的人就落一层灰。

要发展乡村旅游，这采石场必须要停了。

于是陈曦召开村两委会议讨论采石场的关停问题。

"现在，这采石场必须要关闭了，再不关闭，不但乡村旅游发展不起来，村子都会成为一个废村。"会上，陈曦提出自己的意见。

"可是，采石场是村里唯一的企业，它开着，年底还给村民分点红，还给村里留一些经费。如果停了就什么都没有了。"

"什么都没有了就什么都没有了，我们开发乡村旅游，在土地上搞种植和养殖，照样会弄到钱。"

"我不同意关采石场。"其中一个老党员说。

"老六哥，我知道你不同意关采石场的意图，你儿子为了拉砂拉石头，买了一个大车，采石场一关，他们没地方干活儿，就断了财路。但是不能因为村里几个人的利益而使整个村子不能发展，变成一个废村啊！你也是老党员了，怎么连这点觉悟都没有？"支书说道。

"怎么是几个人的利益，那是全村人的利益。再说乡村旅游真那么神吗？真让村民能挣到钱吗？我看悬。"

陈曦看到他们争论不休，就想起附近的姚寨沟村的情况，说道："真能挣到钱，你们知道姚寨沟村吗？过去为了温饱，姚寨沟人砍木头，割竹子扎扫把，到城里卖木头、卖扫把艰难生活。到了八十年代，和我们旧面村一样，应该比我们旧面村还早，村子里也开起采石场，主要是为县里的水泥厂提供石头，为建筑工地提供砂子，也有人用小石头烧石灰。村子里许多人买了大型拖拉机和小四轮拖拉机，专门搞运输，一部分人发财了，但是只用了十多年时间，绿水青山变成了浊水石头山。开山采石给沟里带来的环境污染与生态破坏日趋严重。许多人戏说，这里下雨天就成了'水泥路'，晴天就是'扬灰路'。十多年前，一场大暴雨下了三天三夜，从沟里冲出来的泥石流淹没了庄稼，还冲毁了许多沿河的房屋，许多拖拉机被泥石流裹挟着冲进白龙江。幸好没有人员伤亡。面对大自然的惩罚，人们看到，开山采石只能短期内养活人，但长期来看会造成滑坡、泥石流等灾害。山总有被挖空的一天，还破坏环境，持续不得，自然灾害不发生没事，一发生就无法弥补。

"泥石流灾害引起镇上和县里的重视，决定从此以后关停采石项目，花大力气清理了河道里的碎石垃圾，鼓励村里人栽树，发展绿色环保的乡村旅游产业。在沟里建起凉亭，人工湖泊，鼓励村民开农家乐。经过十多年的植树造林，绿色发展，如今姚寨沟山绿了，水清了，到了夏天山岭叠翠，碧波荡漾，成了城区人消夏避暑的后花园。

"据我最近看到的资料说，姚寨沟景区全年接待游客20多万人次，旅游收入2000多万元，景区内共有70个农家乐，带动周边280多户农户在农家乐打工，其中包括90多户贫困户。这些群众每月最少也有2500元工资，有的服务员一年就挣到四五万元。

"虽然我们旧面村离城区比较远，但也有自己得天独厚的优势，发展乡村旅游，不会比他们差。"

支书接着陈曦的话说："想发展乡村旅游，必须关掉采石场。明天再开一个村民大会，再征求一下全村人的意见。"

第二天，在村民大会上，有百分之八十的人同意关停采石场，只有少数家里有运输车和在采石场打工的人不同意。因为采石场一关停，他们就没有经济来源了。

但是，为了村里的发展，采石场必须关停。

于是，采石场停了。

当天晚上，陈曦在睡梦中被一声响声惊醒，是石头砸在玻璃上的响声。第二天早上，陈曦看到隔壁会议室的玻璃被一块砖头砸碎了，并在自己屋子门缝底下看到一张匿名字条。字条上歪歪扭扭写道：

"陈书记，你来我们村子扶贫帮扶，帮着向上报告，立项申请资金，修通了路，又接通了自来水。我们感谢你。可是，你提议关闭采石场，采石场已经开了十多年。你说关就关了，让我们怎么办？你以为你是谁？你来真心扶贫，我们双手欢迎，如果不是真心扶贫，请你走你的路，别来少管闲事！"

陈曦拿着字条，反复看了几遍，想想昨天晚上扔到隔壁窗子上的砖头，她的心莫名地痛了一下，委屈的泪水涌出了眼眶。

　　她拿着字条给支书看，并说了有人用砖头砸窗子的事。支书看了，他一把把字条拍到桌子上，生气地说："这还了得，哪个驴儿子写的，一定要查。"

　　他开始分析这字条是谁写的。最后确定，一定是家里有运输车或者在采石场打工的人写的。因为采石场一停，他们的财路就断了，肯定有人怀恨在心。

　　于是，他让人把家里有大车的、曾在采石场干活儿的人找来。问他们，砖头是谁扔的，字条是谁塞到陈曦门下的。

　　那些人面面相觑，你看我，我看你，没有人站出来承认。

　　"好，你们都没人承认，那我就报案了，让派出所的人来查。现在不是扫黑除恶吗，你们这就是黑恶势力。把坏人不揪出来，谁都别想过安稳日子。"

　　"砖头是我扔的，字条是我写的。把我抓了吧。"这时，村里的二狗站了出来。二狗本名叫刘青石，从小比较坏，人们给起了个外号叫二狗。

　　"你为什么要扔砖头写字条，想吓唬谁啊？"支书问道。

　　"我就想不通，采石场开得好好的，为什么她一来就要停了，你们说停就停了，可我们怎么办，我们花几十万买的车就那样闲放着，精准扶贫是让我们脱贫里还是让我们致贫？我咽不下这口气！"二狗气愤地说。

　　"对，我们也想不通，咽不下这口气，叫我们以后的日子怎么过？"几个人跟着附和。

　　"怎么过？你们怎么光顾眼前，不想想以后。关停采石场，是为以后的发展。"支书说。

"连眼前都顾不住，哪来的以后？"二狗依然喊道。

"就是。"几个人又附和道。

看到这里，陈曦明白了，关停了采石场，对于这些人确实是打了饭碗，断了财路。但采石场不停，就无法发展旅游。

"乡亲们，你们别生气，关停采石场是我提出的，但我真的是为了村子以后的发展。但却伤害了你们的利益，打了你们的饭碗，你们的事我记在心里，我会想办法的。你们先回吧。"

"都先回去，还等着干什么。"支书打发大家。

那些人都散了。

"一个烂采石场一停，没想到惹出这么多事。唉！"支书叹息道。

"叔，给你们添麻烦了。"陈曦倒有了愧疚。

"都是村里人不懂事，只顾眼前利益。"

"叔，你也别生气了，他们的事我想办法，我今天就进趟城。"陈曦说着就给海涛打电话，让海涛到村里接她进城。

半个小时，海涛来了。海涛听了事情的经过也非常生气。这驻村干部也确实不好当，吃力不讨好。他也只有劝陈曦不要太生气。

陈曦说她已经想好了解决问题的办法了，这件事她会处理好的。

陈曦到了城里，回到单位，给李局长说了自己遇到的困难。

李局长说单位下属有个环境监察大队，是直接管水泥厂环境污染这一块的，有业务往来。

于是，陈曦在监察大队主管水泥厂的人的陪同下去了水泥厂，找到水泥厂的厂长，说自己村里曾经办采石场，给厂里提供石头，现在村里停了采石场，有十几辆车闲置了，有几个工人下岗了，能不能让他们的车到别的采石场继续给水泥厂拉石头，让工人到水泥厂干活儿。厂长听了，说小事一桩，你们在电话里说一下就行了，还劳烦你们亲自跑一趟。

陈曦回到村里，把结果告诉了支书，让那些采石场拉料干活儿的人到水泥厂去报到。这就解决了村里这些人的就业问题，陈曦感到心里一下子轻松了不少。

精准扶贫，要求一人一措，一户一策。像青山家这样，在家开农家乐，如果每天收入二三百元，节假日更多些，平均一天二百元，一年下来，能落个五六万元，一个家庭就能脱贫。

陈曦每天走家串户，和海涛、青江、青林一起想办法，依每个人的不同的特点，想不同的致富办法。

在这偏远的农村，年轻人还有闯劲，有发家致富的想法，许多上了年龄的人，多数都是抱着混日子的态度。陈曦发现，要改变农民贫穷的现状，就一定要转变他们的思想，让他们尝到赚钱的甜头。

国家给每个贫困户五万元的贴息款，但许多人都不愿意贷，都让原来的村主任刘明德贷出来用了，到年底给他们一户二百元钱，买米买油，他们就高兴坏了。什么都不干，白得二百元钱。其实他们就不想，如果有好的项目，投资五万元钱，一年可以赚到几万甚至十几万。许多人甚至还觉得贷款就像跟人借钱，怕有负担，不愿意去贷款。

洛河是茶乡，许多村子都有茶园，旧面村许多人家也有茶园，但由于年轻人都外出务工，疏于管护，茶叶的产量不高，品质也不好。自己加工，也因缺乏技术和设备，炒的茶卖不上好价。

自从精准扶贫以来，镇上引进了两家专业生产茶叶的企业，在洛河镇建厂生产茶叶，开始收鲜茶叶，进行茶叶的深加工。

镇上鼓励各村种植茶树，多产茶叶，把洛河的茶园产业做大做强。

陈曦也就到农户家做宣传，让人们重视茶园的管护，多产茶叶。现在采摘下来的茶叶不用自己加工，可以直接交到茶厂，价钱还高。

村民管护茶园的热情调动了起来。有一部分年轻人也回到村子，对茶园开始上心了。

陈曦听说有的地方在茶园里养鸡，是一项不错的产业。

在茶园养鸡，白天时，让鸡群在茶园中自行觅食，鸡群能够以杂草种子及各种害虫为食。鸡在白天获得了许多的天然饲料之后，不仅能够节约大量的饲料成本，并且这些野生的动植物都含有非常丰富的营养物质，土壤中的矿物质含量也是非常多的。所以只要在晚上补喂一些谷物饲料，例如玉米、荞麦等。

这样养殖成本是非常低的，能够有效地提高收益。

茶园的环境一般都是非常不错的，安静、通风好、污染少，病原体基数也是远远少于专门的养鸡场的。茶园的空气质量是非常好的，鸡在生长中产生的应激反应也比较少。最重要的是，鸡在养殖中自行觅食较多，增加了运动量，体质增强，因此疾病的发病率也是非常低的，这就能够有效地减少药物的投入费用。

茶园养鸡完全是一种无公害的生态养殖模式。由于天然饲料、生态环境等各种因素，茶园鸡的肉质是要远远好于家鸡的。其肉质营养价值更高，鲜嫩香美，并且蛋黄的颜色更深，味道也更好。因此其受到广大消费者的欢迎，市场需求也在不断增长。因为养殖密度小，所以市场还出现了供不应求的现象。茶园养鸡的价格，一只大约要高出普通家鸡30至50元，甚至连鸡蛋的价格一斤都要高出十多元。

茶园养鸡能够合理地利用到茶园中各种资源，既保证了鸡的生长，又对茶叶的生长非常有利。鸡可以刨土，采食茶园内的杂草与害虫，提高了土壤的松软度；并且鸡粪还是一种肥效强的农家肥，同时也就减少了对茶树的肥料投入；还可提高茶园里茶树的通透性，鸡啄食茶叶，能达到低叶修剪的目的。因此茶园养鸡形成了一个小型的生态链，种养相辅，可以持续发展。既提高了经济效益，还得到了良好的生态效益。

其实村里人都有养土鸡的习惯，但都养在家里，也就养个五六只，不成规模。

陈曦决定发展林下经济，鼓励村民在茶园养土鸡，让养鸡的农户把茶园用篱笆围起来，试验在茶园里养鸡。

陈曦到单位协调了两万元钱，从一养鸡场购进四千只鸡崽，按每亩散养50至80只分给有茶园的贫困户。并和那家养鸡场签订协议，村里的鸡养大了，自己销售不完的，养鸡场以低于市场价三四元一只的价格收购，养鸡场也可以低于市场价几分钱的价格收购鸡蛋，这样，鸡养大了就不愁销路了。于是村里成立了一个养鸡合作社，并让青霞和盛云夫妇当社长，负责管理鸡的出栏、鸡蛋收集售卖和往养鸡场运送。

开始青霞和盛云夫妇还不情愿，因为他们养过鸡，一场鸡瘟让他们害怕了。陈曦让他们不要怕，一切损失村里承担。青霞夫妇这才同意了。

鸡养了三个月，已经长大，一部分开始下蛋，还出栏了一部分，挣到了钱，青霞夫妇越干越高兴。

2015年，随着一部电视剧热播，山城崖蜜出了名。

人们随即关注到了陇南山城。

陇南气候温和，生态环境优美，拥有蜜源植物百余种，被誉为"陇上江南"、"千年药乡"，最适合野外蜜蜂饲养。武都崖蜜，就是中华蜜蜂采集山间百花酿制而得，它与别的地方的蜂蜜不同，产量稀少，产品无污染，相比于其他蜂蜜在美容、保健、养生等方面效果更好。据统计，陇南市的中蜂存量十万多箱，年产蜂蜜上千吨。尤其在每年的三至十月份，野桃花、槐花、油菜花、党参花、油橄榄花、山茱萸花、红芪花、苦荞花盛开，花期衔接紧，持续时间长，这为养蜂产业提供了基础条件。

陈曦从报纸上看到，由于电视剧的带动作用，山城县武都崖蜜出了名，蜂蜜的价格上涨，而且供不应求。此事引起市委书记的重视，市里专门开会，要对武都崖蜜进行深入开发，安排农业、商贸等部门加大开发力度，以提升武都崖蜜的质量和品牌效应。无独有偶，武都崖蜜也引起了业界的关注。前不久，中国农科院蜜蜂研究所专家组来陇南调研座谈，清华大学的教授来陇南考察，他们都认为拥有如此好的自然环境，定会产出优质的武都崖蜜。

而洛河镇是山城县武都崖蜜的主产区。镇里对这件事也非常重视。以前在洛河镇每个村子里都有人养蜜蜂，但规模不大，都是散养个四五箱，产的蜂蜜自己吃或者送亲戚朋友，有时也拿到镇里卖点钱，换些油盐酱醋。

陈曦曾参加过一次市文联组织的"讲好扶贫故事"的文学采风活动。陈曦的采访对象就是市里的蜜泉蜂业，陈曦还写过一篇题为《辛苦酿得幸福蜜》的文章，在市文联办的《开拓文学》和市报上发表过，并且获了个小奖。

陈曦对蜜泉蜂业还是比较了解的，她的手机上还保存着公司总经理陈玉福的电话。

蜜泉蜂业，是蜂蜜、蜂王浆、花粉等产品专业生产加工的公司，拥有完整、科学的质量管理体系，被评为甘肃省著名商标，是中国蜂产品协会常务理事单位、甘肃省蜂业协会副会长单位、陇南市山城县养蜂技术协会的发起单位和组织者，"蜜泉"牌系列蜂蜜产品被销往全国的40多个大中城市，并在建立加盟专卖店、销售点288个，产品颇具市场竞争力，深受广大消费者青睐。

目前，蜜泉蜂业现有蜂疗专家1人、研究员3人、养蜂技师50人、蜂疗师50人、养蜂技术骨干58人、营销精英58人。现养有东北黑蜂、西蜂、改良中蜂等4万多箱，年经销蜂机具3000多套，生产千吨系列蜂产品4大类65个品种，近百种规格。

陈曦决定在旧面村引进中蜂养殖。旧面村槐树众多，槐花开的时候，曾经有人专门拉着几十箱蜜蜂到旧面村采槐花蜜。旧面村植被茂盛，其他野花也多，蜜源富足。

于是，陈曦拨通了蜜泉蜂业总经理陈玉福的电话，说了自己想引进中蜂养殖的打算。陈玉福非常高兴，他记得陈曦，看过陈曦写的采访蜜泉蜂业的文章，直夸陈曦的文章写得好，感谢陈曦妙笔生花，对蜜泉蜂业的宣传报道。

两人在电话里商定好，由蜜泉蜂业提供蜂箱和中蜂，旧面村养蜂，酿的蜂蜜由蜜泉蜂业回收加工销售。

陈玉福说他先带着研究员和养蜂技师到旧面村考察，看看蜜源情况，能投放多少箱蜂。

第二天，陈玉福一行人到了旧面村，他们也被旧面村美丽的景色吸引，感叹这个古村落的安静美丽，他们察看了旧面村的南北二山，说南山可以投放二百多箱蜂，北山树木稀疏一些，可以投放一多百箱。他们又沿着旧面村的小河往沟里面走，经过采石场，到了红豆谷。红豆谷林深树密，多种植物都在开花，他们说这沟里是养蜂蜜的好场所，随便在山崖下放些蜂箱，可以投放一百多箱。这样，旧面村可以投放三四百箱蜂。

三百多箱蜂，每箱蜂一年可割蜂蜜三十到五十斤，市场价一斤蜂蜜卖五十到六十元，蜜泉公司回收是四十元，按最低一箱蜜蜂割蜜三十斤，一斤四十元，一箱蜂可收入一千二百元，三百箱就是三十多万。

陈曦决定让蜜泉蜂业公司提供三百箱中蜂。在村子里成立一个养蜂专业合作社，把这三百箱蜂分给十户贫困户，每户分三十箱蜂。如果养得好，每户可收入三万多元。这样一年下来，可让十多户贫困户脱贫。

陈曦说干就干，她和蜜泉蜂业陈玉福总经理初步达成意向。由蜜泉蜂业提供三百箱中蜂到旧面村养，所产蜂蜜由蜜泉蜂业一斤低于市场价十元的价格收购，然后由蜜泉蜂业加工销售。这样，互惠互赢，对农户和公司都好。

于是陈曦决定在旧面村里发动十户贫困户养蜂。

那一天，刘书记在村广播上做了通知，说了村里要成立一个农民养蜂专业合作社，要选十户贫困户进行培训养蜂知识。

听到通知，一下子来了三四十个人，就是三四十户，其中有几个还是非贫困户。这让陈曦有点为难，原计划十户贫困户养蜂，现在一下子来了三四十户。陈曦向大家解释，只能留十户贫困户，其他的让散去。可三四十个人只有一两个非贫困户走了，其他的人都不走，有的非贫困户甚至说，为什么有好事情只考虑贫困户，许多贫困户就是因为懒惰才贫困的，如果啥好处都让给贫困户，这不是助长懒人懒思想吗？

陈曦向他们解释，精准扶贫就是要让贫困户脱贫，自己驻村帮扶就是帮扶那些贫困户，都是一个村里的，你们没被评为贫困户，说明你们都是攒劲的人，有其他挣钱门路，而成了贫困户，说明他们挣钱门路窄，能力也差一些，当然也有懒惰的人，但那是极个别的。

除了几户非贫困户，还有三十多户贫困户，他们都想养蜂。怎么办呢？

最后，陈曦想到了抓阄的办法。这样，比较公平，所有的人也都同意。于是，通过抓阄，确定了十户养蜂专业户，并成立了专业合作社。陈曦让青林也养蜂，并让他担任中蜂合作社社长。

一个星期后，蜜泉蜂业用一辆大卡车拉一百箱蜜蜂到了旧面村，说让十户农户先一户养十箱蜂试验，如果成功了，再提供后面的蜂，并带来十个养蜂技师，对养蜂户进行一对一培训，帮他们选择蜂箱的放置地点，给他们讲解养蜂的知识。

后来，蜜泉蜂业又送来二百箱中蜂。

旧面村一直有养猪的习惯，家家户户都养猪。他们平均一户要养一两头猪，一般从年头开始养，到年尾就杀了，留一头自己吃，另一头猪拉到镇上卖掉，卖点钱，置办年货，欢欢喜喜过个年。

　　陈曦和村支书商量了一下，决定在村里再成立一个养猪专业合作社，修一些猪圈，集中起来养猪。以前都是各家各户散养，猪粪处理不当影响环境，尤其到了夏天，整个村子都是臭烘烘的猪粪味。喂猪的农户每天早上、中午、晚上，按时要给猪弄吃的，再忙都要先把猪管好。不然猪就拱圈门，嗷嗷乱叫。

　　成立一个养猪专业合作社，每个农户都出点钱，在离村子远点的地方修一些猪舍，弄个养猪场，把猪集中起来养。固定几个人专门喂猪。这样，村子里干净了，没有臭味了，村里人也腾出了手脚，不用天天抽大量时间喂猪管猪了。

　　陈曦把自己的想法跟海涛和书记说了。他们都说是个好主意，但存在一个问题，这个养猪场修在哪儿好呢？

　　陈曦决定开个两委班子会，在会上讨论一下。

　　会上，有人提出养猪场可以开在采石场，这个主意确实不错。自从采石场停了，那儿就一直闲置着。还有几间当时工人们住过的房子可以用。现在只需修一些猪圈。那儿地方大，在沟里，离水也近。最适合修养猪场。

　　但是办养猪场，修猪圈要投资。陈曦算了一笔账，修一个养猪场，得花十多万。可这资金从哪里来呢？现在猪肉一斤十多元，养一头猪一百多到二百斤，能卖两三千元，除去仔猪钱一百多元，一年吃粮食一千多斤一千多元，一头猪可以落一千多元，如果养二百多头猪就可收入毛利二十多万元。二百多头猪要几个人忙，可以带动贫困户就业创业。

　　陈曦决定选几户贫困户养猪，让他们把贴息扶贫款贷出来，每家投资一两万养猪。他们决定村里养猪就用粮食养,不用饲料,确保猪肉好吃。以前村里的猪都是各家各户散养,现在集中起来由几户贫困户养,村民提供仔猪,标上辨别标号,有粮食的提供粮食。到了年底,谁家要杀猪从养猪场拉走就成了,每头猪按斤论价,一斤给养猪场两元的饲养费。这样,农户不用养猪,还能吃到纯粮食喂养的猪肉。对养猪场也好,对农户也好,是个两全其美的主意。

说干就干,一个月时间,养猪场就修好了猪圈。陈曦让五户贫困户来养猪。这五户贫困户中就有小菊家。小菊男人青林腿残疾了,但用粉碎机给猪粉碎草料和粮食没有问题。陈曦还用了其他几户贫困户,都是家里有特殊困难的,五户人家五个主要劳力来喂猪,其他人可以种庄稼什么的,每个人每月两千元的工资,工资虽然低,但能在自家门口干活儿,而且旱涝保收,对贫困户来说,已经很不错了。

养猪场算是村里的,到了年底,如果收益好,还会给村里所有家庭分红。

陈曦让青云担任养猪场场长?有许多人不服气,说青云一个残疾人怎么能当场长。陈曦说青云会劁猪,合作社的猪青云就能劁了,青云虽然身有残疾,但人家身残志不残,你们谁会劁猪,又有他这分干劲,你们谁就当。结果把那些人给问住了。

村里成立了养猪场后,新任村主任刘青江给陈曦说,他想在养猪场旁边的地里投资搞个塑料大棚种植草莓。他在新疆曾经弄过，效益还不错。

因为养猪场那片土地是集体的，草莓园也就算是村里的。村里以土地入股，青江个人以资金入股，以这样的形式办起了草莓园。

现在旧面村发展乡村旅游，草莓熟了可以让游客到大棚里自己采摘最新鲜的草莓，价钱会高一些，还节省了采摘人工和运输成本。草莓大量成熟的时候还可以运到城里批发，向超市供货。

草莓园办起来还有个好处。冬天，村里的妇女都闲了，以前只能在家猫冬，但草莓园办起来之后，那些妇女可以到大棚里干活儿，增加收入。

说干就干，一个多月后，青江就和村里人建起了占地十多亩的草莓大棚。

解决了十多户贫困户的问题，还有二十多户贫困户怎样才能致富脱贫，这个问题摆在陈曦面前。

这时，陈曦在报纸上看到对一个人的报道。

在洛河镇，有这样一位女强人，名叫张红英，是红英药材厂的厂长。新闻报道中写了她创办药材厂和药材专业合作社的历程。

陈曦看了，决定去找她，请她提供些药材种苗，让旧面村里的贫困户村民也种植中药材，带动村里的贫困户致富脱贫。

陈曦向海涛说了自己的想法，海涛说红英药材厂的厂长他认识。

第二天，陈曦坐了海涛的蛋蛋车就到了红英药材厂，见到张红英。

张红英是一个四十多岁的女人，有点微胖，见人是还没说话先有三分笑。

海涛向红英介绍了陈曦。

"欢迎，欢迎，非常欢迎陈书记来我厂参观指导！"红英说着伸出手和陈曦握手，说话高喉咙大嗓门，一看就是豪爽的人。

"张厂长，参观指导谈不上，我是慕名求经学习来的。"陈曦谦虚地说。

张红英把陈曦和海涛带到办公室，让人给他们沏茶倒水。

在办公室陈曦说了自己的想法。

张红英说是个好主意，她全力支持。

他们一边喝茶一边聊关于中药材种植方面的话题，比如最近药材的行情、销售渠道、种植哪种药材好等。

聊完药材方面的情况，她们又聊了家常，陈曦说了自己扶贫驻村的情况和遇到的困难。

张红英也说了自己创业的艰难和曾经吃过的苦。

张红英告诉陈曦，她出生在洛河镇庙坝村一个贫困家庭，"住的是土坯房，走的是泥土路"。由于家里穷，她只上了三年学。十七岁时，善良懂事的她经常爬到高山上挖野生中药材，然后拿到镇上的集市换钱。镇上离家远，鸡刚叫三遍，她就起床，背着背篓，摸黑走近二十公里的山路去赶集。

一个偶然的机会，镇上一名手握杆秤的妇女吸引了她的注意，她一眼就迷上了药贩子手中的那杆秤。啥时候她手里也有"一杆秤"？当时她就觉得手痒痒！

于是，她也买来一杆秤。那时镇上没有秤卖，买秤要到县城去。她为了买一杆秤，专门坐三四个小时的车，花了她挖了几天山药的钱。此后，她收过中药材，贩过粮食，卖过煤、鸡蛋等，但都是小打小闹，仅能维持一家人的基本生活。

后来，她就跟着几个姐妹外出打工去了。由于念书少，她出门打工，干的都是苦力活儿。在餐馆端过盘子，在私人开的包包厂做过包包，在制衣车间做过衣服，也做过家庭保姆。什么苦活儿累活儿都干过。在制衣车间，为了赶订单，加班加点干活儿，一天才睡四五个小时。

2008年汶川地震，家里也受了灾，她和丈夫回家，进行灾后重建，家里修了新房，手里还剩了四五万元钱，这都是他们辛辛苦苦挣下的钱。当时孩子也五六岁了，一直在家由爷爷奶奶照看。为了照看孩子，她和丈夫商量决定开个中药材收购加工的厂子。

于是，他们拿出了家里所有积蓄，在镇上租了几亩地，修了几间简单的厂房，搞起了中药材收购加工再销售的生意。

她还在自己的村子庙坝村成立中药材种植专业合作社，向村民免费提供中药材种苗，鼓励村民种植中药材，带动村民发家致富脱贫摘帽。

这几年，在她的带动下，村里几乎家家种植中药材，村民人均收入由原来的1900多元上升到现在的5800多元。除了几户确实没有劳动能力的五保户，几乎全村脱贫了。

张红英说，要改变农民贫穷的现状，就一定要转变他们的思想，让其尝到赚钱的甜头。

她说开始让村民种中药材时，村里人并不领情，许多人不愿意种，村里年轻人都以出门打工挣钱为由，宁愿让地撂荒，也不愿种中药材，因为种中药材很辛苦，而且收入没有保障。只有一些老年人愿意种。她的想法是谁家愿意种，她就免费提供种苗，药材收获后她以市场价收购。可是仍有许多人不愿意种。她举例说，村里的一位妇女，起初领到黄芪苗后转手跟别人换了500元。她听闻后，立马把黄芪苗讨回来，并打包票，来年黄芪卖不了4000元，她自掏腰包垫。结果第二年这位妇女赚了近6000元。后来，许多村民对种植中药材接受了，有许多年轻人也放弃出门打工，而是留在家里种植中药材。现在给多少他们种多少，尝到了种中药材的甜头。

由刚开始的无人种中药材，发展到现在1000多亩的中药材基地，她也没想到，村民们的积极性会如此高。

张红英说，自己当初办药材厂就是要带动村里人脱贫致富。如今她已经带动洛河镇十个村几十上百户的贫困户脱贫致富。如今，她还成立了电商公司，是一家集中药材种植、加工、销售于一体的公司，可以带动更多的人脱贫。

两个人说话投机，都为村里人的脱贫致富操心。张红英说，她一看见陈曦就心生喜欢，要认陈曦为干妹子。

陈曦也觉得张红英人待人豪爽、宽厚，如果有这样的一位大姐姐，也是一件不错的事。就说："既然张姐愿意认我这个妹子，我也是十分愿意的。"

"那好，你这个妹子我认了，到吃饭的时间了，走，我们到镇上最好的饭店吃顿饭，喝杯酒，庆祝我们姐妹相认。以后妹妹有什么困难，就来找我，只要我力所能及的，一定帮忙。"张红英豪爽地说道。

于是，他们去了镇上洛河酒楼，吃饭中两人商定，由红英药材厂提供药材种苗，旧面村里成立中药材种植合作社，把药材种苗分给贫困户，由贫困户种植。药材收获后，由红英药材厂收购。这样让种植药材的村民没了后顾之忧。

三天后，由红英药材厂提供的几车药材种苗就拉到了旧面村，陈曦在村里广播上通知提前定好的十多户贫困户领药苗。药苗有大黄、天麻、红芪、半夏等，每家种三四亩的药材。按时除草、护理，估计到收获的时候，一亩地可收入八千至一万元。

为了让村民种好药材，陈曦还让张红英联系了几个种植中药材经验丰富的人来指导村民。村民用旋耕机耕地，陈曦和海涛帮着割草，刨地，平整地，忙碌了一星期，种了五十多亩。村里许多荒废了多年的地都被挖开种上了中药材，也种上了希望。

药材种上后，罗镇长给陈曦打电话，说镇上联系了一批辣椒苗，是从青岛运过来的美人椒，镇上决定在几个重点贫困村试种，旧面村栽种一百亩。这是自中央开展东西部对口扶贫协作确定青岛陇南结对帮扶关系以来，青岛帮扶陇南的一个重要项目，县里与山东湘鲁公司对接，率先在全县开展订单辣椒种植，帮助群众增产增收。

过去，旧面村的群众只知道种植小麦、玉米、油菜等农作物，观念陈旧，经济效益低，收入微薄。这几年，随着土地流转政策的日益推广，大家的思想观念逐渐发生转变，不少人都在尝试种植一些经济效益好、收益有保障的特色农产品，但是苦于欠缺种植技术和担心市场价格波动的风险，大家都不敢放开手脚大干。

为了解决农民的后顾之忧，洛河镇政府积极与山东湘鲁公司对接，签订价格保底协议，采用"政府土地入股＋合作社控股＋贫困户参股"模式，政府出资土地入股、成立农民专业合作社控股、贫困户参股分红，计划带动全镇种植辣椒1000亩，惠及农户500多户。

罗镇长打电话让陈曦在村里开会，调解流转土地，做好地块修整、定植移栽的准备。估计一星期后，辣椒苗就到了。

于是，陈曦又和海涛、支书、新任主任青江到每个贫困户家中走访，确定需要种植美人椒的农户和种植的土地亩数。确定后，让村民修整田地，开荒除草，耕地松土，做好定植移栽的准备。

一星期后，一大卡车的美人椒营养钵幼苗就运到了旧面村。陈曦、海涛和村里其他干部，按村里预定的方案给种椒村民发放椒苗，并登记造册。镇上派来技术指导人员在现场培训农民使用现代化种植机械。开沟、起垄、施肥、覆膜，一气呵成，刨坑、下苗、扶正、覆土，种植群众分工明确，手脚麻利，不一会儿工夫，一亩多地的辣椒苗已经完成栽植。

忙碌了一个多星期，几十亩美人椒苗就栽到了地里。

十

这一年，陈曦从开年到旧面村忙起来就没有歇过，三个多月没回家。村里成立了养蜂专业合作社、养猪专业合作社、药材种植专业合作社、辣椒种植专业合作社，还建起了草莓园。

精准扶贫，要求一人一措，一户一策。

青红身有残疾，但会竹编手艺。陈曦记得有个同学在城里开了一个工艺品公司，他有个门面专门卖工艺品，如竹花篮、竹垫、凉席、藤椅等。陈曦联系了同学，让青红到同学的公司学习了一段时间，又给他买了一台划篾条的机器，节省人力。并让青红在编背篼、竹笼、筛子的同时编一些更细腻精致的东西，如竹花篮、暖壶垫子等，给同学的公司加工东西，增加青红的收入。

对于明佛，陈曦就让明佛把所有的土地都种上马尾高粱，收了码在屋里专门扎笤帚，一把笤帚买三十元，一年扎个一二百把，他一个人的生活费就绰绰有余了。

青树是个葛扭子，人也懒惰，陈曦让他养蜂，他嫌麻烦，让他种中药材，他怕吃苦，让他种辣椒也只种了几分地。这样的人就是扶不起的阿斗。但陈曦知道青树喜欢花草，摆弄盆景，于是就让他在自家地里弄了个盆景苗圃园。并在网上联系了一批人工培育红豆杉幼苗，让青树在苗圃里种植、剪接、做造型。还弄了一批兰草、榕树、迎春等幼苗，让青树弄。到村里转的游客，有喜欢花草的，到苗圃园里转，可以买自己喜欢的花草。一株人工培育红豆杉，十多元买进来的幼苗，经过青树养护打理一段时间后，可以卖到五六十元，买的人还很多。一盆迎春，有些是青树自己从山里挖来的幼苗，栽在园子里，经过修剪盘接，就可以买个几十上百元；迎春还特别能繁殖，树上的枝条压到地里，时间不久就会生根，又会成为一棵幼苗；有一个游客看上青树养了多年的迎春花，一株就卖了八千元，可把青树高兴坏了，养花弄草的热情更高。

……

有的养蜂，有的种植中药材，有的种植茶树，陈曦按每一户和每个人的特点特长因人施策，争取让每个贫困户、每个人都有事可干。

新年不久，市委、市政府提出"433"发展战略，其中指出要在电子商务等方面集中突破，自此，全市电子商务蓬勃发展。

县残联到洛河镇举办电商培训活动。镇上通知陈曦，让陈曦派人到镇上学习，陈曦想起彩云，就派彩云去学习。彩云在镇上学习了三天，掌握了在网上开店的流程。

回到村里，彩云带回了技术，也带回了县委、县政府在村里成立电子商务公司的文件。

于是，陈曦买了电脑，在村里也成立了电子商务公司，具体她也不太懂，就让彩云经管着卖村里的农特产品。经过几个月艰难的运营，终于有人开始在网上买村里的农产品了。

时间快到五一时，陈曦接到李峰的电话，他要结婚了，邀请陈曦参加他的婚礼。

陈曦回家一趟，一来参加李峰的婚礼，二来回家歇一两天。这一年，陈曦太忙了，有时都忙得找不到北了，真想回家休息几天，可总觉得放不下手里的工作。

参加完李峰的婚礼，陈曦回到家里。虽然陈曦没有深爱过李峰，但看到李峰结婚了，她的心里还是有一丝的失落。快三十岁的陈曦，也谈过几个对象，但都没有什么深刻印象，甚至都不记得他们姓甚名谁、长什么样了。李峰算是时间比较长的、唯一能让陈曦记住的人。现在陈曦和海涛确定了恋爱关系，她和海涛曾谈婚论嫁，他们约定等旧面村全村脱贫了，就举行婚礼。

陈曦在家歇了两天，回了一次单位，许多同事都向她问好，问她村里的情况。陈曦都一一回答了。

在单位待了几个小时，同事们都在忙着各自的工作，陈曦不便打扰就回家了。

陈曦回到家，在家里也感到无聊。她想旧面村了。

陈曦驻村帮扶一年多，对旧面村有了感情。她都有点奇怪，当初听说自己帮扶的村子是旧面村，她的心里还打过鼓，有点不知所措。

可最近却有了一种依恋。听说有的驻村干部就到村里报个到，点个卯，多数的时间待在家里。陈曦自己老老实实驻村帮扶还驻出了感情，有了牵挂。

陈曦原计划休息半个多月再去村里。可在家里待了两三天就感到无聊和烦躁。她开始想旧面村，想村里清新的空气，想那些栽下的辣椒苗活得好不好，想学校修得怎么样了，想合作社的蜂最近好不好，养猪场的猪怎么样了，茶园里的鸡好不好，那些种植的中药材长得好不好。还有，她也想海涛了，她每晚都和海涛在微信上聊天，问海涛村里的问题。海涛也说自己想陈曦。

三天后，陈曦就返回了旧面村。

到了旧面村，呼吸着村庄里新鲜的空气，听着村里的鸡鸣狗吠，她感到欣喜，见到海涛，更是万分欢喜。

在村子里，陈曦依然和海涛到村子里转，有时去养猪场看看养的猪，有时去茶园看看茶树和鸡的生长情况，有时看看学校修建情况。机械化操作就是快，两个多月时间，学校主体已经修好了，是一栋两层小洋楼，有七八间教室。旁边是幼儿园，主体也修好了，只等粉刷装修了。计划九月份秋季开学就可以投入使用。有时他们也到地里看看农户种的药材和辣椒，碰到地里锄草的人会帮他们拔拔草，聊聊家常。还到养蜂户家看看蜂酿蜜的情况。

所有项目都发展得不错，陈曦每天过得轻松而愉快。夏天，天亮得早，她每天早早起来就一个人，有时和海涛沿着村背后的那条上山路去爬山。在西山梁上坐一会儿，看着这个自己出生、曾经生活过几年，离开近二十年，又因为国家的精准扶贫政策而回来的地方。

也许一个人生在什么地方，就会爱着什么地方。回到这个村子，这个自己出生的地方，陈曦感觉就像回到了家里，回到母亲的怀抱。她想起雷平阳的一首题为《亲人》的诗：

我只爱我寄宿的云南，因为其他省
我都不爱；我只爱云南的昭通市
因为其他市我都不爱；我只爱昭通市的土城乡
因为其他乡我都不爱……
我的爱狭隘、偏执，像针尖上的蜂蜜
假如有一天我再不能继续下去
我会只爱我的亲人——这逐渐缩小的过程
耗尽了我的青春和悲悯

陈曦觉得自己也是这样的人，她的爱也狭隘、偏执。家乡洛河镇和旧面村，是她心心念念的地方。虽然有一段时间，她离开了它。

时间到了六月，到旧面村避暑游玩的人越来越多。山杏生态农家的生意越来越好，看到农家乐生意好，有许多人都想开农家乐。其中还有几户都是非贫困户。

陈曦知道了，就到那些人家里告诉大家，旧面村的乡村旅游刚有起色，不能一拥而上都开农家乐。如今旧面村有三四家就成，最多不能超过五家，多了就会谁都赚不到钱。可是许多人都不听劝阻，甚至有的人说陈曦心里只顾着贫困户。有的人甚至我行我素，继续装修房子，准备开农家乐。陈曦劝不了大家，就只好放任自流。

不久，村里一下子开了十多家的农家乐。陈曦只好到几家贫困户开的农家乐里跟他们说把饭菜做好，保证质量，做好服务。现在是竞争的时代，一天游客只有那么多，吃饭的人有限，而农家乐多，优胜劣汰，得不到游客认可自然就会被淘汰出局。

两个月后，十多家农家乐只有四家还在经营，包括山杏生态农家和另两家贫困户开的以及一家非贫困户开的。其他的由于各种原因，都关门停业了。这一结果，陈曦早有预料。

时间到了九月，学生开学，新学校投入使用。教育局派的两名老师也到位了。海涛介绍的同学也到了学校。陈曦、海涛和青江到每户有学龄孩子的家里做工作。许多家长都非常高兴，愿意让孩子到村里的小学上学。幼儿班招到了近二十名学生，一年级有了三十多个学生，还有几个是邻村观音坝的。他们原来在镇里上学，但由于村子离镇远，接送不方便，家里经过商量就把孩子送到旧面村小学了。

开学那天，县教育局的领导、镇里的书记和镇长参加了开学典礼。陈曦和村支书刘明礼也参加了开学典礼。最高兴的莫过于校长刘明亮。他从一个只有两个学生的校长一下成了有五十多个学生的校长，从一个光杆司令成了一个名副其实的校长，激动得讲话都几次忘词，给大家鞠躬时，不小心让话筒挂掉眼镜，惹得家长和学生开怀大笑。

开完开学典礼，教育局领导和镇党委书记给学校举行挂揭牌仪式。寂静的村庄响起欢乐的鞭炮声。

海涛介绍的同学名叫李云霞，比海涛小两岁，比陈曦小五岁，是洛河镇人，初中曾和海涛是同学。高中毕业，海涛上了大学，云霞没考上，后来上了个幼师培训学校，毕业后在一所私立幼儿园当老师，后来又到超市当过销售员。这次她被海涛劝说到旧面村的幼儿园当老师。

海涛介绍云霞和陈曦认识，云霞也跟着海涛叫陈曦"陈姐"。由于云霞没有编制，只能是村里聘用，没有编制就没有财政工资，当时就说好，云霞的工资由学校或者村里出，一个月两千六，比她以前在超市要高一些。

云霞也高兴，工资虽然不是很高，但干的是自己喜欢的工作。她在学校有一间宿舍，闲了就找陈曦玩。

到了九月，旧面村栽的美人椒开始收获。村里的美人椒长势好，辣椒又红又大，产量又高。采摘的时候，镇里联系两辆大卡车，以一元二角的最低保价收购，然后上高速运往山东。初步采摘，亩产都是两三千斤，种地多的就已经收入过万了，少的也有五六千元。

过几天再采摘一拨，还能有收入，这样采摘了三拨。椒农的收入都有了提高，种地亩数多的可达到两三万元，少的也能达到一万多元。

养蜂合作社的蜂蜜也收获了，蜜泉蜂业提供的蜂箱是新式活框蜂箱，活框取蜜是用摇蜜机，很方便。在养蜂专职人员的指导下，村民们都学会了用摇蜜机取蜜，也掌握了"弹指问箱"，和"提箱试重"。"弹指问箱"是如何在不开箱的情况下判断蜂箱内部储蜜情况。在箱外用手指从上往下轻弹几下，声音沉闷是即蜜层，轻响是子脾层，空响则无。声音判断靠经验积累，时间长了就能掌握。"提箱试重"就是把箱用手轻轻抱一下，特别沉重，就是到了蜂蜜收获时候。

养蜂合作社从三月份投放蜂箱开始，到十月份花期结束，每家十多箱蜂蜜取蜜都在三四百斤，收入都有一两万元。

养猪专业合作社也有了收入，到了年底，陈曦在朋友圈发了村里用纯粮食养猪的图片和宣传猪肉的文字，并在网络上做了大量宣传。到了年底，合作社养的四百多头猪，在给村里每家每户留过之后，剩下的二百多头几天时间就被预订完了。现在，人们的生活好了，对吃的也讲究了。许多养猪场都用饲料养猪，一般三四个月或半年就出栏了。当有人知道旧面村里的猪是用纯粮食喂养的，而且生长了一年，人们都向陈曦打听，预订猪肉。旧面村的猪肉比别的地方的猪肉每斤贵两三元钱，可人们依然预订不断。甚至有人到旧面村来旅游过，到了年底腊月，开了车直接到村子里来买肉。

到最后，下单迟和来得迟的都没有买到肉。

时间到了腊月，陈曦跟刘明礼支书建议在村里举办高山戏表演。这是陈曦去年到观音坝看戏时的想法。她当时就向支书说过，支书说要办就要等到腊月。

陈曦说，办高山戏，让年轻人有事可干，可杜绝年轻人闲着无事参与赌博，也可给村里带来热闹和快乐的氛围。

"可是，村里已经十八年没有办过高山戏了。戏母子都老了，再说办高山戏，要重新置办道具和戏服，这是一笔不小的开支。"支书还有些顾虑。

"钱的事，不必担心，我们开个村民大会集资，村里人赌博几千上万地输，我想如果村里办高山戏，村里人一高兴，都会捐一点。如果不够，村里今年几个合作社收入有近十万，准备给村民分红的，如果办高山戏，开会的时候说一下，也可以用一部分。现在最主要的是，村里要有人出头组织。"

"那好，我们先到高山戏头人家商量一下，再问问几个戏母子，都年龄大了，看愿不愿意，经不经得起折腾。"

于是，刘书记、海涛、青江和陈曦四人先到高山戏头人家征求意见。头人听说村里想办高山戏，开始有点不相信自己的耳朵。"我没有听错吧，村里已经十八年没办过戏了，如果能办戏，那是一件好事啊。只是，这得花不少钱啊。"

陈曦连忙说："钱的事好说，就是如果办戏，您老人家支持吗？"

头人说道："只要村里要办，我全力支持。我老了，在有生之年还能办几次戏，是多么高兴的事啊！"

陈曦原想，头人会不愿意，没想到会对办戏这么支持，她和海涛对视一眼，有种如释重负的感觉。

问完头人，他们又去戏母子家里。村里有三个戏母子，也就是非物质文化遗产传承人，都是高龄老人。有一位已经八十多岁了，有一位有病。但支书说村里将要办戏，戏母子们听了都非常高兴，表示愿意出力。只是由于多年没有办戏了，许多戏都忘了。高山戏文化历代都是以口传心授的方式来传承，其剧目的编写继承皆由戏母子来担当。故事一部分取材于历史典故，这样的剧目有《武松打虎》、《李逵探母》、《康熙拜师》

等；一部分取材于民间传闻，如《王祥卧冰》、《弃官寻母》、《麻女子顶亲》；占较大比重的来自民间生活，这一部分非常多，如《三怕妻》、《老少换》、《两亲家打架》、《讨债》、《三女不孝》等。这些都由戏母子代代相传，一个村和一个村的故事又有不同。所以能在村子里当戏母子的人，一般都是德高望重、有一定知识文化的人，记性特别好，又会编故事，然后把从上一辈听来的故事传给年轻人，厉害些的戏母子还可以把现实生活中的事情经过加工编排，在舞台上演出。旧面村里特有的《五牛不孝》、《老树新枝》等就是由村里的戏母子刘文华老师自己编排的高山戏。

刘文华今年八十二岁了。陈曦和支书海涛到了他家，说了要办戏的事。老人听了非常高兴，说他2008年被评为村里非物质文化遗产传承人，每年享受国家的补贴，却无所作为，十几年不办戏，他都担心这非物质文化遗产要失传了。当老人知道要办高山戏的想法是陈曦提出来的时候，老人激动地握着陈曦的手连说感谢。老人非常健谈，从高山戏的起源讲起，讲每个戏目的故事梗概。陈曦也听得津津有味，不知不觉几个小时就过去了。最后老人感慨道："村里再不办戏，我们两腿一蹬，这些故事没人知道，村里的高山戏真的要失传了。"

还有一位戏母子刘文录，患有肝病，身体屡弱。陈曦和支书上门的时候，都不好意思开口说办高山戏的话。他们向他的子女们说了一下。但子女做不了主，就告诉了他。

他听了倒是非常高兴，他说他盼这一天已经盼了十多年了。他知道自己得了不好的病，是一个有今日无明日的人。能够在有生之年再给后人说说高山戏，导演一曲高山戏剧目，就死而无憾了。老人还向陈曦们说了自己年轻时为了演戏忍痛挨饿的故事。年轻的时候，有一年演戏，那时他还不是戏母子，父亲是戏母子，他上台演戏摔伤了腿，家里人都劝他别演了，可他忍着疼痛演了几天，直到那年的戏演完，正月十八倒了灯，闭了戏。更小的时候，为了看戏，跑几公里路到别的村子去看戏，早上匆忙吃口饭，直到晚上回家才吃晚饭，就那样看一天戏，又渴又饿，也不愿意回家吃饭。

头人和戏母子都赞成办戏，陈曦和海涛支书商量，再开个村民大会，征求一下所有村民的意见，再顺便说一下集资捐钱的事。

腊月初十那天，村里召开了村民大会。在会上，支书说了村里今年办高山戏和集资捐钱的事。

村里一下子沸腾了，许多人欢呼雀跃。支书让同意的举手，大家齐刷刷地举起了手。许多年轻人更是热情，他们小的时候看过高山戏，有的还扮演过里面的小把式。可是多少年了，童年的记忆不曾磨灭。当支书说了今年办戏，集资捐款的事，许多年轻人都非常拥护，有说出一万，有说出八千、五千、三千，也有几百的。出一万、几千的，都是村里的能人大户，有在外做生意的，有打工的，都是情况比较好的。新任村主任青江一下子出了三万，让村里所有的人都竖起大拇指，也让陈曦对青江产生了敬意。

几个年轻人听说村里要办戏，还没确定下来就跑到庙上敲锣打鼓。一旦锣鼓一响，这戏就非办不可了。如果不办，这一年村里就不会太平顺和。

确定了要办，陈曦就派出村里得力的年轻人购置道具戏服。

为了办戏的事，陈曦和海涛专门跑了一趟镇里，向镇里汇报了这事，希望能得到镇里的资金支持。

陈曦到镇上汇报的时候，正好县里宣传部部长和文广局、文化馆领导带领艺术家送文化下乡，在镇上给群众写对联。宣传部部长正好在书记办公室聊天。

宣传部部长听了陈曦的汇报，非常重视，当场和镇上敲定了一件事。宣传部和市文联衔接，决定正月十四、十五两天邀请全市八县一区的文艺工作者，包括作家、诗人、摄影家到洛河镇开展为期两天的文艺采风活动，宣传高山戏这个戏曲种类。自从2008年高山戏被列入国家非物质文化遗产名录之后，还很少向外推广宣传，现在很有必要宣传推广。

镇里让陈曦和海涛到旧面村好好准备办戏，到时候，观音坝和旧面村作为重点参观采风的村子。镇里拨付五万元的办戏资金。

陈曦和海涛到了旧面村就紧锣密鼓地安排办戏的事。每家每户都有任务，每家糊一个掌灯，每家每户都要参加演出。陈曦以为会动员不起来，谁知人们的热情却非常饱满，有的人家有两三个人参加，小孩正好放了寒假，都抢着当小把式，打掌灯和彩旗。

村里办一场高山戏，从腊月初十开始，陈曦就没歇过，每天忙忙碌碌，年都是在旧面村过的。母亲和继父打电话催促她回家过年，但村里事儿多，办戏又是她提出的，许多事都要她操心。

三十晚上，支书早早就留她到家里吃饭。

到了晚上，支书打发陈曦同父异母的弟弟青辉来叫陈曦吃饭。陈曦顺便拿了自己准备的礼物，一斤茶叶、二斤本地好酒和一箱牛奶，还给支书老婆买了一件棉衣。

支书看到陈曦提的东西，先是有些不高兴："你看你这闺女，请你吃顿饭，还让你破费这么多。"

陈曦心里说："过年了，我给自己的父亲买点东西还不应该啊？"但说出来却是："快过年了，我给叔叔你买瓶酒，称斤茶还不应该啊？我在旧面村驻村也一年多了，多亏你和我姨对我的照顾，给你们买东西是应该的啊。姨，你试一下这件棉袄。"说着取出棉衣让支书老婆试衣服。

"孩子，衣服我就不要了，还是给你妈妈拿着吧。"支书老婆婉拒道。

"姨，这是专门给你买的。你就试试吧，看合适不？"

"让你破费了，这闺女太有心了。"陈曦看到支书老婆眼圈红了。试还是不试，依然拿不定主意。

"姨，你就试吧，你和我妈一样啊，在村子里，多亏你们的照顾。"陈曦又道。

"我……"支书老婆不知所措，依然不接衣服。

"孩子让你试，你就试吧，难得孩子有心。"支书发话了。

支书老婆才拿了衣服，到睡房去试衣服了。

一会儿，她穿着新衣服出来了。衣服大小刚合身，色彩也适合，鲜亮又朴素大方。就连陈曦两个同父异母的弟弟都说好看，妈妈年轻了好几岁。

陈曦又从装衣服的袋子里取出了两条男式围脖，送给两个同父异母的弟弟。那是陈曦亲手织的，陈曦驻村，晚上闲时间多，就买了毛线，织围脖，给自己织了一条，又给两个弟弟一人织了一条。

两个人没想到给自己也有礼物，都非常高兴。他们非常喜欢陈曦的礼物。他们一个在兰州念书，到了冬天许多人都围围脖，他们也曾想过买，可是家乡暖和，男孩也没围围脖的习惯，他们也怕村里人笑话就没买，没想到陈曦却给他们每人织了一条，两个人都非常开心。

送完礼物，一家人就围着桌子开始吃饭。由于是年夜饭，支书老婆做得非常丰盛。支书老婆和两个弟弟都抢着往陈曦的碗里夹菜。支书也劝陈曦别客气，吃好，吃好了就不想家。陈曦也有些感动。吃好了不想家，陈曦多想说这就是自己的家啊。

吃饭的时候，支书老婆动情地说，她只生了两个儿子，没生女儿，她要是有这样一位闺女就好了，隐晦地表达了想认陈曦做干女儿的想法。

陈曦说："那以后我就叫你干妈，我就是你的干女儿，这是一件多好的事儿啊,这以后我就多了一个妈妈,还多了一个爹，两个弟弟。"

那两个同父异母的弟弟也一个劲地叫姐姐。

"只是，不知你的爸爸妈妈会同意不？"支书老婆说出了自己的担心。

"他们没什么不同意的，认个干妈多条亲戚路，他们会高兴的。"

"还是孩子你想得开。来，今天是个好日子，让我们为今天的相认干一杯。"支书也高兴，已经为大家斟满了酒。

吃完饭，陈曦回到村委会自己的住处。支书和干妈留陈曦在家里住，但陈曦说晚上还想写点东西，就回村委会了。

回到村委会，陈曦写了篇日记，记录了自己快乐的心情。陈曦很少喝酒，喝了酒就睡不着。

她给家里的母亲和继父打电话，母亲和继父还没有睡，在看电视里的春节联欢晚会，也在等陈曦的电话。打了电话，她向母亲和继父问了安好。又给弟弟陈曜打了个电话，陈曜在一个同村同学家里喝酒，人声嘈杂，没聊几句就挂了。

挂了电话，海涛的新年祝福和红包已经发过来了。两个人在微信上聊天，不知不觉间聊了两个多小时，直到新年的钟声响起，才互道晚安。

收起手机，陈曦准备睡觉，却怎么也睡不着。

许多往事如影随形，在脑海里放电影一般。

陈曦想起了童年，想起了这一年多来的驻村扶贫生活。

从开始的懵懂无知，到现在为贫困户出谋划策，帮助他们脱贫致富，虽然吃了不少苦，可心里却也有甜蜜。每当为他们解决一件事，看到他们脸上露出笑容，她的心里就感到温暖。

今年过年，由于村里办戏，年轻人都参与到办戏演戏中了，村里没有出现往年赌博喝酒打架闹事的情况。由于办戏，村里的氛围一下子好起来。人与人之间，也热情了许多。每个人见面都互相问候，一起聊戏谝戏。以前，许多年轻人平时在外打工，回家了不是聚在一起赌博打麻将，就是喝酒胡吹冒撩。酒喝醉了，打架骂仗的也多，一个村子人都见不上个面，见面了也都无话可谈。由于办戏，几乎一个村子的人都聚到一起，互相打招呼，互相问好，平时没见过的也见面了，平时有过节儿的也都和解了。

再说高山戏里许多的戏目也大多是劝人向善向往美好的。许多人通过演戏看戏，都感同身受。村里人也都变得知书达理起来。

陈曦走到哪里，碰到村里人，村里人都向陈曦热情地打招呼问候。以前，村里人见了陈曦都很漠然，因为在许多农村人的意念里，只要与自己没关系的事，都漠不关心。开始许多人都不认识陈曦，以为她是谁家来的客人，都懒得搭理。即使知道陈曦是来驻村帮扶的第一书记，但人们不相信一个女孩子家就能改变村里贫穷的面貌。村里穷了几十年，也来过帮扶的人，都是来转一圈，给村里的贫困户、五保户送些米面油就偃旗息鼓了，也没见哪个人在村里实实在在驻下来。但现在开过几次会，陈曦为村里接通了自来水，硬化了道路，又办起几个合作社，让村里一些贫困户脱了贫，让村里人多多少少都挣到了钱，都惦念陈曦的好，有了感恩之情。热情的人还把陈曦往家里让。

最让陈曦意外的是，腊月二十六的晚上，曾经给村委院子扔过砖头，给陈曦写过匿名信的二狗带着几个人来给陈曦拜年认错。他们给陈曦送来一束鲜花、二斤花椒。他说他人年轻，不懂事，狗咬吕洞宾不识好人心。因为当时采石场一停，他们就面临失业，想想花几十万买的车成了一堆废铁，不由得就急了，几个人一商量，就做下了烂事。没想到陈曦为他们联系到了活儿干。如今他们拉石头的地方在一个没有村庄的沟里，离城里比旧面村近许多，运费却和过去一样，一趟车跑下来要比以前还多挣好多。几个曾经在采石场的工人也在水泥厂干得不错，活儿比以前轻松，待遇比以前还好，他们都真心感谢陈曦，都为以前不理智做下的烂事懊悔，希望陈曦不要计较。

陈曦告诉他们，她早已经把不愉快忘掉了。陈曦拿出几斤准备给父亲的酒，招待二狗他们，当时海涛也在，陪他们喝酒，他们也放开了喝，几个人喝醉了，陈曦和海涛帮着送回家。

回到村委会，海涛和陈曦都很疲惫，却非常开心。

陈曦回想着往事，直到听见鸡鸣才有了睡意。

到了正月十四那天，市文联和县委宣传部组织了市里诗人、作家、摄影家、报社记者等五十多人的采风团，由市文联主席和县宣传部部长亲自带队到了洛河镇，然后分到几个办戏的村子体验采风。

晚上那些采风的人员住到农户家里，继续看戏，因为正月十四、十五是正戏，白天黑夜都要演戏。有的村子戏班子白天到邻村友情演出，晚上就在本村演出，直演到凌晨一两点才结束。

陈曦从早上就陪着分到旧面村的作家、诗人、摄影家跟着演出队，从上庙、圆庄、走印再到正式演出的演故事。

这些作家、诗人有七八个，三四个陈曦非常熟悉，因为曾经一起参加过采风活动，都互相加了微信，经常互相读文章。有一个笔名叫沫沫的女孩，散文写得特别好，和陈曦关系最好。两人不在同一个县，没有见过面，但在网络上深交已久，她比陈曦年龄小，亲切地把陈曦叫姐姐。而且陈曦在微信公众号发表的文章，她必赞赏转发评论，有时写了文章也发给陈曦看。她在公众号上发的文章陈曦也经常阅读、赞赏、评论转发。

这次没想到市文联也邀请到了她，两个人见面分外亲热。

那一天陈曦陪着他们走了许多路。

那一夜，其他人在农户家休息，陈曦和沫沫睡在一起，尽管很累，但是陈曦和沫沫还是聊了很久。由高山戏聊起，聊了生活和梦想，杂七杂八，想到什么聊什么，不知不觉，直到听到鸡鸣才都疲惫地睡了。

正月十五，她带着采风的几个作家、诗人、摄影家、记者坐着海涛的蛋蛋车到邻村观音坝，看了观音坝的高山戏，下午送他们到镇上聚餐开会，正月十六早上各自返回。分手的时候，陈曦和大家有点恋恋不舍，尤其和沫沫，两个人说再见的时候，陈曦看到沫沫的眼圈红了，自己眼睛也湿润了。

正月十六过了，陈曦跟着采风团的车回了次家。大年三十没回家过，正月十五也没回家过，十六过了才回家陪陪父母。

这一年，在陈曦和村里两委班子共同的努力下，村里成立了养蜂专业合作社、养猪专业合作社、中药材专业合作社、辣椒专业合作社。除了中药材专业合作社暂时没有怎么盈利，其他都盈利了，村里六十八户贫困户有四十多户脱贫了。

十一

陈曦在家待了几天，就又返回旧面村了。她现在心心念念的都是旧面村，因为那儿有她的亲人，有她的爱。是的，有爱的地方就有希望。

自从驻村帮扶以来，慢慢地，旧面村的一草一木、每一户贫困户、每一件事都牵着她的心。人心真是一个奇怪的东西。有时，她都不知道自己的心是怎样的。

回到旧面村，陈曦就又开始忙碌了。养猪场的猪去年已经卖完了，今年又要重新买进仔猪。她和村主任青江、海涛又开始每家每户走访，确定每家每户养猪的头数。在确定养猪的头数时，陈曦决定今年养几头母猪和公猪，有了母猪和公猪，来年就可以少买仔猪，会节省一笔开支。而且养母猪国家还有补贴。确定好了，陈曦就派了两个得力的人到县城的养殖基地去抓仔猪。一次先抓了一百多头，跑了三次，共抓回三百多头。仔猪弄回来，喂养了一段时间，劁猪的时候，就留了几头能吃能长的母猪和一头公猪。

养猪的事情解决了，天气也渐渐暖和了。陈曦又到养蜂的农户家里了解养蜂的情况。去年冬季有些冷，尽管陈曦和养蜂农户想尽了一切办法，还是有一部分蜂冻饿死掉了。不过好在数量不多。由于去年养的蜂又繁殖了几十箱，损失不大。陈曦又联系蜜泉蜂业拉来了一些蜜蜂投放到养蜂点。

按照一户一策的扶贫政策，去年得益于养猪合作社、养蜂合作社、美人椒种植合作社和中药材种植等项目，村里已经脱贫四十多户，还有十多户没有脱贫。这十多户人家多数住在旧面村西山梁背后，叫山背后。山背后以前是一个独立的自然村，有十六户人家，六十八人，有贫困户十四户。2005年撤村并组时成了旧面村的一个自然社。由于历史原因，他们一直住在山里。

从旧面村出发，要走一两个小时，去年陈曦走访贫困户的时候，她本想去走访的，可那时崴了的脚刚恢复，不适合走远路，后来又忙于各项事务，就一直没去。

现在，村里的贫困户几乎都脱贫了，主要未脱贫的就是山里的十多户了。陈曦决定到山背后走访那十几户人家。由于没有通公路通电，山背后至今仍保留着原始的生产生活方式。除了买米买盐，村里人一般不会下山到镇上去，平时基本与世隔绝，放自己榨的油，食自己种的粮，吃自己种的菜，尝自己熏的肉，喝自己酿的酒。

那天，陈曦、海涛和青江以及镇上的罗镇长早早地就出发了。清晨，西山梁云雾缭绕，如梦似幻，恰似人间仙境。陈曦、海涛和青江沿着人们踩出来的路，一路前行，似在云海里行走。这里，树林茂密，云遮雾罩，各种鸟鸣声此起彼伏，让人感觉真的到了仙境。

陈曦和海涛、青江和罗镇长几个人站在一棵古树下，看着绿树掩映中的几座屋子，远山含笑，清泉流芳，他们被这里的山光水色深深震撼了，尽管山高林密路险，尽管汗流浃背。

陈曦不由得想起王籍的"蝉噪林逾静，鸟鸣山更幽"，王维的"空山不见人，但闻人语响"，陶渊明的"榆柳荫后檐，桃李罗堂前"，还有杜牧的"远上寒山石径斜，白云生处有人家"，甚至还想起"山重水复疑无路，柳暗花明又一村"的诗句。置身山林间，还有苏东坡"不识庐山真面目，只缘身在此山中"的感觉。

陈曦一边看着这美景，一边回味着古人写下的诗词名句。

陈曦、海涛和青江到了农户家里。平时一两个小时的路程，因为他们走走停停，走了三个多小时。

快到中午了，有五六户人家有人，他们开始做饭，屋里升起炊烟。

虽然只有十多户人家，却分散居住，在一面坡上东一家，西一户的。

陈曦、海涛和青江先走进一户人家，有个老妇人正在做饭，看到他们，非常惊讶。海涛就给老人介绍罗镇长、陈曦和青江："这是我们镇上的罗镇长和帮扶我们旧面村的第一书记陈书记和村主任。"

罗镇长和陈曦伸出手，老人忙把手在衣襟上擦了擦，和罗镇长、陈曦、青江握手。握了手后，老人忙着给他们沏茶倒水。

陈曦打量这屋子，低矮昏暗，在屋子中间有一个方形的火塘，火塘里燃烧着熊熊的火，从屋子中间的房梁上伸下来一根铁索，铁索上挂着一口吊锅。火舌舔舐着吊锅，吊锅里"咕嘟咕嘟"响着，里面正煮着什么。吊锅有年月了，被烟熏火燎得乌黑。

老人头包蓝色头巾，身穿藏蓝色大襟衣服，腿上还缠着麻布绑腿，感觉像是旧社会的老人。

火塘旁边是一个小方桌，感觉也有年月了，曾经的油漆剥落，露出原木，原木又被污垢和包浆裹住，似乎都看不到木纹了。

罗镇长、陈曦、青江和海涛一边喝着茶水，一边问老人生活中的问题，譬如吃穿愁不愁，家里收入有多少，老人只是憨憨地笑，对罗镇长、陈曦的话似乎听不懂。偶尔答一两句，也是答非所问。

他们听后就没有了说话的兴致，只默默喝水。

过了一会儿，有两个人扛着锄头进了院子，一个五十多岁，一个三十多岁。罗镇长、陈曦和海涛就走出了屋子。其中一个年龄大的认识海涛，和海涛打招呼。海涛向他们介绍了罗镇长、陈曦和青江。

他们和罗镇长、陈曦与青江打招呼，然后洗手，把小方桌搬出屋子，海涛和青江把罗镇长和陈曦的水也端出来了。

他们围着方桌坐在屋子外的台子上聊天，陈曦问他们的生活情况，海涛拿出建档立卡的表在填。罗镇长问了他们关于吃穿用度和家里的主要收入等问题。

老人都一一答复了，最后陈曦问，如果把他们搬迁到下面的沟里，他们愿不愿去。老人还没有回答，年轻的那个抢着说，当然愿意了。

可老人却摇了摇头。

罗镇长问老人为什么不愿搬迁到沟里去。老人说，人生在什么地方就会爱什么地方，在这山上有房有地，生活惯了，挪一下，还真舍不得。

几个人正聊着，老妇人端了一盆子洋芋出来了，洋芋冒着热气，煮破了皮，露出白白的瓤，看起来又白又沙。又端出一盘子馍馍，馍馍也裂了口，有一股麦香味。又端出一小盆酸菜浆水，浆水上面飘着野韭花，有一股香气直扑鼻孔。

老人邀请他们一起吃饭。

正好他们走了几个小时的山路，也饿了，就一起吃了。

他们吃完饭，又走访了几户附近的群众。晚上他们在村干部、山背后社社长刘文全家落脚休息。每到一户，陈曦都和大家亲切交流，嘘寒问暖；每到一户，乡亲们都急忙沏茶递烟，热情款待。在这个没有电、没有路、没有一点手机信号的藏在森林深处的村子里，当他们看到大多数乡亲黑乎乎的屋子和屋里再简单不过的陈设时，陈曦为他们的穷困生活、艰苦度日深感难过。这里大多数女人的穿着还是二十世纪六七十年代的样式风格。戴着头巾，绑着裹腿。男人穿着稍好一些，但也大多是蓝色或藏蓝色中山装，年轻人则好一些，有穿夹克和西服的。据社长刘文全介绍，村里年龄大些的老人很少下山，尤其是一些妇女，最远也就是到过沟里去过镇上，连县城都没去过。但是同时，陈曦还是在几家条件稍好一些的乡亲家中看到了水泥地面和沙发茶几这些现代家具。陈曦难以想象他们是如何把那些沉甸甸的物件从十多里外的山下背回来的，要知道普通人空着手从山下往山上走都要两三个小时啊！陈曦被村民的吃苦精神和勤劳品质深深震撼。

陈曦从山背后下来，接到了继父的电话，说昨天打了一天，没打通，今天终于打通了。在电话里继父说陈曦的母亲最近几天老是咳嗽，吃了药也不起作用，而且还咯血了，让陈曦带着到医院检查一下。

听到消息，陈曦有一种不祥的预感。母亲今年五十多岁，以前也经常干咳，从村医那儿取点药吃了也就好了。有几次，陈曦说带她到县医院去看看，可母亲总说没事，到村医那儿取些药吃了就好了。可是这次却总不好。

陈曦把村里的事向海涛和青江交代了一下，又跟支书说了一下就回家了。

回到家，继父说，陈曦的母亲这几天一直咳嗽不好，他要带她去看医生，可陈曦母亲说什么都不去，说自己就是普通的咳嗽，吃点药就好了。陈曦知道母亲一生节俭惯了，是怕花钱，就叫了一辆出租车，硬把母亲拉到了县医院。

到了医院，抽血，大小便化验，又拍了片子，做核磁共振，做 CT 等，后来又做活检，医生的初步判断是肺癌。

听到"肺癌"两个字，陈曦心里有种被什么硬物撞击了一下的痛。母亲辛辛苦苦大半辈子，没想到老了却得了这样的病。陈曦都有点不相信。

医生说，为了避免误诊，需要专家会诊，最好再到大医院做进一步的检查，进而做出最终的诊断。

陈曦有个同学在县医院上班，陈曦又征询了同学的意见，同学说到外面的大医院看看也好，看看到底是肺癌早期还是晚期，能不能做手术。

于是，陈曦和继父带着母亲从陇南坐火车到四川一家大医院去看病。

在火车上，陈曦心里直打鼓，长这么大，陈曦还很少去医院，尤其是到外地那么大的医院。继父也没有去过。

在火车上，他们遇到一家也去那家医院给孩子看病的人，孩子出生才几个月，但腿有点畸形，本地医院医疗水平有限，做不出好的矫正方案，他们决定去四川的那家大医院。他们一行五人，除了孩子及其父母、奶奶，还有一个孩子父亲的叔叔。

在聊天中，陈曦才听说医院的专家号不好挂，孩子的父母说他们也是第一次来大医院，心里也害怕，才让叔叔带他们去。孩子父亲的叔叔来过这所大医院。他叔叔有四十多岁，是个非常精干的人，也非常热情。他告诉陈曦，他第一次到四川，早上五点多医院开门放号，自己排队等了三天都挂不上号，最后从号贩子手上花二百元买了个专家号才看了病。这次他有了经验，已经提前到号贩子那儿给孩子挂了号。他们问陈曦是哪个科室，是否提前挂了号。如果没有提前挂号，他可以帮忙让号贩子挂号。

因为陈曦母亲患的是难治的大病，他们还瞒着母亲，在母亲面前不好说，就感谢了他的好意，谎称自己已经挂好了号。

火车开了五个多小时，一点多从陇南出发，到了成都天已经快黑了。出了火车站，陈曦两眼一抹黑，只好跟着那家人进了地铁站，那人帮陈曦他们买了到医院附近的地铁票。这也是陈曦第一次坐地铁。

到了地方，陈曦没有提前预订住宿的地方，那个人就热情地打了个电话给陈曦他们联系住处。陈曦他们就跟着他们到了住宿的地方。

到了地方，在医院不远处一条巷子里，在那儿可以看到医院的高楼和楼顶的发光字。那家人被一个人带到一栋楼里，而陈曦一家被带到另一栋楼，进了屋子，陈曦发现一套房子被分隔出五六间小小的单间，中间有一个狭窄的过道，过道两边就是房间，每个房间门上都有一把挂锁，那人打开挂锁让陈曦看房子，每个房间只有三四平米，仅能放下一张单人床、一只凳子和一个小小的床头柜，逼仄压抑。一间房子住一宿50元，钱倒不多，但陈曦感到让父母住这样的地方很过意不去，问那个带路的女人，能不能找个宽敞点的地方，那女人说他们这里都是这个样子，想住宽敞就要住宾馆。陈曦跟父母说出去找个宾馆。可母亲说这里就好，父亲也说，天已经黑了，他们都是初来乍到，就在这儿将就一晚。于是只好先住下，陈曦就交了一百元，要了两间，继父一间，她和母亲一间。那女人给陈曦指了指上厕所的地方和厨房，并说如果长住，厨房里有锅有灶，有电热壶，可以做饭烧水。最后给了陈曦一张名片，说上面有她的电话号码，有问题可以打电话。

住到半夜，陈曦和母亲被蚊子咬了好几口，身上起了几个包，陈曦想去买盘蚊香，可夜太深了，陈曦到处找，才在卫生间的窗台上找到半截蚊香。

好不容易熬到天亮，他们早早起来，随便洗漱了一下。洗漱的时候，有好几个人也在上厕所洗漱，看来就是这样的房子都住满了人。

洗漱完，到巷口买了早点吃了，他们就赶到医院，医院门口已经人来人往，许多人行色匆匆。到了医院去问询挂号。导医台的人给他们说了几个可以挂号的专家的名字。他们到挂号的大厅，只见大厅里排起了长长的队，从挂号窗口直排到大厅的另一端，排了有四五列队，有几百人。陈曦让父母在休息区的凳子上休息，她去排队挂号。

陈曦焦急地等了一个多小时，快到了八点，却被告知没号了。走出医院大门，医院门口人来人往，陈曦听到有人低声吆喝"专家号，专家号"，还有人上前悄悄问陈曦"要号吗"，陈曦想明天早早起来自己给母亲去挂号，就没要。

陈曦带着父母到附近找了个宾馆，登记了住处。陈曦看了下，环境还可以，离医院也近。宾馆一间标间158元，两间加起来要三百多，母亲嫌贵，说他们是看病来的，不是来游玩来的，住那么贵干什么，还说要么开一间房，让父亲睡一张床，她和陈曦睡一张床。

陈曦坚持开了两间房，让父亲住一间，她和母亲一间。她跟母亲说，穷家富路，出门在外不像家里，要吃好住好，不能受委屈。母亲说陈曦是个烧料子，还生了半天的闷气。

定好住处，闲来无事，陈曦决定带着父母到天府广场和宽窄巷子去转转。长这么大了陈曦还没有带父母出来转过。别的人都在节假日带父母到处旅游，而自己却没带父母旅游过。她感到有些愧疚。

于是他们坐公交先到天府广场，在广场的地下商城，陈曦给母亲买衣服，母亲总是嫌贵，什么都不要，都说不喜欢，让母亲试衣服也不试。母亲穿惯了几十元的地摊货，对商城里动辄几百上千的衣服直说是坑人的。母亲就是一个地道的农民，不懂潮流。陈曦只好在服务员的建议下给她买了两件T恤衫，给父亲也买了两件，父亲倒随意，说试就试，说买就买，还自己挑了一顶帽子和一个烟斗。父亲说来次成都不容易，总不能空着手回去。

他们从天府广场的地下商城出来，陈曦说打的或坐公交去宽窄巷子。可母亲听说不远，硬要步行过去。陈曦没办法，只好和父母走着去。

到了宽窄巷子，旅游的人特别多，人来人往，摩肩接踵，还看到好几拨的外国旅游团的人。因为母亲身体不好，是来看病的，所以他们的心情都很沉重。但过来转转，就是为了放松心情，陈曦也只能强颜欢笑，让父母开心。陈曦拿着手机在景点给父母拍照，父母都表情严肃，闷闷不乐。

到了中午，陈曦和父母在一家饭馆吃饭，要了三碗龙抄手，其实就是家乡人说的扁食馄饨。吃饭的人太多，等了半天才端上桌，陈曦发现数量很少，不大的碗里只有几个馄饨。吃完后一人又要了一碗，才吃着有点踏实。结账的时候，一碗二十元，六碗就一百二十元，母亲直说太不划算了，太坑人了。陈曦告诉母亲这是景区，就连这也要排队等。

转完宽窄巷子，返回时经过人民公园，陈曦还建议到公园里看看，母亲说什么都不去了。陈曦只好带他们坐公交车回到了住处。

晚上，海涛发微信问陈曦情况，陈曦简单地说了一下情况。

第二天清晨五点，陈曦就去排队挂号，到了大厅，已经有许多人在排队了，有的人甚至搬个小马扎坐在那儿等。

等了两个多小时，结果还是没挂到号，陈曦沮丧地回到住处。她想起第一晚上住宿时，那个女人给了自己一张名片，名片上写着住宿代挂专家号，就从包里找出那张名片，照着名片上的电话打过去，询问了一下自己要挂的专家号。那人说可以弄到，一张专家号两百元，第二天早上八点多，医院门口取号。

搞定了专家号，又是无事可干的一天，陈曦知道成都有个杜甫草堂，想必父亲一定想去，就提议到杜甫草堂转转，可母亲说什么都不去，她说她在宾馆睡觉，让陈曦和继父去。

于是，陈曦就和继父去杜甫草堂。在杜甫草堂，不像宽窄巷子那样游人如织，只有几个人在转悠，仔细观光。陈曦和继父也就沿着道路仔细观光。整个草堂绿水环绕，绿树成荫。飞鸟见人不惊，游鱼见人不沉，香樟楠木高耸茂密，修竹挺直清幽，举荷摇逸。草堂不像其他山水园林中的建筑一样细节浮夸，而是更加古朴自然；山石盆景位置得当，雕塑石刻形象生动。走到中间位置就是工部祠了，杜甫像慈目善眉，旁边记述着他的成就。在大雅堂杜甫雕像前，陈曦给继父和杜甫的雕像合影。使人印象深刻的是千诗碑，这里篆刻着许多名家的书法，有苏东坡、黄庭坚等人的。继父在每一块诗碑前流连，用手机拍照。

第二天早上，在医院门口，陈曦花两百元买到了专家号。专家看了市医院看了的诊断书，决定给母亲再做各项检查，包括活检。

活检做了，但诊断结果要一星期才能出来。陈曦就带着父母先回家了。

一星期后，陈曦再次去成都取活检结果。母亲的病得到确诊，是肺癌晚期，而且癌细胞已经转移。听到确诊结果后，陈曦的腿有点软，心里难受，她有大哭一场的冲动。

医生的建议是要么是进行靶向治疗，结合手术、化疗、放疗等治疗手段以后，患者可以实现长期带瘤生存，延长生命。但靶向治疗花费巨大。还有一种就是中药调理，花费小，但很多时候治疗效果不太明显。

陈曦带着诊断结果回到家里，想带母亲到成都进行第一次化疗，可母亲说什么都不去，她说自己知道得的是什么病。以前，陈曦和继父一直骗母亲说她得的是普通肺炎，只要吊瓶子消炎就好了。可自从带母亲到成都去了后，母亲似乎已经知道自己得的是大病。陈曦还想，母亲不识字，怎么会知道自己得的是什么病呢？

无论陈曦和继父怎样劝说，母亲就是不去成都化疗。

母亲说，她知道自己得的是治不好的病，免不了走那条路，就不用再花冤枉钱了，他们挣一分钱也不容易。再说自己也老了，她不愿把自己头发剃了，人不人鬼不鬼的。

陈曦听母亲说完，眼泪忍不住就下来了："可是，妈，你还年轻，你好好活着，我们才能安心地生活工作。我休假带你看病，病看好我再去上班。"

"你们安心干你们的工作，我还能照顾自己。等我照顾不了自己的时候，你再照顾我。"

母亲死活不肯再去成都，连市里的医院都不肯去，陈曦又打电话问她的那个在医院的同学，母亲的情况有没有必要做化疗和放疗。那个同学说，如果让他说实话，到了晚期，做化疗已经没有必要了，抛开花钱不说，人也受不了那罪。陈曦只好拿着诊断结果到市中医院抓了一些中草药，让母亲熬中药喝。

陈曦在家陪了一段时间母亲，就又去了旧面村。按说，因为母亲的病，为了方便照顾母亲，陈曦可以请假在家照看母亲或回原单位工作。但是陈曦却放不下旧面村的扶贫工作。许多工作刚有了起色，说放下，还真的放不下。

　　回到旧面村，镇上准备引进花椒种植产业，因为花椒价格最近一路走高，一斤花椒由去年的六七十元涨到八九十元，似乎还要往上涨，如果一斤花椒涨到一百元，盛果期一亩地的花椒就可以卖一两万，甚至还多。花椒好种植，栽花椒很划算。但发展花椒种植产业有一个比较缓慢的过程，花椒树栽下，一般挂果要三至五年，短期不会见到效益。但做好了，效益不会差。如今的农村，由于年轻人都出门打工了，许多土地撂荒了，许多地里的蒿草都长到快一人高了。好在又有许多在外打工的人陆续回来了。毕竟作为农民，土地才是他们的根本，农民没有了土地，就像草木离开泥土，鱼儿离开水。

　　正好快植树节了，于是镇里决定发展花椒种植业，把那些撂荒的土地都开垦了，栽上花椒树，既绿化了山林，又有经济效益。于是镇上组织一批村干部到花椒生产大镇二水镇参观学习花椒栽植技术。二水镇的特色花椒品种"无刺大红袍"，克服了原有花椒栽植中产量低、寿命短、病虫害严重、怕水等难题，完全适应规模化种植！它具有以下特点：一、产量高，亩产干椒可达300斤以上；二、寿命长，以前的花椒盛果期最多五六年，之后树就生病、死去，但这种"无刺大红袍"树龄可达二十到三十年，很多年内都可以大量挂果；三、无刺或少刺，大大降低了花椒采摘难度，进而也就降低了采摘成本；四、花椒品质好、颗粒大，专业检验表明其品质比原有的特级花椒更优；五、抗病抗旱涝能力强，它发达的根系对病虫害、旱情、水涝都有较强的抵抗力。目前，无刺花椒已在全县全面推广栽种，洛河镇也列于其中。

洛河镇组织了二十多个人的观摩学习团到了二水镇。在二水镇，陈曦和海涛跟着观摩团，参观了花椒的栽植、嫁接、改良等技术。洛河镇协调解决资金问题，订了十万株无刺花椒苗分给试点栽植的村子。旧面村分得一万株。

一万株无刺花椒苗到了旧面村。陈曦按照每家地的多少，登记造册，分发了花椒树苗，并给每个人讲解了栽植的技术要求，包括行距、株距等，十分细致。

一万株花椒树苗分给近一百户人家，每家一百来株。陈曦和海涛帮几户缺劳力的贫困户栽树。有许多的地撂荒太久，蒿草都长一人多高了。因此先要挖掉蒿草，开出荒地，才能栽下花椒树苗。所以栽起来很慢，一户要四五天才能栽完。一个多星期后，村里才栽完了分到各家的花椒树。

栽完花椒树，陈曦记挂着母亲的病，想起母亲，她决定把母亲的病情告诉自己的亲生父亲。母亲的病是肺癌晚期，不知道还能活多久，医生预估半年到一年之间，具体要看病人的体质了。作为女儿，心中的秘密已经让她压抑了太久。如今母亲病了，有今日没有明日了，说走就走。晚上，她一个人躺在床上，辗转反侧，无法入睡。回想往事，总是忍不住落泪。她在想认不认父亲，认，把秘密说出来，让父母再见一面，那样，也许人生就没有遗憾了。但，这样做，有意义吗？陈曦在心里问自己。没有人给她答案。

想了一晚，陈曦决定认父亲，让亲生父亲和母亲再见一面，时间过去了那么久，所有的恩怨，都该放下了吧。

第二天早上吃过早饭，陈曦到了支书家。支书家在吃饭，看到陈曦，支书和老婆让陈曦吃饭。陈曦说吃过了，说有事和支书商量，让吃完饭到会议室来一下。

吃完饭，支书来到会议室。

"爸！"看到书记进了屋子，陈曦把心中憋了很久的这个字终于送出了口。

"你喊我什么？"支书有些蒙，以为自己听错了。

"爸，我是青芳啊。"陈曦说着眼泪就忍不住快出来了。

"什么？你是青芳？！"支书有点不相信自己的耳朵。

"嗯，爸，我就是你的女儿青芳。"陈曦再次重复了一遍。

支书愣怔在那儿，似乎在回味过去，又似在思考什么。

"爸。"陈曦又喊了一声。

"噢，青芳，真的是你？！"父亲一下子老泪纵横，伸出手想去抚摩陈曦。到了半空，却停住了，没有落下来，也没有收回去，就那样僵着。

"爸。"陈曦把父亲的手拉住贴到自己的脸上，忍不住眼泪也下来了。陈曦想跪下去，给父亲磕个头，可却感觉有些矫情，就拉着父亲的手让他坐在凳子上，告诉了他一切，关于母亲的病。

"爸，如果不是我妈的病，我还没有勇气认你。现在我妈病了，我想她想见见你，她总是对我说，一切都是她的错，当初，如果她再坚持半年，你就回来了。"

"别说了，一切都是命。但是你认我了，你知道我有多么高兴吗？你什么时候回家，我们一起看看你妈去。"

"我联系海涛，如果他镇上没有要紧的事，我们今天或明天就走。"

"好。"

第二天，陈曦和父亲坐了海涛开的蛋蛋车到了家里看母亲。

当陈曦父亲和陈曦的继父见面后，陈曦向继父介绍道："这是我驻村的村支书，也是我亲生爸爸。"

"你好。"陈曦看两个人都愣怔了一下，然后同时伸出了手。陈曦想象的尴尬场面没有出现。

握手后，陈曦的父亲对她的继父说："谢谢你收留她们母女，给她们一个家。"

"也谢谢你给了我这么好的一个女儿。"说完，又说他有个牌友邀他去打牌，就走了。

陈曦和父亲、海涛进了屋子，母亲在屋子里的沙发上坐着，头上戴了一顶帽子，脸上有些泛黄和虚弱。

"你……怎么……来了？"母亲看到父亲有些惊诧。

"我来看看你，孩子把啥都给我说了。"父亲说着把买的礼品放在母亲眼前的桌子上。

"唉，一晃，我们都老了……当初……我……对不起你……"母亲说着，眼泪就出来。

"什么都不说了，不怪你的。"父亲说。

海涛也把礼品放到桌子上，陈曦给母亲介绍道："他是海涛，是我驻村帮扶的村子的镇上干部，也是我的对象。"

母亲听到陈曦说海涛是她的对象时，眼睛似乎亮了一下，把海涛仔细打量了一番，脸上露出了微笑。

陈曦介绍完海涛，就和海涛出去了，留父亲和母亲单独说会儿话。

"陈曦，你说支书是你父亲，是怎么回事啊？"海涛问道。

陈曦在院子里的葡萄树下的石桌前的石凳上坐下，先给屋子里的父亲倒了杯茶，又给海涛倒了杯茶，才给海涛说了自己的故事。

海涛听完，感叹道："没想到，你也有如此苦难的过往，我们都是苦命的人。"他看着陈曦，眼中多了一种柔情。

坐了一会儿，陈曦说去买些菜，海涛说他也去。

于是，两个人就去菜市场买菜，做饭。

饭快做好了，陈曦给继父打电话，让他回家吃饭。

全家一起吃了饭，在饭桌上，陈曦开了一瓶酒，给父亲和继父都敬了酒，感谢他们的生育、抚育之恩。两个父亲也互相敬了酒，陈曦给母亲敬了杯茶，希望母亲想开一些，与疾病抗争。由于海涛还要开车，就没有喝酒。

吃完饭，海涛和父亲回洛河镇了。陈曦在家陪陪母亲，过几天回旧面村。

十二

在家待了一星期，母亲一切都还好，还能照顾自己和继父的生活，陈曦就回了旧面村。这一年，精准扶贫进入脱贫攻坚阶段。陈曦给自己定了目标，要在年底实现全村脱贫。现在村里还有十多户贫困户，这十多户一脱贫，全村就脱贫了。

陈曦接到海涛电话，说镇上要召开脱贫攻坚集体约谈会。陈曦就回旧面村了。

约谈会上，会议传达学习了全县脱贫攻坚集体约谈会议精神，并对与会人员就脱贫攻坚工作进行了集体约谈。

会议要求：一要提高政治站位，压实工作责任。要认识到脱贫攻坚工作已经到了分秒必争、攻城拔寨的关键时期，各级干部要切实担负起脱贫攻坚工作职责，凝心聚力，真抓实干，坚决打赢脱贫攻坚战。二要严于律己，强化工作纪律。各级干部要进一步提高思想认识，强化工作纪律，深刻反思会议约谈的相关内容，对号入座。要将此次约谈变为工作推动力，以高度负责的工作态度和严明的工作纪律保障各项工作有力有序推进。三要加强督查考核，抓好整改落实。要加大对帮扶工作开展、危旧房改造、"一户一策"完善、产业扶贫资金使用等工作督查力度。各村要以这次集体约谈为契机，正视存在的问题，明确整改时限，对照问题清单，认真剖析问题原因，找准问题症结，进一步落实整改，着力补齐工作短板，不断提升脱贫攻坚工作质量。

开完会，陈曦回到旧面村，和海涛、青江等又开始走访了解剩余十多户贫困户的情况。在这十多户中，山背后社就有十二户。其他贫困户问题都好解决，只要想办法，在年底就能脱贫。但山背后那十二户人家，由于居住偏远，交通不便，最好的办法是通过易地搬迁把他们搬到旧面村大庄附近，这样，村里的脱贫才能落到实处。当她听说对一些贫困群众可以实施易地搬迁扶贫后，她立即向镇党委、政府汇报，争取到了镇上的一批搬迁指标。

于是，她和海涛再次去山背后动员村民搬迁。本以为群众会非常支持搬迁，谁知在走访过程中，怎么也没有想到群众竟然没有一个人同意搬迁。天大的好事摆在眼前却没人支持，到底是为什么呢？开始村民听说陈曦是动员他们搬迁的，他们都不同意下山。经过走访了解后找到了原因，原来群众考虑的是搬迁后的生活问题，自己祖祖辈辈在山上种的地怎么办？到了沟里靠什么生活？在了解到群众所担忧的问题后，陈曦召开两委班子会议，最后商议，村里有一面山是村集体的林地，是一片荒地，长着一些灌木丛，村里决定把那片土地按人口分给搬迁户，这样就解决了搬迁户的后顾之忧。陈曦和海涛三番五次挨家挨户地做思想工作，陈曦详细地向村民讲解搬迁政策。给村民讲搬迁到沟里，给他们分地，虽然分的土地比起他们原来的少很多，但有了土地就有了保障，作为农民，土地是根本；并保证山上的房屋暂时不会全拆除，给每户都要留种地时的生产用房；讲搬迁到村里孩子上学有幼儿园，娃娃过了三四岁就可以接受教育；搬迁到村里后，土地退耕还林后，给他们争取退耕还林款，这样，搬迁群众又有一份保障。最终，群众同意搬迁到沟里。其实这几年，山背后的村民也深受野猪之害，离房子近一些的地里的庄稼还能有收获，远一些的庄稼都让野猪糟蹋了，只能栽树和种植药材，退耕还林是最好的办法。

就在陈曦和海涛忙着给山背后的村民做工作的时候，村里出了一件事。村里的六斤老人失踪了。

六斤老人独自一人住在一个废弃的砖窑里，靠捡废品、卖废品生活。他有三个儿子，可他不愿和他们一起生活。

一天，老大家做了一顿好饭，给老人端去，没见老人。他们也不记得有多少天没见老人了。于是他问离砖窑近的几户人家，大家都说好几天没见老人了。老大这才发现，老人可能失踪了。他告诉两个弟弟，弟兄三个到了镇上，到老人常去的地方找了，都没有结果。

于是他们来找陈曦，说了事情的经过，问陈曦该怎么办，有没有好的办法。陈曦也没经历过这样的事，但在村子里，这也是一件大事。她和支书父亲商量该怎么办。

父亲说，最好组织村里的年轻人到镇上和其他附近村庄去找，看能不能找到。

找了一天也没有结果，于是人们找来老人的照片，打印出来到县城张贴找人，但还是没找到。

老人就这样离奇地失踪了。

三个儿子都非常懊悔让老人一个人住废砖窑，都把自己的老婆臭骂了一顿，把老人失踪的原因怪罪到老婆身上。尤其老三，年轻气盛，为此和老婆打架，老婆还回了娘家。可是，人已经失踪了，懊悔也没用了。人往往就是这样，拥有的时候不知道珍惜，失去了才知道，想要珍惜时却没有了机会。比如尽孝，俗话说，子欲养而亲不待。

于是，陈曦借这件事，在村里召开村民大会，就关于老人赡养的问题展开讨论，向人们宣传百善孝为先和尽孝当及时的思想，鼓励村民都争当孝顺老人的好儿女。

会开过后，效果非常好，村里关于年轻人和老人不和气以及对老人不好的事情少了。

那段时间，陈曦正好看了一部叫《福星临门》的电视剧。受电视剧的启发，她也提出了让村民争当文明村民，让每户争建文明家庭的倡议书。到年底召开村民大会，评出十个文明村民和十户文明家庭，给予个人和家庭五百元的奖励。到年底进行考核评定。考核的内容是个人积极向上，发家致富，不赌博，不酗酒，不打架，尊老爱幼，没有不文明行为，争做"四有五好"村民。"四有"即有理想、有道德、有文化、有纪律。"五好"即学习好、思想好、工作好、纪律好、作风好。认真学习、践行"八荣"的高尚道德情操，坚决反对、力戒"八耻"的恶劣思想行为。

家庭，也是坚持"五好"：

一、爱国守法，热心公益好。家庭成员爱国、爱家乡、拥护社会主义；遵纪守法，关心集体；助人为乐，努力为集体、为社会办实事、做好事。

二、学习进步，爱岗敬业好。家庭成员好学进取，不断更新知识；钻研技术，提高业务素质；岗位成才，争先创优，建功立业。

三、男女平等，尊老爱幼好。家庭成员做到夫妻平等，小事谦让，大事协商；尊敬长辈，善待老人，街坊称道；爱护孩子，科学培育，初见成效。

四、移风易俗，少生优育好。家庭成员都能讲科学、破迷信，不参赌不吸毒，自觉抵制邪教；热爱文体娱乐，崇尚科学新风。

五、夫妻和睦，邻里团结好。家庭成员不争吵；邻里互助，团结无纠纷；室内外环境整洁，自觉爱护公共卫生；农村家园要美化。

倡议书发出后，村里人的精神面貌焕然一新。首先是说粗话、骂人的人没有了，打架斗殴、撒泼骂街的争斗事件不再发生。旧面村人，一个个都变得和颜悦色、文质彬彬，连说话的声气都柔和纤细了。

时间到了五一，今年到洛河镇和旧面村旅游的人比往年多了好多。许多旅游的人都感到村里人的热情。以前有人到村里旅游，村里人见了，爱搭不理的，问路也是想说不说。现在是还没开口人先笑，主动问游客。游客问路，有问必答，而且会热情地指路。

五一放假，陈曦准备回家看母亲，却接到几个文友打来的电话，他们也结伴到旧面村来转，一是来旅游，二是看看陈曦。

五一劳动节那天，大清早，陈曦就让海涛开了蛋蛋车和她到镇上去接他们。

他们来了五个人，有写诗的阿斌，有写散文的琳子老师，有年轻的晓燕，有文联副主席，还有陈曦最喜欢的沫沫妹妹。海涛的蛋蛋车刚好能拉七个人。

他们给陈曦买了米、面、油，还有鸡鱼、水果等。

看到他们，陈曦竟然非常感动，她感谢他们记着她。友情的温暖让她忘了这一年多来扶贫路上的艰辛和苦涩。

那两天，陈曦带着他们到村里参观民居，带他们到旧面村寻找红豆杉；第二天带他们到洛河有名的八湖沟景区游玩，然后带他们到白沙沟看可爱的金丝猴。陈曦在洛河驻村一年多，对洛河的许多风物和人文都有了了解。她就给他们做导游，带着他们在洛河的景区转。

那两天，陈曦非常开心，和那些文友一起谈天说地，咏诗作赋，唱歌跳舞，让平时忧郁多愁的她非常开心快乐。海涛做的几道山野菜和家常菜也让那些文友胃口大开,大快朵颐。

在洛河玩了两天,海涛开着他的蛋蛋车送那些文友回城区,陈曦也跟着回家看看母亲。

陈曦和母亲见面,看到母亲状态还好,在家照看了一星期就返回旧面村了。

在山背后走访做搬迁动员工作的时候,有人向陈曦报告说,山里的原始森林中,不知从什么地方流窜来一个老头儿,经常在这不见人烟的深山老林、险崖峡谷中出现,已经独自生活了十多年,平时靠采野果,有时向居住零散的住户讨要食物维持生活。

这事引起陈曦的好奇。陈曦想,如果山背后所有的人都搬迁到旧面村,老人以后怎么办呢?

陈曦决定把这件事向镇里报告,让镇里派出所出动警力找到老人,把事情弄清楚。派出所获取消息后,立即组织警力跟陈曦和海涛到山背后。到了山背后,与在场村民研究对策,制订方案,兵分三路,每一路选调知情群众给便衣民警带路,借助森林树叶遮掩身影,一步步靠近围住老头儿。老头儿看到有几个人突然出现在自己面前,就想躲避逃跑,但最终无力脱身。老人虽然白发苍苍,头发凌乱,穿着破烂不堪,但还是神采奕奕。说话语无伦次,答非所问。听口音好像是甘肃西汉水一带的。由于无法与老人交流,只有先将他安全带回派出所。

带到派出所后,陈曦找来支书父亲穿过的一套半新的衣服给老人，把老人又破又脏的衣服、行囊换了下来，并让老人洗了个澡，然后给老人泡上热茶，递给热饭。老人干涩的嘴唇慢慢湿润起来，杂乱的思绪渐渐平静下来，但是，与老人交流依然有问题。民警问什么，老人要么摇头，要么答非所问。派出所和陈曦商议，最后，让陈曦先带老人回旧面村，安排到一户农户家中生活。陈曦只好带老人回旧面村。把老人分到谁家，却让陈曦犯了难。陈曦只好去找支书父亲。父亲听了陈曦的诉说，说先让老人在他家生活。

于是，老人就在支书家安顿下来。为了防止老人再次走失。支书父亲吃住和老人在一起，干活儿也带着老人。一星期后，老人清醒了一些，告诉支书父亲，他叫杨二牛，家在礼县宽川草坪村，家里有个哥哥叫杨犁牛。陈曦就把这一线索马上告诉了派出所民警。派出所民警抓住这一线索，很快联系上杨犁牛，杨犁牛在手机上告诉民警，他有个弟弟是叫杨二牛，1965年出生，很早就患有间歇性精神障碍，于2001年走失后，他们奔赴远远近近的大街小巷找了十多年，不见踪影，以为早已离开人世，也就死心放弃了寻找，万万没想到在洛河镇找到了，并激动地表示马上到洛河接人。

第二天，杨二牛与日夜兼程赶来的哥哥杨犁牛等亲人相聚在洛河派出所。岁月不饶人，昔日的青壮年都成了白发苍苍的老头儿，没有多少激情话语，哥哥只是紧紧拉住弟弟的手流泪，流出了悲伤，流出了辛酸，流出了苦衷，但最终流出了兴奋与喜悦。

陈曦看着他们亲人相聚流出的眼泪，自己也热泪盈眶。

一天晚上，已经十点多了，陈曦正在看书。突然有人敲门，陈曦开了门，只见村民刘青羊急急火火地说家里孩子生病了。

"找村医了吗？"陈曦问。

"村医没在家。我没有办法，才来找您。"青羊说。

"好，走，我们去看看。"陈曦跟着青羊向他家跑去。

到了青羊家，只见五岁的孩子在母亲怀里躺着，脸色苍白，母亲抱着孩子，眼里流着泪。孩子的奶奶也坐在床边，一副手足无措的样子。

屋子里，一个妇女手里端着一只碗，碗里有半碗清水，她手里拿着三根筷子，用筷子蘸着碗里的水在屋子的角落里点着，口里还念念有词。点完屋子，妇女把碗放在屋子中间的地面上，在碗中立筷子，一边立，一边念叨着什么。一会儿，筷子竟然直直地立在碗中央。

妇女让青羊拿纸和火柴，说是鬼跟上了孩子，要烧张纸送一下。

青羊马上找来几张白纸和火柴。妇女把纸点燃，把灰烧到碗里，端着碗，把灰水泼到了大门外。

然后妇女进来说鬼已经送走了，孩子就会好了。说完，放了碗筷，就走了，孩子的奶奶起身去送那妇女。

陈曦看到他们在做法事，心里觉得不可理解。一切结束之后，她到孩子跟前，只见孩子有些疲惫，睡着了。

陈曦摸了一下孩子的头，有些烫，就问孩子怎么了。

孩子的母亲说，晚上她做饭的时候感觉孩子有点不对劲。孩子看见她在厨房洗碗做菜。孩子就问："你为什么洗这么久，这么久，这么久，这么久？天快下雨了，我们回去。"她说："我们就在家里啊！"可孩子继续说回去，回去。她就说："不怕的，我跑一下就回去了，你先回去吧！"然后孩子就一直重复着这样子跟她说话。到了晚上九点多，孩子突然说，她的脖子硬邦邦的，她的喉咙里面有骨头，还一边哭着叫大人帮她把骨头拿出来。他们用手电筒帮孩子看了，其实根本没有骨头，他们就意识到她有幻觉了。孩子还说，她肩膀后面这根骨头，歪了，歪了，歪了，叫他们帮她拿掉。看见她一直哭一直闹，就像别人说的鬼上身了一样，非常恐怖。

孩子的奶奶迷信，就去找村里的巫婆，青羊去找村医，谁知村医没在家，于是他就想到了陈曦。

陈曦又摸了摸孩子的额头，感觉烧没有退，她建议最好带孩子到医院检查一下，不要相信这种法事。于是，她给海涛打电话说了情况，让海涛连夜开着他的蛋蛋车到村里拉人到县医院去。

半个小时后，海涛来了，陈曦和孩子的父母带着孩子在夜色中向城里开去。

两个多小时后，到了县医院。值班大夫都睡觉了，他们喊醒值班大夫。大夫简单检查了一下，开了药，先给孩子输了液。等天明大夫都上班了再做进一步检查。

　　第二天，医生给孩子做了血液检查，还用了甘露醇和抗病毒的药，初步诊断为脑炎。县医院大夫做完检查，发现小孩病情越来越严重，开始烦躁，胡言乱语，有时候哭有时候笑，因此建议把孩子转到市医院。在市医院观察室待了一个晚上。早上带孩子去吃早餐，孩子都没有力气走路了。早餐吃到一半，她就没有办法吞咽，手里的东西都拿不住，但意识还是清醒的。

　　陈曦本打算安顿好他们就回旧面村的，但当看着孩子难受的样子，看到孩子父母一天之间老了许多，孩子的父亲脸上的胡须一夜之间就布满了脸庞，孩子的母亲也嘴唇发白，头发凌乱，憔悴得不成样子，她心里就感到难过。她决定陪着他们，陪几天，孩子好转了再回旧面村去。

　　可是，在市医院住了一星期，孩子病情并没有缓解，感觉更严重了，刚住进医院时，她还是可以和父母进行简单的交流，她还认识爸爸，还认识妈妈，还记得她自己叫什么名字。可是，住院一星期后，她出现严重的意识障碍、语言障碍。连自己的口水都无法吞咽，出现癫痫抽搐。手脚使劲乱动，有时完全没有意识。

　　孩子的父母都急了，害怕了，决定转到四川成都的大医院去。

　　由于他们都没出过远门，尤其到成都那么大的城市，都害怕。陈曦因为带母亲去过那家医院，就决定陪他们去。

　　于是，他们就买了火车票，连夜赶到成都，转院到了那家医院。

　　医生给她做了血液检查、脑电图、肺部检查、核磁共振、腰穿脑脊液检查等检查项目。各项检查结果显示并不严重。脑电图有轻微异常，肺部支原体感染严重。现在肺部感染减轻了一点点。医生说，没有出现抽搐，但依据检查结果判断为免疫性脑炎。

为给孩子看病，从县医院到市医院再到四川某医院，几经辗转下来，各种费用花销巨大，耗尽家产，四处筹款，该借的亲戚朋友都借到了。

陈曦看到孩子被病痛折磨，大人为钱财发愁，就感到难过。

陈曦听医生说可以在网上发起众筹，于是找到一个会操作的朋友在公益平台上发起众筹。陈曦自己先捐了五百，并在自己的朋友圈一天一次发链接，向自己的朋友圈里呼吁转发筹款。

孩子的亲戚也都在网上转发，一时间，先是在旧面村人的朋友圈转发筹钱，后来洛河镇和县里人的朋友圈也大量转发和筹钱。不知是怎么得到消息的，还有几位在成都生活的老乡，专程跑来看孩子，并给孩子捐款。

公益平台最终筹款十万元，解决了给孩子看病的钱。安排好孩子治疗的后续工作后，陈曦才返回旧面村。回到村里，陈曦和其他村干部商量就将青羊家列为贫困建档立卡户。

回到旧面村，正好镇党委、镇政府制定并下发了洛河镇年度脱贫攻坚到户产业资金项目实施方案，对产业奖补的原则、对象、奖补项目及标准、申报验收程序等进行了进一步明确和规范。同时，统筹谋划、精心组织，深入推进脱贫攻坚到户产业资金项目全面落实。

本次产业到户奖补扶持资金的对象主要为全镇2014年至2017年已脱贫，但未享受到户产业扶持资金的建档立卡贫困户。依据实际，洛河镇产业扶贫资金奖补分为两个方面：一是生产资料奖补。按照贫困户需求提供种苗种畜、农药、肥料、地膜、农机具等生产资料。二是产业发展奖补。按照"一户一策"的产业发展规划，农户自主发展种植养殖产业，根据发展规模、管护成效落实以奖代补。

在党委、政府的统筹安排下，洛河镇按照产业扶持资金到户、与特色产业发展相结合、统筹产业发展与奖补机制相结合的原则，下村入户，深入了解和掌握相关贫困户产业发展现状，并根据发展需求、规模、品种、成效等兑付奖补资金。按照要求和标准，涉及全镇1470户、6197人，产业奖补资金417.6万元已全部通过"一卡通"方式发放到户。通过以奖代补兴产业的方式，极大激发了贫困群众内生动力，有效增加了贫困户收入，为全面脱贫致富、如期摘帽奠基了坚实基础。

陈曦和海涛又忙了几天，给每户发放了扶持资金。

过了两天，陈曦接到罗镇长的电话，市委书记在市直有关部门和山城县委、县政府负责人的陪同下，深入洛河镇旧面村实地调研古村落、旧民居保护工作。他强调，要进一步提高保护意识，采取有效措施，加强古村落、旧民居保护，留住陇南的历史记忆；在新农村建设中要注入文化元素，使陇南的美丽新村彰显灵魂、更具魅力。

调研中，市委书记在认真了解旧面村古村落、旧民居保护工作进展情况后指出，古村落、旧民居承载着中华古老传统文化，是不可再生的文化遗产，保护古村落、旧民居是乡村旅游建设的重要载体和内容。旧面村作为传统村落，历史悠久、底蕴深厚、风光优美，要注重古村落历史风貌的传承，保护好古村落，把古村落的美展示给世人，吸引更多游客前来参观。

陈曦和海涛陪同市委书记和其他单位的同志还到村里的东坪新村易地扶贫搬迁点，到新修的学校，到村里的养猪场、药材种植地、中蜂投放点等处调研。

市委书记在走村入户中，看到村巷干净整洁，没有垃圾废物，看到农户家中的自来水接通了，对陈曦和海涛及村里的工作表示肯定。每到一处，都详细询问群众在安全住房、基本医疗、义务教育、产业发展、家庭收入等方面存在的问题和困难，仔细查阅"一户一策"精准脱贫计划动态管理手册，与镇村干部、贫困群众亲切交流。

走访完后，在村里的会议室召开了一个简短的会议，市委书记在会上要求，当前，全县脱贫攻坚已进入决战决胜的关键时刻，要认真对照"两不愁三保障"退出标准，扎实做好脱贫攻坚"3+1"冲刺清零和"拆危治乱"冲刺清零等工作，切实提高脱贫退出质量。要加强对乡村干部和驻村帮扶队员的业务培训，针对"一户一策"个别数据不准确、动态调整不及时等突出问题，认真核查、同步更新，确保各项脱贫数据翔实精准。要持续推进"拆危治乱"行动，严格执行"一户一宅、占新腾旧"规定，全面拆除危旧房、残垣断壁，及时美化亮化，恢复耕地。要大力整治村容村貌和环境卫生，及时清理清除建筑垃圾，集中整治农村柴草杂物乱堆乱放等突出问题，不断改善人居环境。要严格落实"一人一策"控辍保学计划，加强学生学籍管理，加大排查劝返力度，落实乡镇和学校的劝返责任，防止适龄儿童少年失学辍学。要想方设法解决好五保户、残疾人、孤寡老人等特殊困难群体生产生活中存在的问题，在公益性岗位等政策上给予倾斜，确保他们吃得饱、穿得好、生活有保障。要加强村级公益性岗位的监督管理，督促他们在矛盾纠纷化解、公益林管护、环境卫生保洁等工作中发挥积极作用。

最后就旧面村存在的问题提出了整改意见。多方协调资金，对西坡的古村落进行保护，进行易地扶贫搬迁，把西坡古村落里的住户搬迁到东坪新村安置点。开发村里的文化旅游，修一座从东坪到西坡的过沟通村桥，扩建村委会议室，修建老年活动中心，扩建村民活动广场，安装健身器材，在东坪新村村巷安装太阳能路灯。把旧面村打造成一个美丽的文化旅游古村落。

送走了市委书记一行，陈曦和海涛感到非常高兴，但又感到自己肩上担子的沉重。

一场突如其来的暴雨袭击了洛河镇，暴雨从7月9日晚上开始下起，截至7月10日22时，24小时内降雨量突破140毫米，并且夜间暴雨依然持续，一直到11日中午，雨势才缓和。此次暴雨对洛河镇基础设施、农林牧渔业、房屋等造成了重大损失，全镇交通、电网、通信陷入瘫痪，山体出现大面积滑坡。

旧面村受灾也非常严重，大雨连续下了两天两夜，沟里因为采石场破坏了植被，泥土松软，雨水裹着碎石形成强大的泥石流，从红豆谷里咆哮着冲出山沟，冲毁了沿河的庄稼田地和道路，也冲毁了养猪场一角，一头母猪跑了。

陈曦和村干部到各家各户走访，询问每家受灾情况，曾经干涸的山沟里也淌起了大河。陈曦和村干部检查完东坪农户，想要到西坡检查受灾情况，因为西坡的房子年久失修，有一些危房，陈曦担心那些危房经受不了这场大雨，可能会造成人员伤亡。可是沟里的水太大，无法过去，最后有人想到一个办法，找来一根十多米长的大木头搭在沟上，陈曦和村干部才手挽手通过木头到了西坡。

来到西坡，经过检查，有一户人家的房子屋顶塌了，将家里的一个老人胳膊砸折了。在一家人正手足无措的时候，陈曦带村干部来了，他们把老人背到村委会，想把老人送到城里的县医院接骨，可是泥石流冲毁了进沟的路，洪水还没有退，不敢贸然行动，只好先找来村医进行了简单的包扎。陈曦让西坡住危房的群众先到东坪的学校教室里和村委院里躲避一段时间，等暴雨过去。

在西坡一处低洼处有一户农家房子，洪流将其房屋围成孤岛，情况十分危急。陈曦和村干部立刻组织营救，无奈水流湍急，救援人员只能撤回。时间一分一秒过去，陈曦和村干部的心都揪起来了。过了两个多小时，河水水位稍降，救援人员立刻组织第二次营救，队员们沿着山脚前进，头顶的山体随时出现垮塌。救援队伍经过十多分钟的冲锋，终于到达被困户房后，当时的水位已经很高，救援刻不容缓！

可是，在这万分紧急时刻，却出现了意外状况。被困人员担心自己房屋冲走，不愿离开。陈曦和村干部只能耐心做其思想工作，经过半小时的劝导，陈曦承诺如果雨水冲毁了房屋，村里想办法帮他修新房，被困人员终于同意离开。

就在陈曦带着村干部走访检查灾情的时候，突然接到继父的电话：母亲不行了。陈曦记得自己看母亲的时候，母亲还挺好的，怎么说不行就不行了呢？她问继父，可继父不愿在电话里多说，只让陈曦快点回家，见母亲最后一面。

接到电话，陈曦一下子蒙了，手里拿着手机，脑子一片空白，在雨水中呆若木鸡，手里的伞掉到了地上。身边的一个人看到，察觉情况不对，帮陈曦捡起雨伞忙喊："陈书记，怎么了？"

喊了几遍，陈曦才回过神，眼泪无声地从她的脸庞流了下来。

陈曦给海涛打电话，想问能不能到沟里接她。电话没有打通，电话里一个声音说："你所拨打的电话暂时无法接通，请稍后再拨。"

陈曦手里拿着手机默默流泪，记起进沟的路几处被冲毁，即使电话打通，海涛一时半会儿也来不了。

三天后，镇上组织了挖掘机、铲车才抢修通了进沟的路。海涛才开着他的蛋蛋车进沟，拉着陈曦和她父亲到镇上，又拉上罗镇长，罗镇长代表镇上送上了挽幛，一定要陪陈曦回家送老人家一程。

回到家，母亲却已经走了，陈曦连母亲活着的最后一面都没见上。陈曦看着灵堂上的母亲泪如雨下，几次哭晕过去。

清醒后，陈曦好久才恢复了平静。

陈曦想母亲的一生，她总是为别人着想，很少顾念自己。陈曦想起那年冬天，母亲牵着她的手离开旧面村，想起含辛茹苦把自己养大，却没享过福，陈曦就心如刀割，泪如泉涌。

第二天，把母亲送上山，下葬的时候，在坟前，陈曦再次哭晕过去，旁边的人掐她人中，好多人叫喊了好一会儿她才清醒过来。

母亲走了，陈曦也病了。

陈曦忽然感到自己累了，浑身乏力，一天总是迷迷糊糊的。她向罗镇长打了招呼请了假，罗镇长让陈曦好好在家休息，他和海涛及陈曦支书父亲回了洛河镇。

陈曦在家休息了近一个月才调整好了心态，准备回旧面村。陈曦给海涛打电话，没打通，就坐中巴回了旧面村。

回到旧面村，又一件残酷的事摆在了她面前：海涛出事了！

在危旧房拆除过程中，一堵矮墙倒塌，把海涛的两条小腿压到下面，海涛疼得晕了过去，已经被送到市医院去了。事情已经发生两天了。

陈曦又坐车回到市里，到市医院区看望海涛。

陈曦赶到医院时，海涛正好在手术室，只有海涛的父亲和姐姐在手术室外焦急地等待着。

海涛的父亲看到陈曦来了，想给陈曦打招呼却说不出话，只用眼神打了招呼。海涛的姐姐拉了陈曦的手，默默流泪。

等了五个多小时，海涛才被推出了手术室。海涛推出手术室，陈曦他们就围了过去。

近一个月没见，海涛变得又黑又瘦，他的嘴唇发白，疲惫地闭着双眼。医生告诉海涛的父亲，手术还算成功，让他们把病人推到病房休息。陈曦感到心疼，心疼海涛吃过的苦。

到了病房，海涛被转到病床上。海涛微微睁开眼睛，看到陈曦，眼睛亮了，嘴角微微一翘，艰难地笑了笑。

半年多后，新年已过，时间到了正月十五，这是一个非常热闹的日子，村里将举办高山戏文艺会演。在广阔、平坦、干净、铺有广场砖的东坪广场上，中间是新修的高山戏舞台。舞台的东侧是一栋三层高的村委会议室，一层有七八间房，是一栋漂亮的砖混小洋楼，白墙青瓦，中间有灰色腰线。广场边设有太阳能路灯和一些健身器材。在东坪新村，房屋整洁，村巷宽阔干净，隔几十米就有一个太阳能路灯。东坪通往西坡的沟上架起了一座铁锁吊桥，吊桥上挂满了红红的灯笼和彩旗，营造出浓浓的喜庆节日气氛。吊桥下面流水淙淙，人们在陈曦引自来水的基础上，加大了引水量，不但供村里人吃水，还把一部分水引到沟里，使曾经干涸的沟里流起了清水。陈曦推着轮椅，海涛在轮椅上坐着，由于海涛的一条小腿手术不是很成功，又进行了二次手术，现在还不能走。两人从东坪新村的巷道里走过，又到吊桥上走了一遍，一边说话一边往广场上走。

陈曦告诉海涛，这半年多时间，一家旅游公司对红豆谷进行了开发打造。在曾经开山取石的地方引了一道水，从山头绝壁处流下来，形成一道瀑布。在瀑布下面造了一个人工湖，取名"爱情湖"，围湖一圈修了围栏、走廊和凉亭。在湖上开设了水上游乐园，人们可以带孩子垂钓、划船、游泳。从红豆谷进去，修了人行栈道。还计划在两座山头之间，一百多米的高空修一座玻璃天桥。预计明年夏天就修好了，人们就可以参观旅游，体验感受一番了。

陈曦还告诉海涛一件充满传奇色彩的事。去年夏天的洪水冲毁了养猪场猪圈一角，一头母猪跑了，结果，过了半年，带着十多头杂交野猪崽回来了。养猪场借此开始饲养杂交野猪，杂交野猪具有适应性强、抗病力强、合群性好、食性杂等优点，杂交野猪肉营养价值高，是人们追求的绿色健康食品。杂交野猪肉售价要比普通家猪肉贵一倍多，但在市场上还供不应求。养杂交野猪前景非常好。

陈曦推着海涛到了广场，广场上已经人来人往了。

等一会儿，在高山戏会演开始之前，将有一场简单的旧面村整村退出贫困村的汇报会，还有一个产业分红和奖励文明个人与文明家庭的颁奖仪式。会议将由罗镇长主持，还有县委宣传部部长和镇党委书记参加。

开完会后，陈曦当着几百人的面宣布了自己将嫁给海涛的决定，因为她曾承诺，全村脱贫的时候也是他们结婚的时候。

当陈曦说出自己的决定时，会场上掌声雷动，陈曦看到海涛眼里闪动着泪光。

宣传部部长临时发言，表示愿意当这场婚礼的证婚人。

镇党委书记说，明天是正月十六，是个好日子，将在这广场摆宴席举行婚礼，欢迎届时光临。现场再次响起雷鸣般的掌声。

2018年10月—2019年6月初稿

2019年一改

2020年7月再改